N & K

Viktor Niedermayer

FINSTERLAND

Roman

Nagel & Kimche

Der Verlag dankt

SWISSLOS
KULTURFÖRDERUNG
KANTON GRAUBÜNDEN

für die freundliche
Unterstützung

1 2 3 4 5 19 18 17 16 15

Satz im Verlag
Druck und Bindung: GGP Media GmbH, Pößneck
ISBN 978-3-312-00650-2
Printed in Germany

FSC
www.fsc.org
MIX
Papier aus verantwortungsvollen Quellen
FSC® C014496

1

Ewig geht die Litanei dahin. Die Wachsstöckerl flackern, Schatten huschen oben auf dem Gang. Aus den Wolken in der Kuppel kommen Blitze, der Regenbogen biegt sich über der Arche Noah, der Busch brennt, und Gottvater redet auf den alten Mann ein, dass er das Kind ersticht. Auf der anderen Seite stürzt der schwarze Luzifer mit den Fledermausflügeln vom Himmel herab, hinunter zu den armen Seelen im Fegefeuer. Die einen sind bis zur Brust, die andern nur noch bis zum Bauch in den Flammen. Sie winden sich in ewigem Schmerz und werden von Ratten, Nattern und Höllenhunden angefallen.

Von der Decke schauen fette Buberl mit Flügeln zu mir herunter; die heiligen Bischöfe verdrehen ihre Augen und deuten auf die Heilige Schrift. In ihrem goldenen Buch sind alle meine Sünden aufgeschrieben für das Jüngste Gericht. «Dann stehst du», sagt die Mutter, «vor deinem obersten Richter.» Der sitzt auf seinem Thron über den Wolken, die Gräber bersten, und alle werden wieder lebendig, steigen heraus und sehen so jung aus, wie sie einmal waren. Darauf müssen sie zu ihm hin und ihn lobpreisen bis in alle Ewigkeit. Die Ewigkeit aber hört nimmer auf. «Alle tausend Jahre», sagt die Mutter, «kommt ein Vogerl, wetzt einmal seinen Schnabel am höchsten Berg der Welt, und wenn der abgetragen ist, ist erst eine Sekunde der Ewigkeit vorbei.»

Aus den Bänken kommt ein Husten, ein Räuspern, ein Schneuzen. Es riecht nach alten Leuten, Mottenkugeln und

Weihrauch. Und wieder schlägt die Glocke ein paar Mal mit hellem Klang. Langsam ziehen die Pater durch den Gang, beten und singen. Im Schein ihrer Kerzen flackern die Totenköpfe und die silbernen Knochenmänner in den Seitenaltären. Dann steigen sie hinunter in die Gruft, wo die Leichname eingemauert sind. Wenn wir aus der Kirche kommen, ist es schon dunkel. Der Heimweg ist lang. Die Schuhe sind immer zu klein, immer nass vom Schneewasser und eiskalt.

Die Marielle hat auf dem Nachtkastl ihren eigenen Altar aufgebaut. Die heilige Maria aus dem Versandhaus Witt in Weiden ist in einen weiten, blauen Umhang gehüllt; in ihrem roten Herzen steckt das Schwert so tief, dass das Blut heruntertropft. An der Krone ist die Scheibe vom Heiligenschein angeleimt. Wie alle Heiligen schaut sie zur Decke hinauf, als ob dort schon der Himmel wäre. Neben ihr stehen zwei Hummel-Engel und halten Kerzerl in den ausgestreckten Armen. Das gelbe Stramindeckerl hat die Marielle in der Handarbeit bei der Mater Xaveria gestickt.

Jeden Abend kniet sie mit der Mutter vor ihrem Altar. Die Mutter betet vor: «Du Turm Davids, du elfenbeinerner Turm, du Mutter der Weisheit, du göttliche Gnadenmutter ...» Nach jedem Anruf antwortet die Marielle: «Bitt für uns, bitt für uns ...» Dann singen sie: «Maria zu lieben, ist allzeit mein Sinn; in Freuden und Leiden, ihr Diener ich bin; mein Herz, o Maria, schlägt ewig zu dir ...» Bevor die Mutter geht, taucht sie ihren Finger in das Schüsserl mit dem feisten Engerl und spritzt uns das kalte Weihwasser ins Gesicht. Sobald sie das Licht gelöscht hat, wische ich es wieder ab. Auch wenn ich dafür ins Fegefeuer komme, habe ich keine Angst. Ich werde ewig leben und niemals sterben.

Neben meinem Bett hängt das Plakat mit dem Hitler. Darauf sind tausend kleine Köpfe, die alle zu ihm hinaufschauen. Er steht ganz groß in der Mitte. Die eine Hand hat er am Koppelschloss, die andere, zum Hitlergruß erhoben, ist so weit nach hinten gebogen, dass man keine Finger mehr sieht. Einen Hitler ohne Finger, den muss ich immer wieder anschauen, davon kann ich nicht genug kriegen. Das Plakat hat mir ein SA-Mann geschenkt. Ich will wissen, was droben steht, und er liest mir vor: «Führer befiehl, wir folgen dir.» Am Abend steigt der Vater auf unseren Schemel und heftet das Plakat mit Reißnägeln an die Tür. Jetzt schaut mein Hitler mit seinem schwarzen Barterl Tag und Nacht hinüber zur Marielle ihrer Mutter Gottes.

Die Marielle hat im Zeugnis lauter Einser. Unten steht mit schöner Klosterfrauenschrift: «Nur weiter so, Marielle!» Zu meiner Mutter sagt die Mater Agnes: «Sie ist meine Musterschülerin.» Nicht ein einziges Mal schreibt sie in ihrem Schönschreibheft über die Zeilen hinaus, kein einziger Tintenbatzen ist darin. «Und schauen Sie nur», sagt die Mater Agnes, «sie will alles so genau und gut machen, dass ihre Schrift ganz zittrig ist.» Die Mutter seufzt: «Wenn nur der Bub auch so wäre.» Das Kind war schon immer wie vom Teufel besessen. Kaum trägt es die Hebamme in die Kirche, fängt es an zu schreien wie am Spieß, und als ihm Hochwürden das Weihwasser auf die Stirn träufelt, schreit es noch lauter und schreit und schreit, bis die Kirchentür hinter ihm zufällt. Dann tut es einen tiefen Seufzer und macht von da an keinen Muckser mehr.

Vom Kinderwagl aus langt das Kind hinüber zur heiligen Familie in der Krippe, holt sich erst die Muttergottes heraus, dann den heiligen Josef und nagt ihnen mit den ersten beiden Milchzähnen den Gipskopf bis zum Drahtgerippe ab. Warum keine Hirten, keine Schaferl, die alle ganz vorn standen? Nein, die Mutter Gottes und der Nähr- und Pflegevater des Heilands müssen es sein.

Seit die Marielle beim Kindheits-Jesu-Verein ist, muss sie beim Essen immer überlegen, ob sie weiter essen darf oder ein Opfer bringen soll. Wenn ihr vor dem Lebertran graust, presst sie die Augen zusammen und flüstert: «Alles für dich, heiligstes Herz Jesu.» Wenn sie neben dem Klavierlehrer Heinze sitzen muss, der ganz braune Finger hat vom Zigarettenrauchen, tut sie es nur für das liebe Jesuskind. Die Osterhasen, Sarotti-Mohren und den Schokoladennikolaus hebt sie so lange auf, bis sie weiß vom Schimmel sind. Die Fünferl, die sie fürs Radlputzen kriegt, wirft sie dem Negerbuberl in der St.-Joseph-Kirche durch den Schlitz im Kopf. Dann nickt es ein paar Mal, und der Missionar in Afrika kann wieder ein neues Heidenkind bekehren.

Zu jeder Hausaufgabe macht die Marielle eine Fleißaufgabe. Dafür bekommt sie von der Mater Agnes ein Hauchbilderl mit der heiligen Mutter Gottes. Den einen Fuß setzt die heilige Maria auf die Weltkugel, den andern auf den Kopf der Schlange. Wenn man das Bild anhaucht, wölbt sie sich nach oben und sieht aus wie lebendig. Über einer brennenden Kerze macht sie sogar einen Bauchtanz.

Die Freundinnen der Marielle haben echte Seidenstrümpfe und dünne Seidenkleider an, Goldketterl um den Hals, goldene Ohrringerl und rote Schleiferl im Haar. Sie bringen Katzenzungen in der Pralinenschachtel mit und tauschen Zigarettenbilder aus – die Anny Ondra gegen die Pola Negri, den Willy Fritsch gegen den Harry Piel. Jedes Mal wollen sie meine langen Wimpern und weißen Zähne sehen, und ich muss die Augen zumachen und die Mundwinkel auseinanderziehen. Die Silber Elvira wohnt am Unteren Tor, wo ihre Mutter alles am billigsten verkauft. Die Sommer Ruth vom Pianohaus Sommer & Sommer ist schon im Stadttheater aufgetreten. Die Ofenloch Martha steppt mit ihren schwarzen Spangenlackschuhen wie die Shirley Temple im Kino und singt dazu: «... und wer nicht mittanzt, hat Stroh im Kopf, honey, pony, didl didl doo ...»

Im Wartezimmer von Marthas Vater riecht es stark nach Chloroform; der Kastanienbaum vor dem Fenster sieht jedes Mal anders aus. Einmal hat er weiße Kerzen, einmal gelbe Blätter oder Schneepolster auf den schwarzen Ästen. Im Sommer kommt die warme Luft durch den Fensterspalt, und man hört die Vögel singen und die Kinder schreien. Im Winter riecht es nach den nassen Mänteln an den Kleiderhaken. Hinter der Tür summt der Bohrer, Instrumente fallen auf die Glasplatte. Der Herr Doktor Ofenloch redet, und hin und wieder lacht das Fräulein, das neben ihm steht. «Er kann kein Blut sehen», sagt meine Mutter, «darum ist er Zahnarzt geworden.» Noch nie hat er mir beim Bohren wehgetan; doch schon am nächsten Tag fallen seine Plomben wieder heraus. Dann schmeckt mein Mund nach Chloroform, und meine Zunge spürt die scharfe Kante vom herausgebohrten Loch.

Jetzt ist die Praxis vom Doktor Ofenloch geschlossen. Die ganze Familie ist weggezogen. Auch die Silber Elvira, die Schwarzhaupt Miranda und die Sallinger Esther kommen nicht mehr zur Marielle. Die Modegeschäfte ihrer Eltern sind mit Brettern vernagelt. Aus dem Pianohaus Sommer & Sommer tragen SA-Männer die Klaviere heraus.

Die neuen Freundinnen von der Marielle sind alle beim BDM, beim Bund Deutscher Mädel. Beim Marschieren hüpfen die Bomperl an ihren Kniestrümpfen mit dem Zöpferlmuster auf und ab, und die Ledereicheln an den Haferlschuhen nicken im Takt. Beim Sprechchor schreien sie so laut, dass ihre Köpfe rot werden: «... und wer nicht kämpfen will in dieser Welt des ewigen Ringens, verdient das Leben nicht.» In der Freizeit sammeln sie Altmaterial und stricken Socken für die Soldaten. Auf der Straße halten sie Ausschau nach Spionen, Miesmachern, Hamsterern und Drückebergern. Im Winter riechen sie nach Mottenkugeln, im Sommer nach Schnittlauch und rohen Zwiebeln. Bei der Morgenfeier im Stadttheater sehe ich ihre abgebissenen Fingernägel, die Schrunden am Ellbogen und die Schuppen auf der braunen Kletterweste. Die Förster Trudi zeigt extra ihre Silberkrone am Schneidezahn her. Die Amstetter Burgl ist Vegetarierin geworden wie der Führer. Sie hat schon rote Backen.

Die Marielle reißt die Tür auf, feuert das «Lob Gottes» auf die Kredenz und rennt zum Drahtfunk. Vom Reichssender München kommt das «Schatzkästlein». Und schon hauen sie wieder auf die Tasten und kratzen auf den Cellos und Bratschen herum. Händel, Haydn, Schubert, Mozart, Beethoven. Die Marielle macht die Augen zu, auf ihrer Stirn ist eine steile Falte. Jetzt darf ich nicht mehr weiter sägen. Mit künstlicher Stimme sagen sie Verse auf von Eichendorff und Hölderlin, Goethe und Schiller. Beim Hans Carossa knirscht der Kiesweg in der Nacht, um den Hans Watzlik auf seiner Burg im Bayerischen Wald rauscht der Tann, beim Georg Britting poltert's aus der Kegelbahn, murrt das Gewitter, und schon wieder steht der Hecht in der blauen Donau. Und so geht's dahin: die Gedichte der Droste-Hülshoff, der Agnes Miegel, die Geschichten vom Freiherrn von Münchhausen und vom Doktor Owlglass, und der Weinheber hat wieder eine neue Ode an den Führer gedichtet. Schon lange, bevor die Stelle beim Claudius kommt, schreie ich: «... und unsern kranken Nachbarn auch!» Beim Walther von der Vogelweide spitze ich den Mund: «Verloren ist das Slüsselin!» Endlich öffnet die Marielle die Augen. Sie springt auf: «Du Rüpel!» Doch ihr Fußtritt geht ins Leere. Mit dem Wasser in den Augen kann sie nicht so genau zielen.

2

Mit jedem Schritt sinke ich tiefer ein, schon reicht mir das warme Wasser über die Knöchel. Aus dem Boden gluckst es, ringsum rascheln die Halme. Dick und breit, wie im Schlaf, sitzen die Kröten im Sumpf. Ihre Drachenhaut ist schrundig, ihre Hände und Finger sind so winzig, dass mich der Schauder durchfährt, in ihren großen Augen spiegelt sich mein Gesicht. Ein nächster Schritt – und dort, wo sie gerade noch waren, ist nur noch eine Wolke aus Schlamm.

Um den Schuppen wuchern mannshohe Brennnesselfelder; ihre dicken Blätter haben einen satten blauen Schimmer. Rostige Öfen, Tiegel, Pfannen und Herdplatten liegen im Gras, Waagscheite und zerbrochene Wagenräder. Der Hanomag ist ohne Fensterscheiben, die Räder sind in den Boden gesunken, und durch das verrostete Blechdach wächst ein kleiner Baum. Hummeln brummen an meinem Ohr, weit oben jagen die jungen Schwalben durch die Luft.

Im Sommerhaus unter den alten Föhren hat der Wind die

Nadeln auf dem Boden zum Kreis gekehrt; das geflochtene Fenstergitter wirft ein helles Strahlenmuster auf die Bretter. Am Wehr stehen im feinen Tropfenstaub die Libellen – und sind schon wieder fort. Wie eine flüssige, schwarze Wand stürzt der Bach in die Tiefe. Ein Schwall nach dem andern sinkt in den Abgrund, und wenn ich lange genug hinschaue, hört das Fließen plötzlich auf und das Tosen verstummt. Tonlos und starr steht das Wasser da. Doch jetzt beginnen die Bäume am Ufer zu kreisen, immer schneller und schneller. Brausend wirbeln sie um mich herum, wollen mich in den Strudel mitreißen. Im letzten Augenblick pack ich mit beiden Händen den Zaun und warte, bis alles ist wie zuvor.

Die Steinplatten im Hausflur sind eiskalt; sie stechen durch meine nackten Fußsohlen bis in den Kopf hinauf. Auf der Treppe muss ich alle knarzenden Stufen auslassen, weil sie sonst ein Unglück bringen. Im Wohnzimmer sitzt der Großvater auf seinem Lederkanapee, vor ihm der Hund, das Kinn auf die Pfote gelegt. Seine Ohren bewegen sich, und wenn er glaubt, ein Wort klinge so, als könnte es für ihn sein, blinzelt er ein wenig.

Der Großvater ist der erste Mann, der mit mir redet. Ich darf ihm alles sagen, was mir in den Sinn kommt, und noch nie hat er mich geschimpft. Sogar um den Hals darf ich ihn fassen, und wenn ich seine Hand über mir sehe, zucke ich nicht zusammen und blinzle aus Angst vor dem Schlag. So wie ihn stelle ich mir den lieben Gott vor.

Im Bücherschrank stehen die beiden dicken Bände: «Unsere Bayern im Felde». Darin ist das Bild vom Kronprinzen Luitpold von Bayern, der vor seinem Garderegiment dem Feind entgegenreitet, und das Bild mit den bayerischen Pionieren in ihren Unterständen in Flandern. Grell vom Vollmond beleuchtet, patrouilliert unser Reiterregiment Siebzehn am Isonzo. Auf der nächsten Seite überholen die Chevaulegers im Galopp die sechsspännigen Geschütze der Schweren Artillerie, die im Morast steckengeblieben ist. Von den blutrot brennenden Ölfeldern in Rumänien zieht der Rauch in schwarzen Schwaden davon, und ganz vorne stehen die bayerischen Kanoniere. Die Spitzen auf ihren Stahlhelmen sind schwarz gezackt wie in einem Scherenschnitt.

Immer wieder muss mir der Großvater die Geschichte vom bayerischen König erzählen. Der Diener trägt die silberne Schüssel, mit Erbsen und Linsen gefüllt, in sein Gemach. Der König legt die Linsen in die eine Schale und die Erbsen in eine andere. Dann läutet er dem Diener, der trägt beide Schalen hinaus, mischt die Erbsen wieder mit den Linsen und bringt sie in der silbernen Schüssel zum König zurück.

Im Winter staut der Großvater den Bach im Franzosengraben. Sobald er zugefroren ist, schaben die Männer das bucklige Eis glatt und schlagen die Kerben zum Eisstockschießen. Ich fahr mit den Schlittschuhen bis hinauf zum See, wo das Eis schon ganz dünn wird. Immer mehr Wasser quillt herauf, der wässrige Bug vor meinen Schlittschuhen wölbt sich immer höher, weit weg schon das helle Krachen der Eisstöcke. Erst wenn der bleigraue Himmel schon schwarz wird und das Schneetreiben so dicht, dass ich das Ufer nicht mehr sehe, kehre ich um. Beim Heimgehen brennen die Straßenlichter; zäh fließt der Donaunebel in ihrem Schein vorbei.

Im Sommer stehen die Korn-Mandln in langen Reihen auf den Feldern des Großvaters. Ein Fuhrwerk nach dem andern schwankt hoch beladen in den Hof herein. Die Pferde rutschen auf dem Pflaster, ihre Hufeisen schlagen Funken. Die Knechte heben die Garben zu den Mägden auf dem Dreschwagen hinauf. Die Körner schießen in die Säcke. Die Kolben der Dampfmaschine sausen, über dem Kamin zittert die Luft. Der Treibriemen schwingt auf und ab. In der Luft liegt der Geruch von heißem Öl und frischem Stroh. Rot versinkt die Abendsonne hinter der Staubwolke.

Im Herbst laufe ich dem Großvater über die gemähten Felder entgegen. Die nackten Fußsohlen schiebe ich flach über den Boden, dass mich die Stoppeln nicht stechen. Sein Arm liegt auf dem Lauf der umgehängten Flinte, am Gürtel baumeln die Fasanen. Der Hund zieht an der Leine, weit hängt die Zunge aus dem Maul. In der Küche darf ich die Vögel von den Lederschlaufen lösen und der Magd zum Rupfen bringen. Einmal liegt, lang ausgestreckt, ein großer Hase auf dem Küchenboden. Sein Auge schaut mich so fest an, dass es lange dauert, bis ich mich getraue, sein weiches Fell zu streicheln.

«Heute ist wieder Fackelzug», sagt die Großmutter und macht das Fenster zu. Unten geht der Biwonka über den Hof. Bis jetzt habe ich den böhmischen Melker nur im Stallgewand gesehen, an den Füßen die holzgeschnitzten Böhmschuhe. Wenn die Magd etwas von ihm wollte, schob er seinen Karren einfach weiter. Sie musste ihm nachlaufen und dreimal fragen, bis er etwas sagte. Jetzt hat er eine braune Uniform und Stiefel an, und auf dem Kopf sitzt eine Mütze mit einem tiefen Einschnitt in der Mitte.

In der Nacht reißt mich ein Donnern aus dem Schlaf, stärker als beim schlimmsten Gewitter. Pauken und Trompeten, Trommeln und Fanfaren, Brüllen und Schreien. Das Echo schlägt von den Häusern zurück. Ich spüre die Gewalt im Magen, sehe das Feuer lodern, noch bevor ich die Augen öffne. Die Wände zittern, das Zimmer brennt. Das muss das Jüngste Gericht sein, von dem mir die Mutter immer erzählt. Oder der Antichrist mit seinem Teufelswerk. Ein Meer von Fackeln erfüllt die Straße, die Schatten der Marschierenden tanzen an den Hauswänden auf und ab. Die Männer haben den Sturmriemen fest um das Kinn geschnallt und singen: «Die Fahne hoch, die Reihen dicht geschlossen, SA marschiert, in ruhig festem Tritt ...» Und wieder schwenkt eine neue Kapelle ums Haus, singt eine neue Abteilung: «Unsere Fahne flattert uns voran. In die Zukunft ziehen wir Mann für Mann, und die Fahne führt uns in die Ewigkeit, ja, die Fahne ist mehr als der Tod.»

Erst nach langer Zeit hört der Lärm auf; allmählich wird es wieder dunkel. Die grauhaarigen Männer, die jetzt noch kommen, haben die Fackeln gelöscht und lassen sie wie Regenschirme hängen. Sie reden miteinander, lachen und husten; dunkelrot glimmen ihre Zigaretten zwischen Daumen und Zeigefinger. Die Mutter schließt das Fenster, seufzt, deckt mich zu und spritzt mir das Weihwasser ins Gesicht. In den Schlaf hinein knarzen die Stiefel des Vaters draußen im Gang.

Bald darauf ebnen die Männer vom Arbeitsdienst die Kornfelder ein und machen die Landebahn für den neuen Flughafen daraus. Das Fundament für die Halle ist zweimal so groß wie unsere Stiftskirche. Im Pferdestall des Großvaters liegen Stahlplatten und Eisenrohre; aus dem Halbdunkel sprühen die Funken. Im Kuhstall nageln die Schreiner Tische und Spinde zusammen. Soldaten laden die fertigen Möbel auf das Lastauto und bringen sie in die neue Artilleriekaserne. Von früh bis spät fahren Pferdefuhrwerke, mit Erde, Sand und Schotter beladen, durch den Hof. Die Tauben und die Hühner sind verschwunden. Brackwasser steht in den tiefen Fahrrillen; Unkraut sprießt aus den zerbrochenen Steinplatten. Dann wird auch der Bach zugeschüttet und der Froschweiher aufgefüllt. Der Heustadel ist abgebrannt. Zuletzt sägen die Männer vom Arbeitsdienst die Allee zum Haus ab; kreuz und quer liegen die Kastanienbäume am Boden. Wenn der Biwonka etwas sagt, fangen die Männer zu rennen an. Er ist Arbeitsdienstführer geworden.

Am Haus vom Großvater hängt jetzt ein Vorhängeschloss. Die Fenster sind eingeworfen, Spinnweben wehen im Wind. Die Beete im Garten sind zertrampelt; wo die Rhabarberblätter hoch und grün wie in einem Märchenwald standen, ist nur noch zerwühlte Erde. Überall Schilder: «Betreten verboten!», «Fotografieren verboten!» Über meinem Kopf schweben die Doppeldecker zur Landung herein. Fast streifen sie die Wetterfahne auf dem Haus. Plötzlich eine Stimme: «Hau ab, du Rotzlöffel, sonst knallt's!» Der Posten hinter dem Zaun reißt sein Gewehr herunter und hält den Lauf auf mich gerichtet.

3

Die Betti ist jünger als ich und so klein, dass sie noch immer aufrecht unter dem Briefkasten stehen kann. Doch beim Davonlaufen holt sie mich leicht ein, und auch auf unsern Baum klettert sie so flink wie ich. Ich muss mich nur an den Stamm lehnen, die Hände zu einem Tritt verschränken, und schon hat sie einen Fuß auf meine Schulter gesetzt, packt den Ast über ihrem Kopf und ist zwischen den Blättern verschwunden. Jedes Mal warte ich darauf, dass ihr weißes Kleiderl mein Gesicht streift und ich ihren warmen Körper spüre.

Oben, wo die Äste ganz dünn werden, schaukeln wir, bis sich der Stamm biegt. Wir rütteln und schütteln den Baum, die Zweige schlagen gegeneinander und schnellen zurück ins Gesicht. Über uns fliegen die Wolken dahin, unter uns rieseln die dürren Blätter zu Boden. Unser Schiff fährt auf dem Meer dahin, und der Sturm wirft es von einer Seite auf die andere. Immer wilder werden die Wogen, immer schlimmer tobt der Orkan. Mit beiden Händen klammern wir uns an den Mast, eng stehen wir nebeneinander. Die Häuser an der Leistnerstraße sind Schiffe und die Türme in der Stadt die Wolkenkratzer von Amerika.

Beim Fliegerfahren packe ich die Betti am Hand- und am Fußgelenk und drehe mich so schnell im Kreis, bis sie waagrecht in der Luft liegt wie die schwebende Fee im Zirkus. Beim Berg- und Talfahren ist ihr Gesicht bald hoch über mir, bald streift es beinahe den Boden. Einmal reißt mich der Schwung über den Randstein hinunter und weiter, mitten auf die Straße. Schon höre ich Bettis Kopf auf das Pflaster krachen und sehe sie tot am Boden liegen. Da schießt eine Kraft in mich hinein, wie ich sie noch nie gespürt habe. Knapp über dem Asphalt fange ich sie wieder auf, eine Drehung, eine zweite, und die Betti fliegt wieder wie vorher um mich herum. Danach lacht sie, als wäre alles nur ein Spaß gewesen.

Die Betti hat vor niemandem Angst; nicht einmal vor den SA-Männern. Sie wartet, bis sie ganz nah sind. Dann zeigt sie ihnen ihre feuerrote Zunge. Die Farbe kommt vom Hakenkreuz-Zeltl; es hat einen roten Mantel um das schwarze Hakenkreuz und kostet nur zwei Pfennig. Der SA-Mann will sie packen, doch die Betti hat sich schon weggeduckt. Wir laufen davon, um das Haus herum, hinein in den Hof und springen die Stufen hinunter zum Mehlkeller. Ganz still und eng beieinander sitzen wir in der Dunkelheit vom Schacht, halten uns an der Hand und warten, bis das Herzklopfen vergeht. Nie mehr habe ich mich so glücklich gefühlt. Nie mehr habe ich dorthin zurückgefunden.

Sobald die Betti in die Nähe ihrer Mutter kommt, packt sie die Frau Abel und busselt sie ab. Meine Mutter hat das noch nie mit mir gemacht. Meine Mutter probiert die Sauce mit dem Kochlöffel, die Frau Abel mit dem Finger. Meine Mutter walkt den Teig mit dem Nudelholz aus, die Frau Abel zieht ihn mit den Händen aus. Meine Mutter kann nur den trockenen Strudel mit der braunen Kruste. Bettis Mutter macht auch den saftigen Rahmstrudel mit den vielen Rosinen und nimmt zweimal so viel Schmalz her. Beim Kochen singt sie das Lied von Theo Reuter mit den vielen Strophen. Alle beginnen mit «einmal im Jahr ...» und hören mit «rechts steht der Eduard und links die Grete ...» auf.

Die Frau Abel gibt der Betti alles, was sie zum Spielen will, sogar die schöne Tischdecke für unser Zelt im Hof. In ihrem Wohnzimmer dürfen wir alles in die Hand nehmen, was im Glaskasten steht. Da sind die kleinen Tassen mit dem Goldrand, die Teepuppen mit dem silbernen Engelshaar und den weiten Spitzenröcken, die fein verzierten Glasvasen und die zwei roten Dackel mit den Löchern auf dem Kopf zum Salz- und Pfefferstreuen. Halten wir die große Muschel fest ans Ohr, hören wir das Meer rauschen. Das Hochzeitsbild im Silberrahmen hat ein eigenes Fach, und darüber sind die goldgefassten Parfumfläschchen mit den Quasten und dem roten Gummiball. Ganz oben steht die Marmoruhr mit den gläsernen Hirschen. Jede Stunde drehen sie sich einmal im Kreis, und dazu klingen die feinen, durchsichtigen Zapfen wie helle Glöckchen.

Hinten im Gang wohnen die Großeltern von der Betti. Sie reden jiddisch mit ihr, und sie redet bayerisch mit ihnen. Wenn sie Sabbat haben, zünden sie den siebenarmigen Leuchter an und gehen in die Synagoge an der Wittelsbacher Straße. Der Großvater hat sein schwarzes, rundes Kapperl aufgesetzt; die Großmutter die goldenen Ohrringe und das dunkle, glänzende Gewand an, das von der Brust gerade bis zum Boden fällt. Das Beten in der Synagoge hört man bis auf die Straße hinaus. Es klingt, als rausche der Kies vom Fuhrwerk hinunter.

Der Vater von der Betti ist der Ingenieur vom städtischen Wasserwerk. «Wir haben das beste Trinkwasser von ganz Deutschland», sagt er. Es fließt unterirdisch aus dem Gebirge zu uns her, durch Kies und Sand, und wenn es nach ein paar Jahren im Wasserwerk ankommt, ist es immer noch eiskalt. In der Frühe höre ich ihn aus dem Badfenster singen: «... ich hab mich ergeben, mit Herz und mit Hand, dir Land vor Lieb und Leben, mein deutsches Vaterland.» Auf seinem Pullover sind die vier F vom Turnverein eingestickt: «Frisch-Fromm-Fröhlich-Frei»; die Hosenbeine seiner Breeches-Hose hat er in die Kniestrümpfe gesteckt. Er ist der einzige Mann in der ganzen Stadt, der noch ein Rad mit den alten Holzfelgen, eine starre Nabe und eine Karbidlampe hat. Bevor er aufsteigt, richtet er sich das Pedal, setzt den linken Fuß auf den Sporn am Hinterrad und schiebt ein paar Mal an. Es dauert lange, bis er den andern Fuß über den Sattel bringt. Das Rad fängt an zu zuckeln, doch kurz bevor es umfällt, findet sein rechter Fuß den Halt – und schon saust der Herr Abel die Leistnerstraße hinunter.

In aller Früh wartet der Herr Erndl mit seinem Mietauto vor dem Torbogen. Die Koffer hat er bereits heruntergetragen und mit den Lederriemen auf den Gepäckträger geschnallt. Immer wieder schaut er auf die Uhr. Dann kommen endlich Bettis Großeltern die Treppe herunter. Zuerst hilft der Herr Erndl der Großmutter ins Auto, dann dem Großvater. Die Betti und ich schauen zu, wie lange sie brauchen, bis er endlich die Türen zumachen kann. Sie fahren, sagt die Betti, mit dem Orientexpress nach Frankreich. Bald besucht die Betti sie dort, und wenn ich will, kann ich mitkommen.

Früher hat die Frau Holmer am Waschtag mit der Familie Abel gegessen. Dann ist sie mittags lieber in der Waschküche geblieben, und die Betti hat ihr das Essen hinuntergetragen. Jetzt kommt sie gar nicht mehr. Auch die Edith hat ihre Stelle gekündigt. Nun muss die Frau Abel das Geschirr selber abspülen und die Teppiche im Hof ausklopfen.

Schon lange singt die Frau Abel beim Kochen nicht mehr. Wenn sie bei meiner Mutter in der Küche sitzt, hat sie feuchte Augen und rührt beim Reden im Kaffee herum. «Mein Mann kommt erst nach Hause, wenn es schon dunkel ist. Und was ich ihm auch hinstelle, nichts rührt er mehr an.» Bevor sie aus der Wohnung geht, horcht sie an der Tür, ob die SS-Männer noch immer im Gang auf den Herrn Schobert warten. Der ist jetzt beim Schwarzen Korps. Mit seinem neuen Zwicker und dem Bartl sieht er aus wie der Himmler. Auf seiner Mütze hat er den silbernen Totenkopf und am Kragen die gekreuzten Knochen. So eine Uniform möchte ich auch einmal haben, wenn ich groß bin.

Bei der Betti steht die Wohnungstür weit offen. Drinnen machen die Leute die Schubladen auf und tragen Sachen heraus. Die Frau Schiedloh hat die Zimmerlinde unter dem Arm, die Frau Stadler die Uhr mit den gläsernen Glöckchen. Am Nachmittag kommen die SA-Männer und räumen alles aus. Zu viert tragen sie das schwere Buffet, das Kanapee macht auf jedem Treppenabsatz einen Kratzer in die Wand. In allen Türen stehen die Frauen und schauen zu. Die Frau Schobert sagt zu meiner Mutter: «Jetzt haben wir nur noch Arier im Haus.»

4

Ein fremder Geruch kommt durchs Fenster, in meinem Zimmer steht der Rauch. Unten auf der Straße blubbern die Teerblasen im Fass. Ein Mann in hohen Stiefeln und Lederschürze hält ein langes Rohr und sprüht die schwarze Brühe über den Sand. Hinter ihm fährt die Dampfwalze, immer langsam vor und zurück, den ganzen Tag, und am Abend ist die Leistnerstraße geteert.

Am nächsten Tag setzen die Männer vom Elektrizitätswerk ihre Masten ein. Flink steigen sie mit ihren Zackenschuhen bis an die Spitze der Stangen und spannen Drähte. Eine Leitung legen sie bis in die Wohnung neben uns. Kaum sind sie verschwunden, klingt dort schon das neue Telefon. Der Breiter Joseph steht im Korridor, redet und redet, wischt sich mit dem Ärmel über das Gesicht, und sobald er den Hörer an die Wand hängt, fängt es wieder an zu läuten.

Am Morgen wartet ein nagelneuer schwarzer Opel Admiral vor dem Haus, auf den Schutzblechen stecken zwei Standarte. Sobald der Herr Breiter durch den Torbogen kommt, reißt der Chauffeur den Schlag auf, schlägt die Hacken zusammen, hebt den Arm hoch und ruft: «Heil Hitler, Herr Oberbürgermeister.» Die Leute bleiben stehen und schauen zu, wie er zur Feier auf den Großdeutschland-Platz beim Rathaus gefahren wird.

Über die Straßen sind Spruchbänder gespannt: «Alle für einen, einer für alle», «Für Arbeit und Brot», «Du bist nichts, dein Volk ist alles», «Keiner soll hungern und frieren», «Ein Volk – ein Reich – ein Führer!» In den Fenstern hängen die Führerbilder und die Hakenkreuzfahnen. Durch den Adolf-Hitler-Ring rasseln die Kolonnen der Raupenfahrzeuge. Hoch oben sitzen die Soldaten, die Hände auf den Schenkeln, den Blick geradeaus, stramm und stumm wie aus Holz geschnitzt.

Auf dem Großdeutschland-Platz weht der Fahnenwald, über der Tribüne glänzen hell die Messingadler mit ihren ausgebreiteten Schwingen. Eine Marschkolonne nach der andern zieht im Paradeschritt heran, mit den Musikkapellen und Standarten, die SS-Sturmabteilung, die SS-Scharführer, die Sturmbannführer, die Obersturmführer, die Standartenführer, dann das Wehrmachtsbataillon, die SA-Männer.

Die Veteranen vom Weltkrieg haben ihre Orden an der Brust und sitzen ganz vorne auf den Ehrenplätzen, daneben die Krüppel in ihren Rollstühlen. Der Herr Pfaffinger hat das schwarze Wachstuch bis zur Brust hinaufgeknöpft. Wenn ihn die Frauen herausheben, hört er unter dem Bauch schon auf; ein französischer Tank hat ihm beide Beine abgefahren. Der Herr Stadler hat keine Hände mehr, aber er kann noch immer arbeiten. Mit seinen Armstümpfen fährt er durch die Griffe der leeren Aschentonnen und trägt sie zurück in den Hof.

Nur der Herr Hauschner fehlt. Der Kaiser hat ihm den «Pour le Mérite», die höchste Auszeichnung, persönlich an die Brust geheftet. Noch im Winter hat er zu meiner Mutter gesagt: «Der Führer ehrt seine jüdischen Kameraden, die im Weltkrieg ihr Leben für Deutschland eingesetzt und geopfert haben; wir brauchen nichts zu befürchten.» Nach Ostern bleiben sein Gartentor und die Haustüre weit offen. «Jetzt haben sie auch den Herrn Hauschner fortgetan», sagt die Mutter.

Auf der Rednertribüne gestikuliert der Oberbürgermeister Breiter mit den Händen; er macht lange Pausen und fängt dann umso stärker an zu schreien. Die Lautsprecher werfen die Wortfetzen durcheinander, und von den Häusern hallt dreifach das Echo zurück. Die «Arbeiter der Faust» fahren mit dem Kraft-durch-Freude-Schiff Wilhelm Gustloff nach Norwegen. Die «Arbeiter der Stirn» besuchen die Schulungen in der Parteizentrale Bayreuth und in München, der Hauptstadt der Bewegung. Die Mütter mit sechs Kindern erhalten das Mutterkreuz und dürfen zur Erholung ins Müttergenesungswerk. Die Berliner Großstadtkinder kommen mit der Kinderlandverschickung in den Bayerischen Wald. Die Frauen sind den Männern gleichgestellt. Frauen an die Arbeitsfront! Frauen als Schaffnerinnen! Frauen als Blitzmädel! Für jeden Deutschen einen Volkswagen!

Nach der Rede steht der Zeppelin LZ 129 über der Stadt. Grell glänzt das Aluminium in der Sonne. Er ist länger als der Stadtplatz, und die Kirchtürme scheinen winzig gegen diesen Riesen. Am Leitwerk ist ein großes Hakenkreuz aufgemalt. Am silbernen Rumpf hängen die Motoren. Sie laufen ganz langsam; schwerelos schwebt der Zeppelin in der Luft. Alle schauen zum Himmel hinauf. Deutlich sind die Köpfe in der Gondel zu sehen. Darin sitzen die feinen Leute auf Polsterstühlen und rauchen Zigarren. Daneben steht der Diener mit einer Weinflasche auf dem Tablett. Das habe ich auf einem Bild im *Universum* gesehen.

Der Oberbürgermeister Breiter macht alles neu, und alles wird besser als je zuvor. Die neue Trabrennbahn hat eine elektrische Startanlage und den modernsten Totalisator. Die Schießstätte ist die größte von Bayern. Zehn Schützen können nebeneinander liegen, und die Scheiben fahren auf Knopfdruck zweihundert Meter hinaus und wieder zurück. Gleich daneben hat der Bürgermeister Breiter für seinen Bruder das Gasthaus zur Schießstätt hingestellt. Über der Einfahrt steht mit gotischer Schrift: «Volk ans Gewehr!»

In der Stadt sind die Häuser frisch verputzt, die Dächer neu gedeckt, die Pflastersteine überteert. Wasserrohre und Gasleitungen wurden verlegt, Licht- und Telegrafendrähte gespannt und neue Straßenlampen aufgestellt. An den Wirtshäusern hängen die schmiedeeisernen Zunftzeichen; Tannengirlanden mit blauweißen Bändern umrahmen die Fenster; die neuen Tanzsäle sind groß wie Getreidespeicher. Kaufhäuser und Sportläden öffnen ihre Pforten, und vor den Eisdielen und Konditoreien stehen die Leute an.

Die Gassen der Altstadt sind ein einziger Markt. Schon im Morgengrauen gurren die Tauben, blöken die Kälber, meckern die Ziegen, krähen die Hähne. Die Sautreiber kommen mit den Dreizentnersauen daher; die Nasch und der Eber grunzen, und im Korb quietschen die Frischlinge. Auf den Standl-Tischen türmen sich die Honiggläser und die Eierpyramiden; an den Haken hängen Landwürste und das Bauerngeselchte. Bis zum Abend sitzen die Leute in den Wirtsgärten. Die Bierkrüge krachen aneinander, überall Musik und Gelächter, Gesang und Geschrei. Alle haben Arbeit, alle haben Geld.

Kaum hatte der letzte Zirkus seine Zelte abgebrochen, wird am Bahnhof schon der nächste ausgeladen. Einer hinter dem andern stapfen die Elefanten die Hindenburgstraße herauf; sechsspännig ziehen die Pferde die Zirkuswagen zur Wiese. In der Gewerbehalle sind die neuesten Mäh- und Dreschmaschinen vom Glas in Dingolfing und die Hatz-Zugmaschinen von der Gäuboden-Fabrik ausgestellt. Die Waldbauern stehen vor den Laufbändern, Kränen, Aufzügen und Silos und schütteln ihre Köpfe.

Um die neue Trabrennbahn rasen die Sandbahnfahrer. Sie kommen aus ganz Deutschland, der Butler und der Henne von München, der Brindl und der Marxeiter von Plattling, der Gunzenhauser mit seiner Kompressormaschine aus Schwaben, die Brüder Senger von Saarbrücken und aus unserer Stadt der Gritzenberger und der Wengermeier, die beiden Metzger. Im Fahrerlager ziehe ich den blauen Nebel der Motoren ein, bis mir schwindlig wird. Beim Rennen bin ich ganz vorn, an der Barriere, und lasse mir von den querstehenden Hinterrädern den nassen Sand ins Gesicht schleudern. Nach der Siegerehrung gibt mir der Schneeweiß Werner aus Wien, der neue Europameister, ein Autogramm.

Früher ist unsere Stadt berühmt gewesen durch den Frauenhofer, den Spitzweg, den Simon Höller und die Agnes Bernauer. Heute macht uns der Scherl Wiggerl in ganz Bayern bekannt. Wenn er am Mittwoch um halb drei im Reichssender München auf seiner Ziehharmonika spielt, sitzen alle am Radio und horchen, ob er keinen Fehler macht. Aber er lässt das «Bananen, Zitronen» nur so herunter. Am Abend warten die Leute am Bahnhof auf ihn, winken und lachen und gehen ein Stück mit ihm mit.

Unser Filmschauspieler, der Gustl Stark-Gstettenbauer ist der jüngste von Deutschland. Er ist ein lediges Kind, aber da lacht er nur, und wenn er mit seinem Kofferl zum Bahnhof geht, kurven wir mit dem Rad um ihn herum. «Ja», ruft er uns zu, «i muass scho wieder zum Tobis-Klangfilm auf Minga auffi.» Er hat das grüne Goassbuben-Hüatl auf, das frische weiße Hemd und die Lederhose an, die er im Film braucht. Der Film heißt «1A in Oberbayern», und er spielt darin den lustigen Hotel-Hausl, der mit den Preussen seine Gspassl macht, wenn sie so gescheit tun und hernach saudumm sind. Sie können nicht einmal Oachkatzlschwoaf oder Doanerlettn nachsagen oder gar sowas wie «D' Hehner gagazen; wenn d' Antn kanntn, gagazatns a». Im Kino warten wir gespannt auf die Stelle, wo er ganz scheinheilig zur Sennerin sagt: «Deandl, wenn i amal heirat, dös muass a Blonde sei wie du.» Und die Sennerin voller Wut: «O, du Hallodri, zu da Kreszenz hast das Gleiche gsagt, und die is schwarz!» Das merken wir uns leichter als dem Hitler sein Geburtsdatum. Nur über den Karl Valentin können wir nicht lachen; die Leute sind immer so blöd, wie er sie spielt, und noch blöder kann er sie auch nicht spielen.

Alle Bettler sind verschwunden. Der erste kam schon am Vormittag, wenn die Mutter noch am Kochen war. Ich brachte ihm die Suppe hinaus, er sass auf der Treppe, tauchte das Brot ein, schob es im Mund herum, zerdrückte es am Zahnfleisch und löffelte hastig dahin, bis zur schwarzen Stelle vom abgesprungenen Email. Der Blechteller und der alte Löffel waren nur für die Bettler da.

Auch die Hausierer, das Krenweiberl in ihrer fränkischen Tracht und die Zigeunerin mit dem Bauchladen und dem Kind am Arm, kommen nicht mehr. Der Oberbürgermeister Breiter lässt nur noch die Kriegsblinden hausieren. Am Arm haben sie die gelbe Binde mit den drei schwarzen Punkten; auf ihrem Rücken ist die Kirm mit den Kleider-, Haar- und Waschbürsten. Der Mann ohne Augen zwinkert aufgeregt und zeigt das rote Fleisch. Der Mann mit den Glasaugen schaut geradeaus auf unsere Wohnungstür, wenn die Mutter mit ihm redet, und nicht ein einziges Mal muss er blinzeln.

Mein Vater kennt den Breiter Joseph von früher, als beide Hilfslehrer auf dem Land waren. Bei Beerdigung und Taufe müssen sie den Messner machen, beim Hochamt die Orgel spielen und den Kirchenchor leiten. Schließlich hat der Breiter genug vom Herumkommandieren der Pfaffen. Er fängt an, mit Pferden zu handeln, lässt sich ein Hitlerbarterl wachsen und tritt als einer der ersten in die Nationalsozialistische Deutsche Arbeiterpartei ein. Wenn er beim Sternthaler Wirt wieder einmal zu viel erwischt hat, hebt ihn der Vater auf sein Gäuwagl und bindet ihn mit einem Kälberstrick am Bock fest. Dann dreht er die Bremse auf und gibt dem Pferd die Zügel. «Und jedes Mal», sagt mein Vater an dieser Stelle, «hat das Pferd ganz allein heimgefunden, bis hinaus zu seinem Geltolfinger Schlössl.»

Später hat der Breiter Joseph dem Hitler das Leben gerettet. Stundenlang ist der Hitler im Kronensaal auf dem Tisch gestanden und hat geredet und geredet. Immer wieder schreien ihm die Kommunisten dazwischen und pfeifen ihn aus. Sie zerren ihn vom Tisch herunter und wollen ihn zusammenschlagen. Da werfen sich der Breiter Joseph und seine Kameraden dazwischen, laufen mit dem Hitler aus dem Saal und verstecken ihn beim Andorfer Bader am Unteren Tor. Dafür hat der Hitler dem Breiter den Blutorden verliehen und ihn zu unserem Bürgermeister gemacht.

Der Mutter ist der Hitler schon immer zu gewöhnlich gewesen. Sie mag nichts, was ordinär und laut ist. Sogar in der größten Aufregung bringt sie einen einzigen Fluch zusammen: «Donner und Doria.» Den Hindenburg hat sie nur gewählt, weil der die Bibel auf seinem Nachtkastl hat und in der Schlacht von Tannenberg eine Million Russen gefangen nahm. So hat er das christliche Abendland vor den asiatischen Horden gerettet. Weil sie von den englischen Fräulein im fürstbischöflichen Lustschloss von Freudenhain erzogen worden ist, kann sie weder schwimmen noch radfahren. Auch zum Fasching geht sie nicht mit. «Meine Frau ist eine Kirchenrutscherin. Sie findet nichts am Tanzen», sagt mein Vater zur Frau Breiter. Er schaut zu, wie die Frau Breiter ihren Fuchspelz um den Mantelkragen legt und lange nach dem Haken unter dem Fuchskopf sucht. Der Kopf hat richtige Zähne und Augen aus Glas, der Schwanz bleibt auf ihrer Brust liegen. Auf der Treppe muss sich die Frau Breiter am Geländer festhalten; das Gewicht hat ihr die Beine nach außen gebogen. Nebeneinander gehen mein Vater und die Frau Breiter durch den Torbogen und über die Leistnerstraße ins Café National. Sie wollen die Bauchtänzerin mit ihrer Riesenschlange sehen, die nach Mitternacht auftritt.

Die Frauen im Block lachen über die Frau Breiter. Die ist so dumm, die schreibt Schwanz mit Ringel-S. Auch sprechen kann sie nicht richtig. Sie sagt: «Gestern bin i in der Kino gwen» und «Da Butta is mir ranzlad worn». Zum Hut sagt sie «Hout», und die Frauen nennt sie «Mänscha». «Der mit seine Mänscha», schimpft sie bei meiner Mutter. «Und wenn si' d' Leit' s Maul gfransert reden, dass der Joseph umanander weibert – die Frau Oberbürgermeister bin immer no i!»

5

Mitten im Traum riecht es plötzlich stark nach Pferden. «Vieh-doara, Vieh-doara, was ham mir auf?», flüstert eine Stimme. Neben meinem Bett steht der Dipf. Seine lange, dünne Nase wirft einen scharfen Schatten auf die Wange; die schwarzen Haare fallen ihm ins Gesicht. Seine Zähne sind weißer als die meinen, und er muss sie nicht einmal putzen.

In der Küche schiebt die Mutter die Zeitungen auf dem Tisch zusammen, der Vater rückt seinen Korbstuhl ans Fenster. Ich knie mich auf das Kanapee, lege den Kopf auf die Arme und schaue zu, wie der Dipf die Hausaufgaben von meiner Schiefertafel abschreibt. Seine Hände sind aufgerissen und braun wie Baumrinde. Den Griffel hält er ganz vorne und drückt so fest auf, dass sich sein Zeigefinger biegt. Nach jedem Wort muss er den Staub wegblasen. Für den Dipf ist das H noch immer eine Turnstange, das O die Sonne, das Z der Blitz, und zum Zählen braucht er die Finger, wie die Erstklässler. Der Dipf ist viel älter als ich. Doch geschlagen hat er mich noch nie. Nur einmal hat er mich auf der Straße von hinten am Hals gepackt und mir die Luft abgedrückt: «Hau da Messa Nack ei, konnt a hoam geh mit da Loch!»

Der Dipf kommt nur im Winter in die Schule. Der Lehrer setzt ihn in die letzte Bank zum Ortbauer, dem Ihaha, der wie ein Pferd mit dem Kopf auf und ab geht, und zum Hirtreiter, dem Stinker, der nicht weiß, wann er zum Abort hinaus muss. Der Dipf ist viel zu groß für unsere Schulbänke, er muss die Knie zur Seite rücken. Wenn der Lehrer schreit: «Gerade sitzen! Hand auf Bank!», hängt er noch immer schief auf seinem Sitz. Dann nimmt der Lehrer den Tatzenstock vom Katheder, der Dipf schiebt sich aus seiner Bank, streckt die Hand aus und wartet, bis der Stock auf seine Finger saust. Jetzt könnte er dem Schneebauer leicht den Arm umdrehen und mit einem Ruck die Schulter auskugeln, so, wie er es mit dem Bauernburschen auf dem Rossmarkt gemacht hat, als der mit dem Stilett auf ihn losgegangen ist. Doch der Dipf bleibt ruhig stehen, und wenn er mit der heißen Hand zu seiner Bank zurückgeht, sieht man ihm nichts an. Nur in seinen Augen funkelt es schwarz. Jetzt kniet der Dipf in seiner Bank am Boden und ist nicht mehr größer als wir.

In aller Frühe, noch bevor ich richtig wach geworden bin, höre ich die Pferde vom Christ im Stall. Sie schnauben, schütteln die Köpfe und rasseln mit den Ketten. Männer reden, dazwischen die helle Stimme vom Dipf. Später mahlen die Räder der Gäuwagen im Sand, und über meine Zimmerdecke wandert ganz fein ihr Schatten. Immer ferner und schwächer wird das Getrappel der Pferde: die Leistnerstraße hinunter, bis es der Regen verschluckt.

Nach der Schule helfe ich dem Dipf im Stall. Ich lade den Pferdemist in den Schubkarren und striegle die Pferde so, wie es mir der Dipf gezeigt hat, immer in die Richtung der Haare und nach jedem Strich die Bürste am Eisen abkratzen. Bald fängt das Fell zu glänzen an; immer deutlicher treten die dicken Adern heraus. Wenn ich zu weit unter den Bauch komme, zuckt die Haut. Danach habe ich ganz saubere Hände; sie sind weich und fett und riechen gut.

Nach dem Füttern bindet der Dipf ein halbes Dutzend Rösser zusammen und führt sie durch die Stadt hinunter zur Donau. Die Fohlen laufen von alleine mit. Wir brauchen die ganze Straße für uns und kommen so wild daher, dass die Frauen auf dem Trottoir stehen bleiben und ihre Kinder aus dem Wagen heben.

Hinter der Stadtmauer, beim Pulverturm, bindet der Dipf die Pferde los. Er hilft mir auf den kleinen Braunen, der sogleich beginnt zu galoppieren, dem Dipf auf seinem Hengst und der Meute hinten nach. Mit beiden Händen kralle ich mich in die Mähne. Auf dem glatten Fell rutsche ich vor und zurück, hin und her, hänge einmal links und einmal rechts herunter. Auf den Äckern wirbeln die Hufe Staubwolken auf, in den Sumpfwiesen spritzt das Wasser meterhoch. Immer neuen Flusswindungen reiten wir entlang. Erst weit oben im Donaumoos, an der Aitrach, springt der Dipf ab. Das Fell der Pferde ist matt vom Schweiß; die Fohlen stehen mit gespreizten Beinen da und zittern.

Auch bei der größten Hitze hat der Herr Christ seinen schwarzen Anzug an; sogar in der Stube lässt er seinen Hut auf. Wenn er ein Pferd kaufen will, muss der Bauer es so lange auf der Leistnerstraße laufen lassen, bis es schäumt. Bei jedem Schritt wird es weniger wert; das Auge hat kein Feuer, die Zähne sind stumpf, die Zunge ist angelaufen, das Fell schütter – der ganze Gaul ist zusammengeschunden. Doch sobald es beim Christ im Stall steht, wird es wieder jung und gesund. Es wirft den Kopf in die Höhe, spielt mit den Ohren und schlägt mit dem Schweif.

Bevor es der Herr Christ wieder auf dem Rossmarkt am Theresienplatz verkauft, mischt er ihm ein Rosstrankerl. Beim Vorführen muss es der Dipf mit der Gerte heimlich kitzeln, damit es schneller läuft und zu tänzeln anfängt. Der Bauer, dem es einmal gehört hat, schaut zu und kann nicht verstehen, warum er dieses Prachtstier verkauft hat.

Zum Dipf sagt der Herr Christ nie ein Wort. Er lobt ihn nicht, er schimpft ihn nicht, er lässt ihn einfach in Ruhe. Die Frau Christ redet mit dem Dipf nur in ihrer Sprache. Immer will sie etwas von ihm. Sie ist so schwer, dass sie sich auf zwei Stöcke stützen muss und das Wickelkleid nur knapp um sie herum geht. Von ihren Beinen hängt das blaue Fleisch herunter und verdeckt die Knöchel. Weil sie in der Stube keine Luft mehr kriegt, steht sie oft barfuß in der Haustür. So oft ich an ihr vorbeilaufe, schaut sie geradeaus.

Als ihre Herzwassersucht schlimmer wird, muss sie ins Krankenhaus. Ein großes Auto holt sie ab. Es hat einmal dem König Konstantin von Rumänien gehört, sagt der Dipf. Die Männer versuchen, die Frau Christ durch die hintere Tür zu schieben. Aber sie bleibt stecken, und der Wagen bäumt sich vorne auf. Erst als zwei Männer von außen drücken und die andern von innen ziehen, ist die Frau Christ drinnen, und das Auto fährt davon.

Am Sonntag stehen die Zigeunermädchen im Hof und warten, dass sie der Robert zum Wetten auf die Trabrennbahn mitnimmt. Beim Rauchen behalten sie den Rauch lange im Mund und drücken ihn erst zuletzt durch die Nase heraus. Dann geben sie die Zigarette an die nächste weiter. Sie haben knöchellange Röcke, glänzende Blusen und enge Männerjacken an; an ihren Stoffturnschuhen sind keine Schuhbänder. Die goldene Ringe an ihren Ohren und ihre anderen Schmucksachen kaufen sie beim Silber-Jud am Unteren Tor.

«Zukazabo», flüstert der Dipf und deutet mit dem Kinn auf ein Mädchen. Es hat die Schildkappe ins Genick geschoben, darunter quellen die blauschwarzen Haare heraus. Ihre Nase ist so schmal wie die vom Dipf, die Augenbrauen hat sie abrasiert und mit einer dünnen schwarzen Linie nachgezogen. Die Absätze ihrer Stöckelschuhe sind schief und ausgefranst. Blitzschnell dreht sie sich herum: «Du Kreatur!» Sie drückt die Zunge an die Zahnlücke, und haarscharf fliegt der Schleimpfropfen am Dipf vorbei. Schon stürzen sich, wie auf ein Zeichen, alle Mädchen auf uns, da kommt der Robert aus dem Haus. Er hat eine enge, gelb und braun karierte Jacke an und Reithosen mit messerscharfen Kanten; auf seiner Sportmütze ist ein Poloreiter aufgestickt. Er riecht stark nach Maiglöckerl und hält zwischen Daumen und Zeigefinger einen langen Zigarettenspitz.

Ich habe Angst vor ihm, seit er mich am Genick gepackt und unter die Pferde geworfen hat. Über mir waren nur noch blinkende Hufeisen. Dem Dipf schlägt er die Mistgabel über den Rücken, wenn wir die Pferde nassgeschwitzt zurückbringen. Und einmal hat er im Streit den eisernen Kochherd in den Hof hinuntergeworfen. Er überschlug sich in der Luft und blieb, mit den Füßen voran, in der aufgeweichten Erde stecken. Ein Herdring rollte im Bogen bis zur Frau Christ und blieb vor ihren Füßen liegen. Langsam machte sie ein paar Schritterl zur Seite und drohte mit dem Stock zum Fenster hinauf.

Der Robert klatscht mit der Reitpeitsche auf den Stiefel.

Sein Goldzahn blitzt. Er schwingt sich auf den Bock. Geschwind setzen die Mädchen ihren Fuß auf die Radnaben, und kaum sind sie im Landauer, preschen die Pferde aus dem Hof. Die Hinterräder schlittern, die Mädchen purzeln durcheinander. «Gigalo sein, dass arr fein», sagt der Dipf.

Im Hof vom Christ stehen viele Gäuwagen; die Pferde sind mit Stricken an die Eisenringe der Stallwand gebunden. Die Männer sitzen in der Stube und sehen alle aus wie der Herr Christ; ich muss lange suchen, bis ich ihn finde. Alle haben große, schwarze Schnurrbärte, schwarze Hüte und schwarze Anzüge, und aus ihren Westen hängen goldene Uhrketten. In der Ecke, auf einem erhöhten Stuhl, sitzt die Frau Christ wie auf einem Thron.

Die Vogelkäfige an der Decke sind schon für die Nacht zugedeckt. Doch die Männer reden so laut durcheinander, dass die Kanarienvögel wieder aufwachen und anfangen zu singen. Als der Lärm zu groß wird, hebt die Frau Christ den Kopf und öffnet Augen und Mund, als ob sie reden wollte. Sofort werden die Männer still. Sie holen ihre Schnupftabakdosen aus der Tasche, spreizen den Daumen vom Zeigefinger und werfen den schwarzen Schmalzler in die Vertiefung. Laut ziehen sie ihn durchs Nasenloch hinauf; ihre Augen werden wässrig und dann wieder klar. Der Dipf sagt, dass ein Nordlicht über dem Bayerischen Wald geleuchtet hat, und die schwarze Gnadenmutter von Tschenstochau prophezeit, dass wieder ein Krieg kommt.

Am nächsten Morgen liegen die roten, prallgefüllten Federbetten zum Sonnen im Hof, die Käfige mit den Kanarienvögeln stehen im Schatten. Der Dipf kurbelt den Zigeunerwagen mit der Winde hoch und zieht die Räder ab. Der

Robert streicht die Achsen mit der schwarzen Wagenschmiere ein, ölt die Gewinde der Bremsen und zurrt das Planendach fest.

Noch am gleichen Tag spannen die Christ-Leute ein und verlassen den Hof. Die Pferde, die sie nicht zum Ziehen brauchen, sind hinten am Wagen angebunden. Bei der Ziegelfabrik macht der Herr Christ einen Bogen zur Lehmgrube. Dort hatte sein Bruder das Lager.

Der Dipf und ich waren schon einmal da, um ein Geschenk seiner Mutter abzugeben. Es lag so versteckt, dass ich es damals erst sah, als wir schon vor dem Wagen standen. Kein Rauch kam aus dem Kamin, nur die Hunde liefen auf uns zu und wedelten mit dem Schwanz. «Die sind auf einer Leich im Michaelifriedhof», sagte der Dipf. Die Tür vom Wagen war offen, auf dem gedeckten Tisch lag eine Torte. Der Dipf stellte die Schnapsflasche von seiner Mutter daneben. Dann schauten wir lange die Torte an. Sie war groß, glänzte weiß und hatte grüne Verzierungen. Schließlich hob der Dipf sie vorsichtig auf, seine Hand verschwand unter dem Boden und kam mit einem großen Kuchenstück wieder heraus. Das nächste Stück gab er mir. Erst als die Torte in der Mitte durchhing, liefen wir davon.

Nun liegt die Lehmgrube verlassen da, der Onkel ist schon weg. Der Herr Christ wendet die Pferde und fährt über den Gäuboden hinaus auf die Isarberge zu. Der Wald ist zu einer schwarzen Wand zusammengewachsen, nur schwach schimmert die Sandstraße in der Dunkelheit. Ich bleibe stehen, so weit weg von daheim bin ich noch nie gewesen. Erst vor der nächsten Biegung schaut der Dipf sich um. Dann springt er auf den Bock vom letzten Wagen und ist verschwunden.

6

An stillen Sommerabenden, wenn die Linde duftet und es draußen noch hell ist, schiebt der Herr Donauer seine Ardie aus dem Hausgang. Sie ist emailblau lackiert und hat schwarze Zierlinien am Rahmen. Er lehnt sie an die Mauer, pumpt die Luft in den Rädern nach und prüft mit Daumen und Zeigefinger, ob der Schlauch schon fest genug ist. Dann schüttelt er die Maschine, horcht, wie stark das Benzin im Tank schwappt, und tupft mit dem Zeigefinger die Schwimmernadel vom Vergaser, bis er überläuft. Er klappt den Kickstarter heraus, tritt ihn schnell herunter – und schon springt die Ardie an. Immer wieder lässt er sie aufheulen, jedes Mal steigt eine blaue Wolke auf, und tief ziehe ich den Duft vom Rizinusöl in mich hinein. Er schiebt den Gashebel zurück, der Viertakter schnurrt wie eine Katze, und als hätte sie darauf gewartet, kommt die Frau Donauer aus dem Haus. Sie steigt auf den Sozius, kurz seh ich den Pfennig in ihrem Strapsbügel. Mit beiden Händen hält sie sich am Sattelgriff fest, der Herr Donauer drückt den Hebel für die Frühzündung nach vorn, und die Schläge vom Motor werden so hart, dass ich sie im Magen spüre. Mit einem Ruck prescht die Ardie davon, und im Sand bleibt eine tiefe Rinne zurück.

Die Ardie hat den schönsten Ton, den ich kenne. Er gefällt mir noch besser als das Donnern der Indian-Steilwand-Maschine auf dem Volksfest. Und auch besser als der weiche Klang der Horex, das seidige Surren der Moto Guzzi und die satten Schläge der JAP, der Norton und der Triumph. Wenn ich abends im Bett liege und schon fast am Einschlafen bin, höre ich von weit her, von den Hügeln des Gäubodens, ihr leises Summen. Vor einer Kurve verstummt sie, aus der Kurve heraus knattert sie froh. Immer weiß ich, wie weit die Ardie noch weg ist. Zuletzt macht sie tak-tak, wie die Uhr im Wohnzimmer. Dann huscht der Lichtschein der Karbidlampe grell und weiß über die Wand. Ein Klicken: Der Herr Donauer hat den Gang herausgezogen und lässt die Maschine auf der Straße ausrollen.

Jeden Morgen fährt der Herr Donauer mit seiner Ardie hinauf zur Reithalle. Drinnen riecht es nach der Wärme der Pferde und dem Mottenpulver der Soldatenuniformen. Der Staub wirbelt auf und steht in dicken Säulen im Sonnenlicht. Stumm laufen die Rekruten im Torfmull neben ihren Pferden her. Hin und wieder donnern Hufschläge an die Holzwand, bös schnauben die Rösser. «Aufsteigen!», ruft der Herr Donauer. Die Pferde legen die Ohren zurück, bäumen sich auf und schlagen mit den Hinterbeinen aus. Die Rekruten hängen an den Zügeln, und haben sie endlich einen Fuß im Steigbügel, macht das Pferd einen Satz und schleift sie durch den Torfmull. Wie berauscht torkeln die Soldaten in der Reithalle herum.

Am Tag der Wehrmacht breitet der Herr Donauer eine Zeitung auf dem Küchentisch aus. Er stellt seine Schuhe darauf und legt die Erdal-Dose mit dem Frosch auf dem Deckel daneben. Dann taucht er die Bürste in die Dose und fährt mit ihr jede einzelne Naht nach: «Diese Stiefel sind handgemacht und zwiegenäht und halten das ganze Leben.» Zum Schluss darf ich die Schuhe polieren, und erst, wenn sich das Licht darauf spiegelt, ist er zufrieden. Vor dem Spiegel spuckt er in die

Hand und streicht seine Haare so lange über die Glatze, bis sie auf der anderen Seite liegen bleiben. Er wendet das Gesicht hin und her und auf und ab, und wenn alles stimmt, darf ich ihm den Schleppsäbel von der Garderobe bringen. In die Klinge sind die Worte «Blut und Ehre» eingraviert.

Das große Kasernentor steht weit offen, die Schranke ist aufgezogen. Der Wachposten hat sein Gewehr geschultert. Er schaut geradeaus und lässt alle Leute passieren. Am Gedenkstein für die Gefallenen vom Weltkrieg hängen Girlanden, am Sockel lehnen Kränze. Auf dem Exerzierplatz stehen Stockbetten; Soldaten liegen auf den Strohsäcken und tun, als ob sie schliefen. Plötzlich kurze Trompetenstöße. Die Männer werfen die Decken zurück und springen in ihren langen, weißen Unterhosen so schnell in die Uniformen, dass die Zuschauer lachen. Sie rennen zu den Pferden, schwingen sich in die Sättel und galoppieren auf den Wald aus Christbäumen zu. Dahinter lauert der Feind. Schüsse fallen, das MG34 hämmert. Noch im Laufen reißen unsere Soldaten die Pferde zu Boden und erwidern über ihre Bäuche hinweg das Feuer. Handgranaten fliegen, es kracht und qualmt. Die ersten Feinde bleiben tot liegen, die Unseren sind nur verwundet. Vierspännige Fourrage-Wagen sausen über den Platz, Sanitäter rennen mit Tragbahren zu den Verletzten. Wieder ein Trompetensignal: «Feuer einstellen! Sammeln!» Die Verwundeten springen von den Bahren, die Toten stehen vom Boden auf, die Leute rufen: «Bravo, bravo!» Zum Schluss singen Freund und Feind gemeinsam: «Aufs Pferd, Kameraden, aufs Pferd, aufs Pferd, hinaus in die Freiheit gezogen; im Felde, da ist der Mann noch was wert ...»

In der Reithalle stehen Bänke, die Tische sind mit weißen Papiertüchern bedeckt. Die Gulaschkanone dampft, der Koch füllt die Teller bis zum Rand. Vorsichtig tragen sie die Leute zu ihrem Platz zurück. In der Mitte sitzen die Offiziere, der Major Hübner, der Major Krix, der Reitlehrer Donauer und der Hauptmann Pfannenstiel mit ihren Frauen. Am Tisch daneben sind die Hitlerleute, der Kreisleiter Putz, der Goldfasan Obereder vom Magazin, der Kettenhund Kromberger von der Bahnpolizei und der Chefarzt Doktor Angerer vom Krankenhaus mit seinem Monokel und dem Schmiss im Gesicht.

Sie sitzen genau unter mir. Durch die Ritzen der dünnen Dachbodenbretter schaue ich auf die Frauen mit den Pelzmänteln und den Hüten mit den Augenschleiern und auf die Ulanenuniform vom pensionierten Landgerichtsrat Eisner hinunter. Vorsichtig schiebe ich eine Handvoll Staub und Sand zusammen und lasse sie durch die Fuge der Bretter rieseln. Sie essen weiter, als wäre nichts passiert. Das nächste Häufchen. Plötzlich legen die Offiziere den Löffel hin. Die einen drehen den Kopf hin und her, die andern greifen sich in den Nacken und beugen sich über den Teller. Die Frauen klopfen den Staub vom Pelz. Der Major schaut zur Decke herauf. Dann winkt er der Ordonnanz und zeigt mit dem Finger nach oben. Noch bevor der Soldat die Eisentür zur Wendeltreppe gefunden hat, bin ich durch die Luke auf das Dach geklettert und mit ausgebreiteten Armen und Beinen auf dem Bauch über die Ziegel zum Schneegitter hinuntergerutscht. Ein paar Schritte über das Dach und ich schwinge mich an einem Ast hinüber zum Birnbaum.

Nach dem Mittagessen fährt der Schirrmeister auf seiner schweren Zündapp ein paar Runden. Ein Soldat nach dem andern läuft zu ihm hin und klettert an ihm hinauf. Immer größer wird die Pyramide, der letzte macht einen Kopfstand, und ruhig fahren sie im Kreis herum.

Die Leute klatschen noch, da schieben zwei Soldaten schon die Beiwagenmaschine für die nächste Nummer auf den Platz. Niemand sitzt darauf. Das Verdeck vom Beiwagen ist zugeknöpft, aus dem Lenker ragt eine Antenne. Langsam, wie von Geisterhand bewegt, fängt das Motorrad zu fahren an. Zuerst macht es einen großen Kreis, dann schwenkt es in eine Acht ein und bleibt in der Mitte stehen. Alle schauen zum Funker, der an seinem Schaltkasten hantiert. Die Zündapp fährt eine Spirale, die Bögen werden immer größer, das Tempo immer schneller. Plötzlich beginnt der Motor zu stottern. Eine Fehlzündung folgt der andern. Die Maschine macht einen gewaltigen Satz, rast mit Vollgas geradeaus und kracht in einen Baum. Rasch laufen die Soldaten zur Unglücksstelle hin. Sie reißen das Segeltuchverdeck vom Beiwagen weg, darunter kommt ein Soldat zum Vorschein. Er rührt sich nicht mehr, sein Kopf ist voller Blut. Erst jetzt sehe ich den Sehschlitz in der Blechwanne und die Drähte, die zum Lenker führen. Der Mann im Beiwagen ist der Herr Donauer.

7

Aus der Nachbarwohnung höre ich einen dumpfen Schlag – die Hedwig hat den Klavierdeckel aufgeklappt. Gleich geht's wieder los mit den Akkorden, den Tonleitern und den Etüden. Ewig spielt sie hinauf und hinunter, immer bleibt sie an der gleichen Stelle stecken. Doch wenn ich zu ihr in den unteren Stock gehe und sehen möchte, mit welchem Finger sie immer die falsche Taste erwischt, ist sie schon beim nächsten Stück. Sie sitzt im Wintermantel und mit Pulswärmern da, und nach jedem Umblättern haucht sie in die Hände. Manchmal hört sie mitten in einer Melodie auf, als käme ihr etwas anderes in den Sinn. Dann lässt sie ihren Kopf auf die Brust sinken, legt die Hände in den Schoß und schaut lange auf die Tasten. Ihre Messingkerzenleuchter sind noch immer am Klavier angeschraubt. Die unseren hat der Vater schon nach dem ersten Aufruf abmontiert und zur Metallsammelstelle gebracht.

Zum Lernen geht die Hedwig in die Küche. Sie legt sich eine Decke um den Bauch und setzt sich in ihren Liegestuhl aus schwarz lackiertem Bambus. Mit der einen Hand hält sie das Heft, mit der andern deckt sie die Seite zu. Sie wispert ihre französischen Verben herunter und nickt bei jedem Wort mit dem Kopf. Alles, was sie einmal gelesen hat, kann sie sofort auswendig hersagen. Sogar die Seite, wo es steht, weiß sie noch. Sie ist die beste Schülerin zwischen Regensburg, Passau und Landshut, und in ihrem Zeugnis sind lauter Einser. Im Schultheater spielt sie jedes Jahr die Hauptrolle, die feine Dame mit dem Hermelinpelz um die Schultern. In Stöckelschuhen stolziert sie über die Bühne, und jedes Mal, wenn sie sich über die dummen Leute von der Kleinstadt aufregt, ruft sie ihre Zofe: «Helenchen, meine Tropfen!»

Der Herr Lautenbacher behält auch daheim seine Pfarrerschuhe an. Sie sind schwarz lackiert und reichen ihm bis über die Knöchel hinauf. Zum Anziehen steckt er den Finger durch die Schlaufe am Schaft, und schon kann er den Stiefel hinaufziehen. So braucht er sich nicht zu den Schuhbändern hinunterbücken. «Hat dein Vater die Englische Krankheit?», habe ich die Hedwig einmal gefragt. «Nein, der ist bloß aus dem Kinderwagl herausgefallen.»

Beim Lesen geht der Herr Lautenbacher immer auf und

ab, vom Küchenfenster zur Hedwig und zurück. Manchmal bleibt er stehen, zieht sein kurzes Bein auf und schaut lange über sein Buch auf einen Punkt an der Wand. Dann wird er wieder lebendig, macht den Finger nass, wirft rasch ein paar Seiten hinüber und wandert weiter.

Die Frau Lautenbacher sagt nie etwas. Erst, wenn ihr der Pfeifenrauch in der Küche zu dick wird, ruft sie: «Ludwig!» Und noch einmal: «Luudwich!» Dann wirft sie das Nähzeug auf den Tisch, reißt das Fenster auf und wartet, bis der Herr Professor spürt, dass es kalt wird. Verwundert schaut er um sich, sieht erst die Hedwig, dann seine Frau. Mit einem Seufzer hinkt er zum Ausguss hin. Er kratzt den Ruß aus dem Pfeifenkopf, dreht das Mundstück ab und lässt den Teersud in den Ausguss tropfen. Mit einer Gänsefeder striegelt er so lange durch das Rohr, bis sie ganz schwarz und verklebt ist. Zuletzt nimmt er mit zwei Fingern den Zwicker ab und reibt die beiden roten Flecken an der Nase: «Nnna aaalso.»

Die Frau Lautenbacher kommt von der Oberpfalz, aus einer großen Mühle mit vielen Dienstboten. Ihre Geldbörse lässt sie auf der Kredenz liegen, und die Hedwig kann so viel Geld herausnehmen, wie sie will. In der Früh bleibt die Frau Lautenbacher im Bett liegen und wartet, bis der Herr Professor und die Hedwig aus dem Haus sind. Die Betten macht die Frau Breu, die Zugehfrau.

Der Herr Lautenbacher unterrichtet als einziger Lehrer am Gymnasium vier Sprachen: Hebräisch und Griechisch, Latein und Deutsch. In den Parallelklassen schreiben die Schüler schon lange Aufsätze über «Volk ohne Raum», «Pferd oder Motor», «Weltmacht Öl» oder «Der Befehl des Gewissens». Er gibt immer noch die altmodischen Themen auf:

«Mal fehlt uns der Becher, mal fehlt uns der Wein». Oder «Trink oh Auge, was die Wimper hält, von dem goldnen Überfluss der Welt». Oder von Platen: «Im Leben ist vergessen nicht die letzte Tugend».

Vor jeder Kirche holt der Professor Lautenbacher zum lateinischen Kreuz aus. Er reißt die Hand so hoch über die Schultern wie die andern beim «Heil Hitler». Kommt ihm ein Pfarrer entgegen, bleibt er stehen, packt seinen schwarzen Hut, bückt sich, dass die Krempe fast den Boden berührt, und ruft schon von weitem: «Gelobt sei Jesus Christus, Hochwürden!»

Ins »Arbeiterwohl» geht der Herr Lautenbacher nicht mehr. Dort sitzen ihm zu viele SA-Männer. Jetzt macht er lieber den weiten Weg in die Stadt hinein bis zur Brauerei der Dietl Hedwig. Die hat viele Wirtshäuser im Gäuboden und ist so freigebig, dass man bei ihr für drei Quartl eine ganze Mass kriegt. Beim Anstehen vor dem Schankfenster kommt er kaum vom Fleck. Alle drücken sich an ihm vorbei, weil er nicht aufhören kann, im neuen Buch aus der Pfarrbibliothek St. Jakob zu lesen. Auf dem Heimweg hinkt er dahin, den Bierkrug in der einen Hand, das Buch in der anderen, und wenn es interessant wird, bleibt er auf einem Fuß stehen. Hin und wieder trinkt er einen Schluck, und bis er daheim ist, hat er das Buch fast ausgelesen und der Krug ist leer.

Auch die Pfarrer von St. Joseph gehen nicht mehr ins »Arbeiterwohl» geht. Jetzt treffen sie sich am Sonntagnachmittag beim Professor Lautenbacher. Das ganze Treppenhaus riecht nach dem warmen, süßlichen Rauch ihrer Zigarren. Der Kurat Rembeck sitzt so kerzengerade am Wohnzimmertisch, als wäre er noch immer der oberste Feldgeistliche vom Weltkrieg. Sobald er in der Religionsstunde in unsere Nähe kommt, rücken wir zur Seite, weil die weißen Schaumtropfen aus seinem Mund schießen. Jeden Unterricht beginnt er mit den Worten: «Gott, der Herr, hat uns durch seine unendliche Güte das heilige Gebot der Ehe gegeben.» Und schon ist er wieder bei seinem Lieblingsthema: «Ich habe Unkeusches gedacht, ich habe Unkeusches angeschaut, ich habe Unkeusches getan, allein oder mit anderen und wie oft.»

Die gelbe Glatze des Primizianten Isidor Haustein glänzt wie poliertes Holz. Wenn er lacht, läuft er rot an und zeigt seine wilden Zähne. Seine Predigten gehen ewig dahin; immer länger muss er zwischen den Sätzen nachdenken. Oft fallen ihm dabei die Augen zu, dann fängt er wieder von vorne an: «Andächtige in Christo dem Herrn … In jener Zeit, als Jesus noch unter den Lebenden weilte, da trug es sich zu …» Sogar meine Mutter sagt: «Man möcht' ihn grad anschieben.»

Der Geistlichen Rat Alois Fenzl hat seinen Schäferhund mitgebracht. Ohne den geht er nicht mehr aus dem Haus, seit ihn die SA-Männer auf der Straße beschimpften: «Du Devisenschieber! Dich kriegen wir auch noch!» Jetzt hat er ihn sogar dressieren lassen. «Fass, Fass!», hat er immer wieder gerufen und den Hund auf einen dick gepolsterten Mann gehetzt. Immer schneller drehte sich der Mann im Kreis, doch der Hund ließ seinen Arm nicht los. Je wilder der Hund wurde, desto lauter grölten die SA-Männer vor der Nationalsozialistischen Volkswohlfahrt und fuchtelten mit ihren Bierflaschen zum Pfarrhof hinüber.

Die Hedwig ist die einzige vom Block, die an Fronleichnam noch immer die gelb-weiße Kirchenfahne ins Fenster hängt. Daneben stellt sie das Heiligenbild mit den schlafenden Jüngern und rahmt es mit Birkenzweigen ein. «Die spinnt im höchsten Grad», sagen die anderen Mädchen. Statt Zöpfe hat sie Locken, und zum Skifahren zieht sie einen knöchellangen, dunkelblauen Gabardinerock an, wie die Skifrauen von 1900 im *Simplizissimus*. Ihre Kniestrümpfe sind glatt gestrickt, ohne das Zöpferlmuster der BDM-Mädchen. Durch das kleine Loch, wo ihr eine Masche aufgegangen ist, schaut die weiße Haut heraus.

Auf dem Eisweiher reißen sie die großen Buben um, und sie muss sich im Kassenhäusl verbinden lassen. Von der eisigen, wundertätigen Quelle in Frauenbrünnl kriegt sie so starkes Bauchweh, dass sie ins Krankenhaus gebracht wird. Sogar auf der flachen Hochgrasslwies tut sie sich weh. Beim Telemark, das Bergerl herunter, kommen ihr die Ski durcheinander, und als sie im Schnee liegen bleibt und sich nicht mehr rührt, steige ich schnell zu ihr hinauf. Ich bücke mich zu ihr hinunter und habe plötzlich ihr Gesicht vor mir, so nah, dass ich erschrecke. Noch nie habe ich eine so weiße Haut gesehen, noch nie so große, blaue Augen. Aus ihrer Tiefe kommt etwas so Starkes und Fremdes, dass ich rasch wegschauen muss.

Zum ersten Mal kann sich die Hedwig den Text vom Schultheater nicht mehr merken. Bei den Proben macht sie alles falsch. Als sie die Stühle in die Turnhalle tragen soll, bleibt sie im Säulengang wie angewurzelt stehen und ist den andern Mädchen im Weg. Unverwandt schaut sie durchs Fenster hinunter zur Donau und rührt sich auch nicht, als die andern sie anrempeln. Im Hof rufen ihr die Mädchen nach: «Mainkofen mach die Tore auf, die Hedwig kommt im Dauerlauf!» Am Morgen geht die Hedwig vor den andern aus dem Haus; nach der Schule macht sie einen Umweg durch die kleinen Gassen, wo sie keiner kennt.

An Pfingsten, kurz vor dem Abitur, tragen die Sanitäter die Hedwig auf einer Bahre aus der Wohnung. Die Frau Lautenbacher macht ihre Fenster nicht mehr auf; schon ein paar Mal sind Steine in ihre Wohnung geflogen. Seither kommt aus dem Schlafzimmer ein lauer Bettgeruch, im Gang seichelt es vom Abort heraus, und in der Küche hängt der Geruch vom Abspülwasser. Wenn sie aus dem Haus geht, machen die Kinder ihr Mopserlgfries nach: die Mundwinkel mit zwei Fingern auseinandergezogen und die Nase plattgedrückt.

An Weihnachten fährt die Frau Lautenbacher zu ihrer Schwester in die Oberpfalz. An Ostern ist sie noch immer nicht zurück. Jetzt ist der Herr Lautenbacher ganz allein. Er unterrichtet nicht mehr am Gymnasium; nur am Bischöflichen Knabenseminar darf er Hebräischstunden geben. Früher hat er meiner Mutter nach der Frühmesse lange von den Päpsten im Mittelalter erzählt, von Innozenz, dem Frommen, und dem Vatikanischen Konzil, von den alten Kirchenvätern und den griechischen Philosophen, von Jerusalem und dem Zweistromland Mesopotamien. Sogar im Hausgang hat er weitergeredet. Jetzt murmelt er nur noch «Gott zum Gruß» und geht gleich weiter.

So schnell hab ich den Herrn Professor Lautenbacher noch nie gehen gesehen. Seine Augen blitzen wild, der Zwicker zittert auf seiner Nase, die Enden seines schwarzen Gehrocks fliegen hin und her. Als er mich hinter dem Torbogen sieht, bleibt er stehen. Habe ich etwas angestellt? Will er mich schlagen? Doch er schaut mich nur an. Dann dreht er sich wortlos um und hinkt auf die Haustür zu. Auf seinem Rücken ist mit Kreide ein großes Hakenkreuz gezeichnet.

8

Der Schauer Adolf riecht anders als ich, ein wenig rass, so, wie der Holz Jackl und der Maider Schoss, die beiden andern Waisenhäusler in meiner Klasse. Er hat das blaue Waisenhaushemd mit den kurzen Sommerärmeln an, und aus der Lederhose stehen ihm die Litzen seiner weißen Unterhose vor. In der Messertasche schaut der Griff von einem Stilett heraus. Er ist erst vierzehn, aber seine Stimme klingt schon dunkel. Er redet nicht ganz so tief wie die Männer im Wirtshaus, eher so wie die pensionierte Oberlehrerin Hartl, wenn sie ihrer Köchin etwas befiehlt. Dann wieder schnappt ihm die Stimme mitten im Satz über, und er redet in meiner Kinderstimme weiter.

In unserer Küche lässt er sich gleich in den Korbstuhl meines Vaters fallen. Die Mutter gibt mir den Masskrug und das Geld, und ich hole im «Arbeiterwohl» ein Dunkles für den Adolf. Als ich zurückkomme, schauen mich beide genau an. Haben sie gesehen, dass ich schon einen Schluck genommen und den Krug geschüttelt habe, bis die Schaumkrone wieder über den Rand gestiegen ist? Doch nein, sie haben nur über mich geredet und wissen nicht, ob ich blond, hellblond oder dunkelblond bin. Der Adolf fasst mich am Nacken, schaut mich ganz genau an und sagt dann: «Der ist semmelblond.» Ich verstehe nicht, was das ist, und muss immer wieder daran denken.

Der Adolf packt mit seinen kurzen Fingern den Krug durch den Henkel und hebt ihn hoch. Er wartet ein wenig, bis das Bier unter dem Schaum daherkommt, lehnt sich zurück, macht ein rundes Maul wie die Karpfen auf dem Fischmarkt, lässt das Bier in sich hineinlaufen und muss kein einziges Mal schlucken. Wenn er das Glas absetzt, hat er die Mass schon fast ausgetrunken. Er holt ein paar Mal das Schnaufen nach und wischt sich seinen Bartflaum ab. Auf dem Handrücken quellen die dicken Adern heraus.

Er schaut auf den Tisch, sieht seine Hand, steckt gleich ein paar Finger in den Mund und kaut an den Nägeln herum. Aus seiner Nase läuft langsam die Rotzglocke; ein paar Mal kann er sie hinaufziehen. Als sie so lang wird, dass sie über seinen Mund rinnt, steht die Mutter auf und holt ihm ein Schneuztuch. Er sagt: «Geuzgod.» Sie antwortet: «Segnt's Gott.» In Sattelpeilnstein, wo er herkommt, reden sie anders als wir. Er sagt: Bou, Kouh, i mou, du Pfloutsch. Wir sagen: Bua, Kuah, i muass, du Trampel.

Der Adolf redet mit meiner Mutter über Sachen, von denen ich noch nichts gehört habe. Dass der Sauerbruch der beste Doktor von der Welt ist. Dass der Papst Pius der XII. ein Turnzimmer hat, in dem er jeden Tag vor der Frühmesse am Barren schwingt. Der Adolf weiß alle deutschen Kolonien, Deutsch-Südwest, Lüderitzbucht, Deutsch-Ostafrika, Togo und Kamerun. Er weiß den Lettow-Vorbeck, den Bethmann-Hollweg, den Mackensen, den Poincaré, den Picard und den Dunant. Er kennt die Brabanter und Burgunder, den spanischen Erbfolgekrieg, die Maria Theresia und den Rabindranath Tagore. Der ist der gescheiteste Mensch von ganz Indien, fast wäre er so gescheit wie der heilige Vater, wenn er nicht ein Heide wäre. Dann lachen sie über den Fakir Gandhi. Der muss nur einmal im Monat essen und schläft auf einem Brett, aus dem lauter Nägel herausstehen. Wenn sie beim

Fridtjof Nansen und der stigmatisierten Resl von Konnersreuth sind, muss ich schon wieder um das nächste Bier und um den Rettich zum Tresch Gärtner gehen.

Wir schauen zu, wie die Mutter den Rettich schält und die Scheiben in den Suppenteller hinein schneidet. Sie salzt sie, dreht sie mit der Gabel um und sagt: «Der muss jetzt weinen, dann ist er nicht mehr scharf.» Aus der Speisekammer holt sie das Brot und die Butterkugel im Pergamentpapier. Gleich packt der Adolf das Messer und streicht sich ganz dick die Butter auf sein Brot. Die Mutter tut so, als sähe sie es nicht. Dann nimmt er den Rettich, gleich immer ein paar Scheiben auf einmal, und stopft sie zum Brot in den Mund hinein. Die Mutter sagt: «Adolf, lass dir Zeit, keiner nimmt dir was.» Doch der Adolf ist vom Waisenhaus her gewohnt, dass er alles schnell essen muss, bevor es ihm die anderen wegnehmen.

Der Adolf trinkt sein Bier, wir trinken Zitronenwasser. Er salzt und salzt den Rettich, bis er uns zu scharf wird. Wir hören auf zu essen und schauen ihm zu, wie er zuletzt das Salzwasser austrinkt. Als im Masskrug nur noch ein Neigerl ist, legt er den Kopf so weit zurück, dass sein Nacken dicke Wülste bildet. Er ist frisch geschoren, wie alle Waisenhauskinder an Ostern.

Wenn der Adolf ein paar Mass zu viel hat, dann treibt's ihm die Augen heraus und sie werden so groß wie meine Glasschusser. Er redet ein bisschen langsamer und macht Pausen, als ob er nicht mehr weiterwüsste. Plötzlich rasselt er die größten Kirchtürme der Welt herunter, die von Köln, von Speyer, von Ulm und von Reims. Danach zählt er die höchsten Berge auf, dann die längsten Flüsse der Welt. Wenn ihn die Mutter das kleine Einmaleins ausfragt, dann lacht er bloß und sagt, sie soll ihn lieber das große Einmaleins ausfragen. Das kann er vorwärts und rückwärts wies Wasser. Nur wenn sie ihn durcheinander ausfragt, mag er nicht mehr.

Auch die Kaiser, die Feldherrn, die Königreiche und die Schlachten kann er der Reihe nach aufzählen, aber wenn die Mutter ihn fragt, wie sie zusammengehören, in welchem Krieg das geschah oder ob der Friedrich der Zweite ein Fürst oder ein Kaiser war, dann grinst er und geht auf den Abort. Später gibt mir die Mutter ein Zeichen. Ich laufe hinaus und zieh an der Kette, weil der Adolf seinen Seich immer in der Schüssel lässt.

Als ich zurückkomme, hat der Adolf schon sein Geißgschau. Er schaut zu mir her, blinzelt aber nicht mehr. Ich geh ganz nah zu ihm hin, mach ihm mit gespreizten Fingern eine lange Nase und streck ihm die Zunge heraus. Er rührt sich nicht. Dann reißt es ihn: «Du Krowat!» Er schiebt den Tisch weg, packt mich mit beiden Händen am Kopf und hält mich mit ausgestreckten Armen in die Luft. Sein Gesicht wird feuerrot, am Hals treibt es ihm die Adern heraus. Er beginnt zu zittern, wartet aber noch ein wenig und stellt mich ab.

Dann sitzt der Adolf wieder da wie ein Hund, der nachdenkt, was er jetzt tun soll. Die Mutter zieht die grünen Küchenvorhänge zu, dass ihm die Sonne nicht ins Gesicht scheint. Das eine Augenlid ist ihm schon hängen geblieben, der Kopf fällt ihm herunter. Die Mutter legt ihn aufs Kanapee. Er dreht sich zur Seite, steckt die Hände zwischen die Knie, schluckt ein paar Mal, bewegt seine Lippen ganz schnell und verzieht das Gesicht, als ob er etwas Saures probieren müsste. Dann beginnt er zu schnarchen.

Wenn er seinen Rausch ausgeschlafen hat, sitzt er noch eine Zeitlang auf dem Kanapee, bis er nicht mehr damisch ist. Dann steht er langsam auf, sagt schnell «pfüatgod» und geht heim ins Waisenhaus.

9

Der Eduard knöpft seine Windjacke bis oben zu, zieht die Laschen an den Manschetten fest und setzt das Kappl auf, mit dem Schild nach hinten. Lange ruckt er, mit beiden Händen, an der Motorradbrille herum. Sie muss ganz genau sitzen, dass ihm beim Sausen durch die Luft das Wasser in den Augen nicht übergeht. Erst wenn alles passt, steigt er über den Balken und legt die Matratzengurten über die Schulter. Ein Strommesser zeigt ihm, wie hoch er fliegt. Von der Gasuhr liest er ab, wie schnell er ist, von der Wasserwaage, ob das Flugzeug gerade liegt. Nur die Flügel schraubt er draußen erst an, dafür ist der Keller zu klein. Ich schaue ihm zu, wie er immer höher steigt, bis über die Wolken, wo er die Zugspitze sieht. Wenn ihm die Luft zu dünn wird, kann er mit einem einzigen Griff den Gurtenverschluss aufreißen und mit dem Fallschirm abspringen.

Als erster Mensch von Europa ist der Eduard bis nach Indien geflogen. Von dort hat er ein Buch mitgebracht. Vorne ist ein Mann im weißen Nachthemd mit vielen Knöpfen und einer langen Unterhose. Er ist barfuß, hat Steckerlbeine und um den Kopf ein Handtuch geschlungen. «Er heißt Rabindranath Tagore», sagt der Eduard. Ich möchte das Buch in die Hand nehmen, doch er gibt es nicht her. Unter seinem Daumen schaut der blaue Stempel von der Katholischen Pfarrbibliothek St. Jakob heraus.

An die Schlafzimmertür seiner Eltern hat der Eduard eine Scheibe geklebt. Nach jedem Schuss muss ich rufen: «Zehn, rechts oben!» oder «Elf, links unten!» Er trifft den schwarzen Kreis in der Mitte auch aus der Hüfte heraus, wenn er den Zorro nachmacht, der vom Pferd aus die Banditen jagt. Und wie der Kunstschütze vom Volksfest stellt er sich mit dem Rücken zur Tür, legt sein Luftgewehr auf die Schulter und zielt durch den Taschenspiegel auf die Scheibe. Noch nie hat er danebengeschossen; im weißen Türlack ist keine einzige Delle. Packt ihn der Husten wieder, tut er erst, als ob nichts wäre. Dann schüttelt es ihn so stark, dass er kaum mehr Luft bekommt und sein Gesicht noch weißer wird als zuvor. Sobald er wieder richtig atmen kann, zieht er die Whypert-Blechbüchse aus seiner Hosentasche. Sie hat einen roten Deckel mit einer schwarzen Raute in der Mitte, und wenn sie leer ist, schenkt er sie mir. Beim Hineinriechen treibt mir der scharfe Eukalyptusgeruch das Wasser in die Augen.

Der Eduard muss nicht mehr ins Gymnasium gehen; seine Mathematik- und Physikstunden bekommt er beim Professor Kress, der gleich um die Ecke wohnt. «Du hast es schön», sag ich zum Eduard; er gibt keine Antwort. Überhaupt spricht er selten mit mir. Und wenn er etwas sagt, dann redet er leise über mich hinweg, und ich schau dabei seinem Zapferl zu, wie es im Hals auf- und abspringt.

Der Professor Kress ist berühmt, weil er die Pfeilrechnung erfunden hat. Die ist so schwierig, dass sogar die Universitätsprofessoren in München lange nicht dahinterkommen. Doch wenn der Professor Kress in der Klasse das Schulgeld einsammeln muss, braucht er dafür eine ganze Stunde. Immer wieder zählt er die Geldscheine nach, sortiert sie neu und legt sie auf einen andern Haufen. Dann leckt er die Kreide ab und korrigiert die Zahlenreihen auf der Wandtafel. Von Zeit zu Zeit schreit er «Ruhe!», fängt wieder von vorne an und ist beim Läuten noch immer nicht fertig.

Am Tag seiner Einberufung kommt der Professor in der Uniform vom Vierzehner Krieg aus dem Haus. An den Füßen hat er Wickelgamaschen, die Mütze ist ihm viel zu klein. An jeder Hand führt er ein Mädchen, der Bub auf seinen Schultern klammert sich an seine Stirn. Die Frau Professor schiebt den Kinderwagen mit dem Jüngsten; sie reicht ihrem Mann nur bis zur Brust. Am Bahnhof hebt der Professor Kress den Buben herunter; an seinem Nacken bleibt eine nasse Stelle zurück. Die Frau Professor hebt den Säugling aus dem Wagen und hält ihn zu ihrem Mann hinauf. Die Kinder umklammern seine Beine. Alle weinen. Endlich kann sich der Professor freimachen. Vor der Sperre stellt er sich hinter die anderen Soldaten. Als er an der Reihe ist, reicht er dem Militärpolizisten seine Papiere. Der wirft einen kurzen Blick darauf und gibt sie ihm gleich wieder zurück: «Können Sie nicht lesen!» Der Herr Professor Kress ist einen Tag zu früh eingerückt.

Wir trinken schon lange die blaue Magermilch und streichen die Margarine aufs Brot. Der Eduard bekommt immer noch Marken für die gute Milch und ein Stück Butter, wie die kleinen Kinder. Sobald seine Mutter zu kochen anfängt, rennt er ins Wohnzimmer und reißt die Fenster auf. Auch ich darf ihm nicht zu nahe kommen, wenn mein Gewand nach Essen riecht. In den Hof geht er erst, wenn es dunkel wird. Dann steht er da, legt die Hände auf den Rücken und hört zu, was die anderen sagen. Wenn sie lachen, braucht er nicht mitzulachen; er kann an etwas anderes denken. Nach einer Weile geht er wieder, wie ein Zuschauer.

Den ganzen Sommer über sind die Möbelpacker bei uns im Block. Der Schulrat Wegertseder wurde abgesetzt, weil er bei der Zentrumspartei bleibt. Den Redakteur Lippert holten die Gestapoleute in aller Frühe ab und nahmen ihn in Schutzhaft. Seine Schriftsetzer hatten ihn zusammengeschlagen, weil er nicht in die SA eintreten wollte. Sogar der Baumeister Ponkraz, der unsern Block gebaut hat, musste ausziehen. Bis jetzt galt sein Werk als Musterbau: die Fassade leicht gewölbt und wie eine Barockkirche gelb angestrichen, die Treppenaufgänge kreisrund, die Wohnzimmererker spitz. Doch jetzt muss alles im neuen deutschen Stil gebaut werden, schnurgerade und im rechten Winkel.

In seine Wohnung sind der Güll Erwin und das Güll Sopherl eingezogen. Ihr Vater hat eine graue Uniform mit einer Pistole am Gürtel und fährt jeden Morgen mit dem Rad hinaus ins neue Zuchthaus. Der Erwin sagt: «Mein Vater ist der Direktor, und unser Zuchthaus ist das drittgrößte Zuchthaus der Welt; nur Sing-Sing in Amerika und Fuhlsbüttel in Hamburg sind größer.»

Im Parterre wohnt jetzt der Lechner Schore. Der hat das *Universum* mit dem Raketenauto, dem Schienenzeppelin und dem Unterseeboot. Den Bakelitbecher der Zamek-Trockensuppe kann er wie ein Fernrohr auseinanderziehen und zusammenschieben. Die Flaggenbuchstaben von der Marine weiß er auswendig, und das Lied über die Juden, das ewig dahingeht, kennt er bis zur letzten Strophe. Alle enden sie mit dem Refrain «... und da kann ich mich so schrecklich drüber ärgern, drüber ärgern, ach Jott, ach Jott, ach Jott». In der Schule ist ihm alles zu langweilig. Schon nächstes Jahr will er sich freiwillig zur SS melden.

Seine Mutter ist Führerin bei der NS Frauenschaft. Sie hat ihre Zöpfe um den Kopf geschlungen und zu einem Knoten zusammengebunden; an der Bluse steckt eine Brosche mit isländischen Runen. Der handgewebte Rock geht ihr bis zu den Haferlschuhen hinunter. Sie muss immer Schulungen leiten und hat deshalb keine Zeit zum Aufräumen; der Berg im Wäschekorb wird immer höher. Weil sie von Westfalen kommt, kann sie nur Hochdeutsch. Bevor sie anfängt zu reden, macht sie ihre wasserblauen Augen zu. Dann öffnet sie sie wieder und sagt: «Unser Führer arbeitet Tag und Nacht. Wir vertrauen ihm.» Randaliert der Gauleiter von München, der ehemalige Hausl vom «Blauen Bock», wieder einmal im Vollrausch, seufzt sie: «Wenn das der Führer wüsste.» In ihrer Küche hängt eine große Karte, auf der sie nach jeder Sondermeldung die Stecknadeln weiter nach rechts rückt. Bald sind die roten Nadelköpfe in der Nähe von Moskau und von Stalingrad.

Auch im obersten Stock wohnen neue Kinder. Als der Elvert Günther zum ersten Mal in den Hof kommt, schlagen ihn die Größeren gleich zusammen, weil er nur Preussisch kann und Salonschleich, hohe Schnürstiefel, anhat. Dem Elvert Volker reißen sie seine Augengläser herunter und verstecken sie auf unserem Baum. «Für was brauchst du Winterfenster! Jetzt ist Sommer!» Die Hemdsärmel haben die Elverts-Buben nach innen eingerollt, das haben wir noch nie gesehen. Sogar im Januar kommen sie in Kniestrümpfen und kurzen Hosen daher. Vor lauter Zittern kann der Günther seine Schuhe nicht zubinden. Aber ich kann es bei ihm, von vorne, auch nicht. Damit er es nicht merkt, mache ich viele Schlaufen und Knöpfe. Das gefällt ihm nicht. Erst als ich sage: «Das sind Indianerschlaufen», freut er sich.

Der Volker kann ewig im Hof mit seinem Fußball köpfeln, nicht ein einziges Mal fällt er ihm auf den Boden. Er bringt den «Kicker» mit, doch die abgebildeten Fußballmannschaften kennen wir nicht. Auch die Nationalspieler auf seinen Zigarettenbildern interessieren uns nicht. Wir kennen nur den spanischen Keeper Zamora, den besten auf der Welt, und den Jakob von Regensburg, den besten von Deutschland, und unseren Keeper vom ersten FC, den Moa Sepp, der ist so gut wie der Zamora.

Der Volker und der Günther reden so schnell, dass wir sie kaum verstehen. Sie sagen Schnürsenkel statt Schuhbänder und Abendbrot statt Abendessen. Bei uns gibt's abends nicht bloß ein Stück Brot, sondern das Abendessen mit Gnackwürst in Essig und Öl, eine Schweinsknöcherlsulz vom Wirtshaus und eine Mass Bier dazu. Sie sagen «Großdeutschland», wir sagen «Daitschland». Sie sagen «der Führer» und wir «da Hitler». Sie schreien «Heil Hitler», wir murmeln «Haitler» oder nur «tler» und lassen dabei die Hände in der Tasche. Statt in die Katholische Knabenschule St. Jakob wie wir, gehen sie in die Evangelische Gemeinschaftsschule an der Hindenburgstraße, wo die Buben und Mädchen in der gleichen Bank sitzen. Die Evangelischen reden nicht mit uns, und wir gehen an ihrer Schule mit den rot-weiß glasierten Ziegeln so schnell vorbei wie an der Synagoge.

In der langen Hose schaut der Eduard jetzt wie ein Erwachsener aus. Er ist hoch aufgeschossen und sein Hals ist noch dünner geworden; oben drauf sitzt der kleine Kopf; die Haut ist eng darübergezogen. Auch wenn er sich frisch rasiert hat, liegt ein schwarzer Schimmer darauf. «Warum kann sich der Eduard noch immer daheim herumdrücken», fragt die Frau Albrecht, «wenn unsere Buben schon im Fronteinsatz sind und ihren Kopf für uns hinhalten?» Die Frau Albrecht hat das Mutterkreuz in Gold und ein Gebiss, weil sie jedes Kind einen Zahn gekostet hat. Früher war ihr Mann Handlanger. Jetzt ist er SA-Führer und Vorarbeiter geworden und kann zusehen und rauchen, wenn die Männer die neuen Granitsteine im Trottoir einsetzen und den Sand auf die Leistnerstraße werfen. Niemand mag mit den Albrecht-Mädchen spielen. Am Sonntag sitzen sie in der BDM-Uniform auf dem Fensterbrett und schauen in den Hof hinunter.

Zuletzt geht der Eduard nur noch in seiner Wohnung auf und ab. Die Hände hält er auf dem Rücken verschränkt wie unser Lehrer, wenn er auf das Klingelzeichen wartet. Seine Hohner-Ziehharmonika muss er auf den Tisch stellen, wenn er in die Gurten schlüpfen will. Doch statt zu spielen, drückt er sie schon nach wenigen Griffen zusammen, dass die Töne durcheinanderpurzeln und die Luft aus dem Balg faucht.

Bisher wurde der Eduard nach jeder Musterung zurückgestellt, weil er einen Schatten auf dem rechten Lungenflügel hat. Jetzt ist der Schatten auch auf dem linken Lungenflügel. Doch im neuesten Brief vom Wehrerfassungsamt steht «KV – kriegsverwendungsfähig». Ohne Rekrutenausbildung kommt der Eduard zur Infanterie und wird an die Ostfront geschickt. Bald darauf gilt er als vermisst.

10

«Auf!» Wir stehen stramm und falten die Hände. «Lieber Gott im Himmel ...», beten wir zum Kreuz hinauf. «Sitz!» Wir setzen uns, legen den Griffel in die Rinne, schieben die Tafel ins Fach unter die Bank. Die Zeilenseite zeigt nach oben, der Schwamm und der Tafellappen hängen rechts herunter. «Marsch!» Eine Bankreihe nach der andern marschiert zur Wand und legt die Schulranzen auf den Boden. Die Deckelriemen stecken in den Schnallen, die Enden in der Schlaufe. «Kehrt!» Im Gänsemarsch gehen wir zurück zu unseren Plätzen. «Hand auf Bank! Finger auf den Mund!» Die linke Hand liegt auf der Bank, der rechte Zeigfinger ist am Mund. Von jetzt an rührt sich keiner mehr.

Im Chor zählen wir vor und zurück; bis zehn nehmen wir die Finger, bis zwanzig kommen die Zehen dazu. Beim Silbentrennen klatschen wir im Takt in die Hände und beugen uns einmal nach links und einmal nach rechts. Wir lesen die Geschichte von der «Stadtmaus und der Feldmaus», die doch lieber wieder aufs Land zurückkehrt, wo sie arm, aber glücklich und zufrieden leben kann. Wir lesen vom «Bäumlein, das andere Blättlein hat gewollt», aber zuletzt ganz kahl geworden ist, weil es immer neue Wünsche hatte. Im «Wettlauf zwischen dem Hasen und dem Igel» stolziert der Hase im Sonntagsanzug daher, den Zylinder zwischen den Ohren, und wettet mit dem Igel um eine Flasche Wein und einen Louisdor. Im «Riesenspielzeug» steigt die Riesenmutter mit dem Riesenkind in einem einzigen Schritt von der Burg ins Tal hinunter. Das Kind hebt den Bauern samt Pflug und Pferdegespann auf und will sie in der Hand zerdrücken. Doch die Mutter mahnt, «und wäre nicht der Bauer, so hättest du kein Brot».

In der Neun-Uhr-Pause marschieren wir in Zweierkolonne zum Steh-Abort. Im Treppenaufgang leuchten die farbigen, bleiverglasten Fenster in der Morgensonne. Weiß-blaue bayerische Rauten umrahmen den Adler mit der goldenen Krone und die schwarz-weiß-rote Reichskriegsfahne. Panzerkreuzer durchpflügen das Meer; aus den Kanonen blitzt der Feuerstrahl, die Kamine qualmen. In den Wolken kreisen die Doppeldecker im Luftkampf; auf dem Schlachtfeld stürmen Soldaten mit Stahlhelm und aufgepflanztem Bajonett zum Angriff. Feuerspeiende Tanks bäumen sich zwischen den Schützengräben auf. Ganz vorne wirft ein Soldat, weit zurückgelehnt, die Handgranate. So ein Soldat möchte ich auch einmal werden.

Im Abort stellen wir uns nebeneinander an die Seichrinne und zeichnen mit unserem Strahl Kreise und Linien auf die graue, trockene Teerwand. Immer neue Figuren kommen dazu, bis die ganze Seichwand nass und schwarz geworden ist. Der Holz Jackl vom Waisenhaus kann sogar unter seinem Strahl hindurchschlüpfen. Er stellt sich mit dem Rücken zur Wand, zielt zur Decke, drückt vorne zu, bis sein Kopf rot wird. Dann lässt er los, der Strahl schießt in die Höhe, er rennt unten heraus und wird nicht nass dabei. So oft wir es versuchen, es gelingt uns nicht.

Fährt sich der Lehrer Schneebauer ein paar Mal über seinen weißen Ziegenbart und blitzt sein Silberzahn auf, wissen wir: Gleich wird er einen am Genick packen und an den Haaren aus der Schulbank ziehen. Der erste Schlag saust, zur Probe, durch die Luft. Die nächsten Schläge prasseln auf die Finger. Fast wissen wir nicht, was schlimmer ist, das Brennen auf der Hand oder der rasse Geruch, der von ihm weggeht. Aber wenigstens müssen wir nicht wie die Tiroler Kinder sagen: «Danke für die gerechte Strafe, Herr Lehrer.»

Am Nachmittag wird es dämmrig im Schulzimmer; die Sonne steht hinter einer Gewitterwand. Die Fenster sind geschlossen, kein Luftzug kommt herein. Vor den Waldbergen geistert das Wetterleuchten, über der Stadt ist der Himmel dunkel geworden; die schwarzen Wolken spiegeln sich in den Fenstern. Von einem jähen Sonnenstrahl getroffen, blitzt das goldene Kreuz am Turm der Stiftskirche auf. In der bleiernen Schwüle werden unsere Augen glasig.

Der Lehrer Schneebauer zieht seine graue Joppe aus, die er das ganze Jahr über anhat, und hängt sie, mit dem Futter nach außen, über die Stuhllehne. Noch nie haben wir die Gummibänder gesehen, die ihm die Ärmel kürzer machen. Er packt die Kreide, stellt sich vor die Wandtafel und sucht lange mit den Füßen einen festen Stand. Plötzlich hebt er den Arm und zeichnet in einem einzigen Schwung einen großen Kreis. Dann tritt er ein paar Schritte zurück und schaut die Tafel an. Mit dem hölzernen Tafelzirkel fährt er seinem Kreis nach. Nur unten links hängt sein Bogen ein wenig heraus. «So gut wie ich hat nur der Albrecht Dürer von Nürnberg zeichnen können, und der war der beste Zeichner der Welt», sagt er. Endlich läutet es.

Am letzten Schultag ist im Schulhof die Hakenkreuzfahne aufgezogen. Von der ersten bis zur achten Klasse sind wir alle angetreten. Die Lehrer haben ihre SA-Uniform an, nur der Lehrer Schneebauer kommt in seinem grauen Anzug daher. Erst jetzt, wo er neben den andern Lehrern steht, sehen wir, wie klein er ist. Nie hat er mit den andern Lehrern im Schulhof geraucht. Nie war er bei einer Wanderung vom Bayerwald-Verein dabei, hinauf zum Vogelsang und Hirschenstein.

Unter der Fahne hält der Gauleiter Hans Schemm aus Bayreuth, vom Gebiet Bayerische Ostmark, eine Rede. Wir verstehen kein Wort. Dann ruft er mit lauter Stimme: «Wir grüüüßen unsere Brüüüder an der Saaar!» Er reißt den Arm hoch zum deutschen Gruß: «Unserem Führer und Reichskanzler Adolf Hitler ein dreifaches Sieg … !» Wir fallen ein: «Heil!» Er wieder «Sieg!» und wir wieder «Heil!» … Der Lehrer Rübi von der achten Klasse stimmt an, und wir singen: «Deutsch ist die Saar, deutsch immerdar, und deutsch ist unseres Flusses Strand und ewig deutsch mein Heimatland.» Und schon fängt der Lehrer Rübi mit dem nächsten Lied an: «Brüder in Zechen und Gruben, Brüder ihr hinter dem Pflug; aus den Fabriken und Stuben, folgt unsres Banners Ruf.»

Der Gauleiter Schemm hat so freundliche, braune Augen, dass ich ihn mir aus der Nähe anschauen will. Er lacht zu mir herunter und legt die Hand auf meine Schulter. Am nächsten Tag ist ein Bild mit mir und dem Gauleiter Schemm im Tagblatt. Darunter steht, dass unsere Knabenschule St. Jakob von nun an einen neuen Namen hat. Sie heißt Hans-Schemm-Schule.

Unser neuer Lehrer ist der Herr Kerscher. Er hat eine Hitlerfrisur und ein goldenes Abzeichen am Revers. In der Mitte stehen über dem Hakenkreuz die Buchstaben NSDLV, eingefasst von Lorbeerblättern. Der Lehrer Kerscher sagt, das heißt Nationalsozialistischerdeutscherlehrerverband.

Schon am ersten Tag sammelt er unsere alten Lesebücher ein und verteilt die neuen. Auf der ersten Seite steht der General Hindenburg vor dem Tannenberg-Denkmal. Dort hat er bei der großen Kesselschlacht fast alle Russen gefangen genommen. Auf der zweiten Seite ist das Bild vom Adolf Hitler, unserem Führer und Reichskanzler. Wir lesen im Chor und fahren mit dem Zeigefinger den Zeilen nach: «Adolf Hitler liebt die Kinder. Wir lieben ihn auch. Adolf Hitler ist unser Führer. Führer befiehl, wir folgen dir!»

Weiter hinten im Buch lehnt der Freiherr Manfred von Richthofen an seinem roten Dreidecker, mit dem er schon hundertdreizehn Franzosen abgeschossen hat. Er steigt immer am Morgen auf; da hat er die Sonne im Rücken, und die Franzosen sind geblendet. Abends, wenn die Sonne im Westen steht, stößt er von hoch oben, aus den Wolken, auf die feindlichen Jagdflugzeuge herunter wie ein Adler. Haben ihn die Feinde eingekreist, lässt er sich abtrudeln, als sei er getroffen, und fängt erst knapp über dem Boden seinen Dreidecker wieder auf.

Wenn der Lehrer Kerscher vom Führer erzählt, geht er auf und ab oder setzt sich halb auf die erste Bank. Der Adolf Hitler ist im Weltkrieg Gefreiter gewesen und hat als Meldegänger das Eiserne Kreuz zweiter Klasse bekommen. Als die Heimat die Front verraten hat, ist er aus Schmach und Schande erblindet. Er hat das Saargebiet wieder heim ins Reich geholt und das Buch *Mein Kampf* geschrieben. Der Führer raucht und trinkt nicht, und er isst auch kein Fleisch. An seinem Geburtstag, am zwanzigsten April, backt ihm die Frau Goebbels einen Käsekuchen, seine Leibspeise.

Ich bin der einzige in der Klasse, der den Hitler schon aus der Nähe gesehen hat. Das war letztes Jahr, in der Sommerfrische, bei Schleching. Lange haben wir Kinder in der Lichtung neben dem Waldstrassl gewartet. Endlich hören wir einen Motor. Ein schwarzes Auto braust daher, das Dach ist zurückgeschlagen. Am Steuer sitzt ein SS-Mann, der Platz neben ihm ist leer. Erst ganz zuletzt sehe ich den Hitler mit seinem schwarzen Barterl unter der Nase. Er sitzt mutterseelenallein hinten im Auto, wie's Kind von der Mutter in die Ecke gedrückt, dass es nicht umfällt. Die Enden seiner ledernen Fliegermütze wedeln im Wind. Ich schau zu ihm hin, er schaut zu mir her. Dann schaut er wieder geradeaus. Keiner traut sich «Heil Hitler» zu rufen, niemand hebt den Arm. Als sich die Staubwolke verzogen hat, ärgere ich die Mädchen: «Was ist das für ein Hitler, der nicht einmal selber Auto fahren kann!»

Der Hilfslehrer zeigt uns alle Straßen, die umgetauft worden sind. Die Bahnhofstraße heißt jetzt Hindenburgstraße, der Stadtgraben Adolf-Hitler-Ring, die Steinergaße Franz-von-Epp-Straße, und aus dem Theresien- und dem Ludwigsplatz ist der Großdeutschlandplatz geworden.

Nur die Gasserl in der Altstadt haben ihre alten Namen behalten. In der Schmidlgasse wohnte der Entdecker Ulrich Schmidl, der bis nach Südamerika gekommen ist. Am Spitzweg-Winkel hatte der berühmte Maler Spitzweg seine Werkstatt, und die Fraunhofer Straße wurde nach dem Fraunhofer benannt, der uns mit seinem Fernrohr die Sterne näher gebracht hat.

Die großen Kaufläden auf dem Stadtplatz sind jetzt arisiert, sagt der Herr Kerscher. Aus dem Kaufhaus Salinger ist das Modehaus Ilse Sauter geworden. Das Schwarzhaupt-Geschäft gehört heute dem Georg Färber. Den Laden vom Silber-Jud am Unteren Tor hat der Krohnfeller übernommen; im Schaufenster sind Dienstmützen und Uniformen ausgestellt. Im Klaviergeschäft Sommer & Sommer ist jetzt die Buchhandlung Ortolf & Walter. In den Auslagen stehen die

Bücher der deutschen Klassiker und der nationalsozialistischen Schriftsteller.

Mit dem neuen Lehrer gehen wir dreimal in der Woche zum Turnen auf den Hang. Auf den Dächern glitzert der Reif, die Sonne kommt hinter der Stadtmauer hervor, und unsere Schatten sind so lang wie die von Riesen. Wir strecken die Arme zur Seite, dass wir uns bei den Freiübungen nicht im Weg sind, und machen alles nach, was uns der Lehrer zeigt. Zum Schluss markieren wir mit unseren Mänteln das Feld und spielen Völkerball.

In der Gewerbehalle ist es noch kälter als draußen. Die Atemluft steht vor unsern Gesichtern, Staub hängt in der Luft. Auf einer großen Glasplatte ist maßstabgetreu die Skagerrak-Schlacht aufgebaut. Mit einem langen Zeigestock deutet der weißhaarige Korvettenkapitän auf die beiden Schiffsreihen. «Links», erklärt er, «ist die englische Kriegsflotte, rechts die deutsche. Sie fahren in zwanzig Kilometer Entfernung nebeneinanderher. Die einen haben eine stärkere Schiffspanzerung, die andern haben Geschütze mit einer größeren Reichweite. Wattebäusche zeigen, wo die englischen Granaten, ohne zu treffen, ins Meer eingeschlagen haben.»

Der Kapitän erzählt vom tapferen Maat auf dem Kreuzer Emden, der mit bloßen Händen das glühende Rad zudrehte, die Schoten dichtmachte und so seine Kameraden vorm Ertrinken rettete. Zuletzt hatte er keine Hände mehr, aber die Matrosen legten ihren Arm um seine Schultern. Noch nie habe ich eine so schöne Geschichte gehört. Zuletzt müssen wir singen: «Der Gott, der Eisen wachsen liess, der wollte keine Knechte. Drum gab er Eisen, Schwert und Spieß dem Mann in seine Rechte.»

Nach Ostern nimmt uns der Lehrer Kerscher zum Bubenrudel mit. Wir sitzen im trockenen Laub der Haselnusssträucher, und er erzählt uns Geschichten von den tapferen deutschen Soldaten im Weltkrieg, die jeden Feind besiegten, im Unterstand das letzte Stück Brot miteinander teilten und einen ihrer verwundeten Kameraden im Kugelhagel zurücktrugen. Er erzählt vom braven SA-Mann Leo Schlageter, der von der Rotfront ermordet wurde, und vom Hitlerjungen Quex, den die Kommunisten verfolgten, einkreisten und hinterrücks erstachen, als er sich in einem Karussell verstecken wollte.

Und immer wieder muss er uns die Geschichte aus dem Buch *Mein Fliegerleben* von Ernst Udet vorlesen und die Bilder zeigen, wie der Kunstflieger Udet zwischen den Frauentürmen und unter der Isarbrücke durchfliegt. Sein Halstuch weht im Wind, und oben stehen die Leute mit dem Regenschirm und winken. Ernst Udet ist unser Held.

In der neuen Schießstätte zerlegt ein SA-Mann für uns sein Kleinkalibergewehr und baut es wieder zusammen. Dann lädt er durch und schießt so lange auf die Scheibe, bis er keine Patronen mehr hat. Dann dürfen wir das Gewehr in die Hand nehmen und über Kimme und Korn zielen. Auf dem Heimweg pfeifen wir auf den leeren Patronenhülsen herum.

Seit wir den neuen Lehrer haben, fällt die Bibelstunde aus. Wir müssen nicht mehr im Chor den Katechismus herunterleiern: Was ist die Dreieinigkeit Gottes? Gott Vater, Gott Sohn und Gott Heiliger Geist. Wozu sind wir auf Erden? Um Gott zu gefallen und die heiligmachende Gnade zu erlangen. Statt vom Abraham und dem brennenden Dornbusch, dem Joseph in der Zisterne, der Frau des Potiphar, dem Durchzug durch das Rote Meer, dem Moses auf dem

Berge Sinai, dem Aaron und dem Tanz ums Goldene Kalb, erzählt der Herr Kerscher vom Odin, der Frigga und der Freia, vom Siegfried und vom Hagen, von der Brunhild und der Grimhild.

Gerade hebt der Lehrer Kerscher die Hand und will uns zeigen, wie der Thor seinen Hammer schwingt, da wird es laut auf dem Gang. Der Lehrer Aubele reißt die Tür auf: «Die Synagoge brennt!» Alle Klassen rennen die Treppe hinunter, drücken sich durchs Tor. Über der Wittelsbacher Straße hängt der schwarze Rauch. Der hintere Dachstuhl ist schon zusammengebrochen; aus den geborstenen Fenstern schlagen die Flammen. Dann kracht auch der vordere Giebel zusammen; die Funken sprühen. Keine Feuerwehr ist da; die SA-Männer schauen zu und rauchen. Dort, wo die Asche nur noch glimmt, scharren die Achtklässler mit dem Fuß nach Gold, Silber und Edelsteinen.

11

Das Gebetsläuten ist schon lange verklungen, in den Häusern brennen die ersten Lichter, und noch immer sitzen die Männer im Wirtsgarten. Eimer scheppern im Stall, Ketten klirren; vom Stadel trägt der Wind die hellen Dengelschläge her. Schon zweimal hat mich die Mutter gerufen. Der Vater schaut kurz zu mir her, sagt nichts, und ich bleibe sitzen. Der Glasermeister Wolf hat seinen künstlichen Arm auf den Tisch gelegt. Immer wieder schaue ich hin, doch die gekrümmten Finger im schwarzen Handschuh rühren sich den ganzen Abend nicht. Der Dorfschullehrer Zettel hat seine Knickerbocker bis zu den Knöcheln heruntergelassen. «Als wäre er ein Landstreicher», hat meine Mutter gesagt. Die Zehen in seinen Kneippsandalen sind wie mit einem Hammer flach und breit getätscht. Der Herr Knotenbrinck aus Bremen ist noch dürrer und kasiger als letztes Jahr. Er darf nicht mehr rauchen, weil in seiner Lunge noch immer ein Granatsplitter von der Skagerrak-Schlacht steckt. Seine gebogene Peterson-Pfeife mit dem Silberbeschlag hat er meinem Vater geschenkt und eine Packung Brinkmann-Kiepenkerl-Grillschnitt dazu.

«He Xaverl», ruft der Feldmeier Wirt in die Wirtsstube, «da geh her und bring uns no a Mass.» Er hat rote Flecken auf seiner Glatze, die stammen vom Giftgas der Franzosen in Verdun. Er spricht Verdun so aus, wie man es schreibt. «Ja, z'Verdun», sagt er immer, «da hat sich der Wind auf einmal gedreht, und die Franzosen sind vom eigenen Senfgas wie die Fliegen umgefallen und krepiert.»

Der Dorfschullehrer Zettl wurde von den Rumänen gefangen genommen. Der Viehhändler Fuchs hat beim Hindenburg die Russen in den Pripjet-Sümpfen eingekreist. Der Lehrer Schlee war beim Sturmangriff auf die Höhe 305 dabei: «Ich habe das Weiße im Auge des Feindes gesehen.» Und nie kann er den Heiligen Abend im Unterstand vergessen, mit dem Bäumchen auf dem Tisch; einer spielte die Mundharmonika, und alle sangen «Stille Nacht» und hörten aus der Ferne den Kanonendonner. «Das war die schönste Weihnacht meines Lebens», sagt er und reibt die verkrüppelte Hand in der andern, immer schneller und schneller.

Leise rauscht die Linde über dem Tisch. Aus der Wirtsstube hallen dumpfe Schläge; der Xaverl zapft ein neues Bierfass an. Das leere Fassl rollt durch den Hausgang, und als der

Xaverl ihm einen Fußtritt gibt, springt es polternd über die Schwelle.

Der Engelbrecht Schmied nimmt seine Pfeife in die Hand. Um das Mundstück hat er einen Bierflaschengummi gelegt, dass sie ihm nicht durch die Zahnlücke rutscht. Er war noch im Siebziger Krieg gegen die Franzosen dabei. «Da standen wir uns gegenüber, und nach jedem Trompetenstoß schrie der Offizier: ‹Legt an! Gebt Feuer!› Die erste Reihe zielte, kniend aufgelegt, auf den Feind. Die zweite Reihe schoß stehend freihändig. Die Salven krachten, alles war in Rauch gehüllt, und wenn er sich verzogen hatte, sah man, wer getroffen war. «Dann galoppierten unsere Chevaulegers daher und droschen mit gezogenem Säbel auf die Franzosen ein.»

Der Lehrer Schlee klopft mit den Fingerknöcheln auf den Tisch, wie in der Schule. Er will lieber wieder vom Weltkrieg reden: vom Mannesmut und der Kameradschaft, und wie seine Kompanie, noch in der Feuerpause, die Trümmer im eroberten Franzosendorf wegräumte, Wege baute, Tische zusammennagelte und Blumen pflanzte. «Kaum hatten es die Franzosen zurückerobert, wurde wieder der alte Saustall daraus. Der Franzose ist faul. Er hat keine Kampfmoral, er frisst und säuft, ist geburtenarm und degeneriert. Der Deutsche ist reinlich, ordnungsliebend, pflichtbewusst und tapfer. Ich bin stolz, ein Deutscher zu sein.»

Der Mond geht auf, ein leiser Windstoß fährt durch den großen Baum. «Wo ist der Xaverl?», fragt der Feldmeier Wirt. Und wie immer, wenn er nicht da ist, sagt einer: «Ja, der Xaverl, der wird grad wieder seinen Rausch ausschlafen.»

Alle mögen den Xaverl. Bei ihm geht beim Anzapfen kein Tropfen Bier verloren. Er braucht nur zwei Schläge, und schon sitzt der Messingwechsel im Fass. Er lacht die Frauen an und lässt die Kinder auf dem Hofhund reiten. Er trägt die leeren Gläser in die Küche, und wenn nicht zu viele Wespen im Glas auf und ab krabbeln, darf ich die Neigerl austrinken. Komme ich in aller Früh in den Stall, sagt er über die Hörner der Ochsen hinweg: «Bist auch wieder da.» Kuhtaler platschen auf den Holzboden; ich steh barfuß im warmen Mist, der Odel quietscht durch meine Zehen, und wenn der Strahl vom Ochsen an meine Waden spritzt, bleibe ich stehen, wo ich bin. Die Fanni sitzt bei der Kuh, hell spritzt die Milch in den leeren Eimer, und alles ist wieder so wie im letzten Jahr.

Am Sonntagvormittag packt der Xaverl die jungen Gockel am Hals, stellt sich vor den Hackstock und haut ihnen den Kopf ab. Dann wirft er sie hoch in die Luft. Sie schlagen wild mit den Flügeln, prallen gegen die Bretter der Scheune, überschlagen sich, flattern noch einmal auf und bleiben tot liegen. Das Blut spritzt ihnen aus dem Hals, und die Stadtfrauen halten die Hand vor den Mund und ziehen ihre Kinder weg.

Der Xaverl zeigt mir, wie man mit der Mistklatsche die Seiten vom Misthaufen glatt schlägt. Beim Xodschneiden dreh ich das große Schwungrad, bis ich nicht mehr kann. Dem Schockerl kämme ich mit dem Striegleisen die Haarbüschel aus seinem Winterpelz. Er hält ganz still und lässt sich alles gefallen. Wenn es regnet und der Xaverl keine Arbeit für mich hat, steige ich zum Tanzboden in den ersten Stock hinauf. Es ist düster, alles riecht nach Moder. Die Blätter der Linde klatschen an die nassen Scheiben; feuchter Nebel kriecht in den Saal. Über der Bühne hängen die Schießscheiben mit den aufgemalten Bildern. Hier hält der Wilderer den Arm über den Kopf und schaut über den ausgeweideten Hirsch zum Förster hinüber. Der hat sich hinter einem Baum versteckt und zielt mit dem Gewehr auf ihn. Rot schlägt die Flamme aus der Mündung. Dort stemmen sich zwei Männer mit aller Kraft in die Ruder. Aus den schwarzen Gewitterwolken fährt der Blitz auf den Gebirgssee herab, die Wellen schäumen hoch. Am Ufer steht die Hütte, vom Kamin steigt der Rauch auf. Fest drückt die Sennerin das Kind an die Brust und schaut voller Angst hinaus auf den See.

Zwischen den Fenstern hängen Bilder von Russland. Das geschlagene Heer der Bayern wankt durch den Schneesturm, die Soldaten stützen die Verwundeten. Vierspännig prescht der Napoleon an ihnen vorbei. Verstohlen schaut er durch den Vorhang seiner Kutsche. Darunter steht: «Napoleon auf der Flucht». Das nächste Gemälde heißt «Der sibirische Winter». Ein Wolfsrudel hat den Schlitten eingeholt; wild schlägt der Kutscher auf seine drei Panjepferde ein. Schon setzt ein Wolf mit gefletschten Zähnen zum Sprung an. Mit weit aufgerissenen Augen schaut die Frau zu ihm herunter. Der Mann neben ihr ist aufgestanden und zielt mit dem Gewehr auf den Wolf.

Es ist kühl geworden; der Vater gibt mir seine Joppe. Die Männer fangen an zu singen, und kaum geht ein Lied zu Ende, folgt das nächste: «Fern bei Sedan, auf der Höhe …», «Argonner Wald um Mitternacht, ein Pionier steht auf der Wacht, ein Sternlein hoch am Himmel …», «Steige hoch, du roter Adler, wohl über Sumpf und Sand, wohl über dunkle Kiefernwälder, heil dir, mein Brandenburger Land …»

«Nie», sagt der Lehrer Schlee in einer Pause, «kann ich vergessen, wie mein Kamerad im Graben flüstert: ‹Punkt drei ist der Angriff! Weitersagen!›» Und immer weiter redet der Lehrer Schlee. Wie er im Schützengraben fast sein Augenlicht fürs Vaterland geopfert hat. Wie er vierundzwanzig Stunden im Bunker verschüttet lag. Er weiß noch heute alle Namen von seinen Kameraden und hat noch immer den gewaltigen Donner der Dicken Berta im Ohr. Sie konnte bis nach Paris hineinschießen, vierzig Kilometer weit, und hatte ein so großes Rohr, dass der Kanonier bequem drin hocken konnte. «Und wenn uns die Kommunisten in der Heimat nicht in den Rücken gefallen wären», sagt der Lehrer Schlee, «dann hätten wir den Krieg gewonnen.»

Als er seine Orden aus der Joppentasche zieht, rufen die Männer rasch «Prost!», und der Feldmeier Wirt fragt meinen Vater: «Wie war das seinerzeit mit dem Studienrat Himmler seinem Buben?» Alle schauen meinen Vater an. Er nimmt einen Schluck Bier und wischt sich den Schaum vom Mund. Dann erzählt er die Geschichte, wie er mit dem Studienrat Himmler vom Wilhelm-Gymnasium auf der Landesturnanstalt am Massmannplatz war und wie ihn der Kollege öfter zum Mittagessen nach Hause mitgenommen hat: «Da kommt der junge Himmler, der Heinerl, in seiner schwarzen Uniform zur Tür herein, schaut uns an, ohne uns zu sehen, und fängt an zu reden. Er redet und redet, geht auf und ab, spricht vom Geheimorden, vom Thulebund und den Blutsbrüdern, von seinen Kameraden, dem Rudolf Hess, dem Alfred Rosenberg und dem Julius Streicher. Er selbst ist die Reinkarnation von Heinrich dem Löwen, und der Adolf Hitler ist der Messias. Jetzt treten die Deutschen in ein neues Zeitalter ein und müssen den Übermenschen heranzüchten, genau wie es der Friedrich Nietzsche prophezeit hat. Denn die germanisch-nordische Rasse wurde von der Vorsehung auserwählt und ist dazu bestimmt, die Weltherrschaft zu übernehmen. Noch stehen dem Führer die Minderwertigen, die Dunkel-

und Mischrassigen, die Juden und Zigeuner im Wege, die eliminiert werden müssen. Als dann der Heinerl grad wieder ganz weg ist, blinzelt mir seine Mutter zu. Dann sagt sie zu ihrem Buben: ‹Jetzt gib a mal a Ruah mit deine Spintisierereien. S'Essen wird dir kalt, hock di endlich hin und iss!›»

Bis dahin hat der Lehrer Schlee meinem Vater andächtig zugehört. Jetzt richtet er sich kerzengerade auf, klopft mit den Fingern auf den Tisch und sagt scharf: «Herr Kollege, Sie haben keinen Respekt vor der großen Sache, unserer deutschen Schicksalsstunde.» Rasch packt er seine Orden zusammen, knöpft die Joppe zu und nimmt seinen über und über mit Stocknägeln beschlagenen Wanderstock. Wortlos geht er in die Nacht hinaus.

Der Engelbrecht Schmied hält das Zündholz an die Pfeife und zieht ein paar Mal fest daran. Als die Glut aufflammt, sagt er: «Ja, der Himmler, der Reichsheini, das wär mir einer, das wär keiner für mich, mit dem brauchst du mir nicht kommen!» Der Herr Knotenbrinck sagt leise: «Der Krieg ist unser größtes Unglück.» Dann sagt niemand mehr etwas, und alle Männer stehen auf.

12

«Hopp!», ruft der Rapo, und schon sitz ich vorn auf seinem Rad. Wir fahren die Leistnerstraße hinunter, die Viereckmühlstraße hinauf, am Sudhaus der Schlossbrauerei Moos vorbei, hin zum Kriegerdenkmal vom Siebziger Krieg, wo der tote Soldat noch immer seinen Kopf in den Schoß des eisernen Engels bettet. In vollem Saus geht's den Kalvarienberg hinunter und auf drei Karmeliter zu, die mitten auf der Straße stehen. Ich lass die Radlaufglocke schrillen, erschrocken springen sie zur Seite. Der Rapo lacht; er kennt die Brüder. Bei der Hitze sind sie nackt unter der Kutte, und abends hängen sie die Kapuze an den Haken der Zellentür und schlüpfen unten einfach heraus.

Im Kassenhäusl der Badeanstalt sitzt die Mutter von der Scharl Hilde und schaut durchs Guckerl heraus. Sie hat so viele Sommersprossen, dass es aussieht, als wären lauter Bienen in ihrem Gesicht. Wie der Rapo, sag ich ganz schnell: «Apoma, Apoma», duck mich und bin schon im Kinderbecken. Hier kann sie mich nicht mehr finden. Hier sind alle Buben glatt geschoren und haben eine schwarze Fußballhose an. Mit dem gestreckten Startsprung, den mir der Rapo gezeigt hat, hechte ich ins Becken, schieße knapp über dem Boden, mit offenen Augen dahin, bis ans andere Ende. Nur mit dem Kopf über dem Wasser kann ich immer noch nicht schwimmen.

Der Rapo taucht aus drei Meter Tiefe die schwersten Gewichte herauf. Er rettet einen Ertrinkenden, der ihm an die Gurgel will. Er springt, mit den besten Tauchern Süddeutschlands von der Steinernen Brücke in Regensburg, hinein in die stärksten Trichterwirbel, und lässt sich bis auf den Grund hinunterziehen. Der Rapo hat alle Urkunden der Deutschen Lebensrettungsgesellschaft, sogar den Silbernen Ring der Totenkopfschwimmer. Wenn er den Ring am Ärmel reibt, glühen die zwei roten Punkte im Schädel.

Sobald ein Dampfer mit seinen Frachtkähnen die Donau heraufkommt, schwimmen der Rapo und seine Freunde, der Hackl Edi und der Plendl Otterl, zu den Schaufelrädern, mitten hinein in die höchsten Wellen. Sie tauchen unter, sie tauchen auf und lachen und schreien vor Freude. Beim letzten Kahn packen sie das Steuer, klettern aufs Deck und bleiben auf dem warmen Eisen sitzen. Die Wäsche auf dem Schiff flattert, die Blumen vor den Kajütenfenstern zittern, im Käfig plärrt das Kind. An der Kagerser Reibn ist die Rauchfahne ganz nahe. Ein paar Schleifen weiter, bei Zeitldorn, ist der Kamin hinter den Weiden verschwunden. Am Sossauer Kircherl springt der Rapo ins Wasser, die andern hinterher. An der Wundermühle verschwinden sie in den Trichtern der Strudel, erst im Kehrwasser sehen wir sie wieder.

Auch unter einem Schleppzug durchzutauchen, das traut sich der Rapo als erster. Er schwimmt zu den Frachtkähnen, richtet sich auf, holt tief Luft und verschwindet. Der letzte Kahn ist schon vorbei, und noch immer ist der Rapo nicht aufgetaucht. Alle in der Badeanstalt stehen auf, sogar der Bademeister. Sein Gesicht ist krebsrot, und von seinen Armen hängen die Hautfetzerl. Er liegt den ganzen Tag auf dem Holzsteg, den Strohhut übers Gesicht gelegt, und alle Leute müssen über ihn hinwegsteigen. Wenn die jungen Burschen schreien: «Da dersauft einer! Da dersauft einer!», steht er langsam auf und fragt: «Wo?» – «Dort unten!» – «Holt's mir die Stange.» Er richtet seine Hose und stochert mit dem Bambusrohr zwischen den Latten vom Rost herum, ob er vielleicht nicht dort hängen geblieben ist. Dann murmelt er: «Is scho z'spat, is scho z'spat.» Überall heißt er der «Isschozspat».

Endlich sehen wir den Rapo weit draußen in die Höhe schießen und nach Luft schnappen. Lange braucht er, bis er wieder bei uns ist. Seine Lippen sind blau, vom Körper rinnt das Blut. Er keucht: «Ich musste viel tiefer tauchen, als ich dachte. Unten hat's mich im Kies herumgewirbelt, alles war dunkel, und die Maschine hat mir fast das Trommelfell zerrissen. Mit der letzten Luftblase im Hals bin ich zum Licht hinaufgeschwommen.»

Der Rapo trägt seine Schulmappe mit beiden Händen auf dem Rücken, nicht am Henkel, wie die Lehrer. Das mach ich ihm gleich nach. Die Lederhose reibt er mit Schmalz ein, dass sie ganz dunkel wird und vor dem Bett von alleine stehen bleibt. An seinen Hosenträgern hat er schon das Hakenkreuz aus weißem Hirschhorn; ich habe noch immer das runde Edelweiß. Dann montiert der Rapo seine Hosenträger ganz ab und zieht einen Gürtel unter den Knöpfen vom Hosenladen durch, wie der Hitler in der *Münchner Illustrierten*. Mir rutscht die Hose immer wieder herunter, und wenn ich neue Löcher in den Gürtel bohre, tut mir der Bauch weh.

Nach den Ferien wird der Rapo Vermesserlehrling. Am Feierabend muss er im Hof die Bandmaße reinigen, ausziehen, ölen und wieder aufrollen. Beim Zurückgehen schlägt das Metallband wild auf und ab. Wenn ich ihm zuschaue, macht er ein langes Gesicht. Er redet nicht mehr mit mir. Er hat neue Freunde, den Pfuller und den Hadersbrunner, den Eglseer, den Brebeck und den Eibauer. Der Rapo ist nicht größer als die andern, aber mit seinem rabenschwarzen Schlurf, der ihm bis zum Nacken geht, sticht er scharf aus ihrem Kreis heraus. Vieles, was sie sagen, verstehe ich nicht: «Da kommt er, der Mensch aus Marabu», «Der Anderl mit der Holzkrawatten», «Der Gandi auf Hochrad», «Der Aff mit'n Zylinder mit seine siebn Kinder». Der Pfuller Schoss weiß alle Neuigkeiten aus der *Münchner Illustrierten*. Er weiß auch, dass die Unterhose vom Hitler aus feinem Hirschleder ist und warum der Hitler nicht verheiratet ist. Die Franzosen haben ihm im Weltkrieg das Sackl weggeschossen, und jetzt kann er keine Kinder mehr bekommen. Als ich wissen will, warum, gibt mir der Pfuller Schoss einen Fußtritt: «Für das bist du noch zu klein.»

Vielleicht reden sie über das, was mir der Rapo im Sommer gezeigt hat. Wir liegen im hohen Gras hinter der Frauenbadeanstalt und schauen durch ein Astloch im Bretterzaun zu den Mädchen hinüber. Ihre schwarzen Badeanzüge reichen ihnen bis zu den Knien und den Ellbogen. Der Rapo stößt mich in die Seite: «Schau die an, die hat schon eine Brust, und unten zieht's ihr den nassen Stoff in den Spalt.» Dann rückt er von mir weg, legt sich zurück, reibt an sich herum und sagt: «Schau, diese Milch musst du den Frauen hineinspritzen, dann kriegen sie ein Kind.» Bis jetzt habe ich geglaubt, dass die kleinen Kinder aus dem Hals kommen. Dort hat meine Mutter eine runde Stelle, die ist rauer als ihre andere Haut.

Im Herbst meldet sich der Rapo freiwillig zu den Reichenhaller Gebirgsjägern. Im Frühjahr kommt er mit seinem richtigen Namen, Braml Siegfried, in einer Sondermeldung im Radio. Er ist der erste deutsche Soldat, der im Polenfeldzug mit dem Eisernen Kreuz erster Klasse ausgezeichnet worden ist. Im Tapferkeitsurlaub muss uns der Rapo immer wieder seine Geschichte erzählen. «Ich kann gar nichts dafür», sagt er jedes Mal. Mir ist nur langweilig geworden am Nachmittag. Ich tret die Zündap an, der Berghammer legt einen neuen Patronengurt ins SMG, springt in den Beiwagen, und wir preschen mit Volldampf durch die Allee auf den Gutshof zu. Bei der Einfahrt, ich kann die Maschine gerade noch herumreißen, bleibt mir fast das Herz stehen: Vor uns liegt eine ganze Kompanie Polen im Gras. Alle rauchen; ihre Gewehre haben sie zu Pyramiden zusammengestellt. Der Berghammer ist so erschrocken, dass ihm gleich eine ganze Garbe durch den Finger saust. Die Polen springen auf, heben die Hände hoch, und ich treib die ganze Kompanie vor mir her wie der Hund die Schafe.»

13

Von den Betonwänden stinkt der Schlamm; hoch oben im Dachstuhl brennt eine trübe Lampe. Ich rudere und rudere, das Wasser rauscht. Die Arme tun mir weh, immer wieder springt der Rollsitz aus der Schiene. Endlich geht die Türe auf. Der Trainer steht im grellen Licht und erlöst mich aus meiner Einsamkeit.

Er ist froh um mich; seine besten Ruderer sind schon eingerückt. Das Gelöbnis «keine Zigaretten, kein Alkohol» fällt mir leicht, und vom Training kann ich nie genug kriegen. Schon in aller Früh lauf ich meine erste Runde um die Insel, hinunter in die Voglau, an den Altwässern entlang, an der Schiffbrücke vorbei, vor zur Wundermühle und im Bogen zurück zum Bootshaus. Den Speer werfe ich so, wie es mir der Kempf Emil, der bayerische Meister, gezeigt hat: beim Anlauf die Spannung im Rücken und die Hand über dem Kopf, Wechselschritt und Wurf. Immer weiter weg bleibt der Speer im Gras stecken; stundenlang laufe ich ihm nach, die Wiese hinauf und hinunter.

In der Bucht, bei den verwachsenen Weiden, üben wir den Start. Unsere Schläge sind kurz und schnell, das Boot schießt wie auf Schienen dahin. Die Schläge werden länger; unter der geballten Kraft beginnt der Rennachter zu vibrieren. Ein Zwischenspurt – und er schwebt schwerelos über den Wellen. «Ruder halt!», ruft der Trainer. Wir heben die Riemen aus dem Wasser; die Tropfenreihen hängen am Holm, und noch immer gleitet das Boot dahin. «Stopp!» Das Wasser rauscht auf, und das Boot steht still für den nächsten Start. Unser Trainer brüllt nicht wie die anderen Instruktoren, und wenn einer wieder den gleichen Fehler macht, lächelt er nur: «Nummer drei, das sollte nicht mehr stattfinden.» Unser Trainer hat mit seiner Mannschaft bei den Olympischen Spielen 1936 eine Goldmedaille gewonnen.

Wenn es regnet, steige ich hinauf zum Salettl. Unter dem Dach empfängt mich die Hitze vom Tag zuvor. Die Durchgänge sind schmal, die Bodenbretter so dünn, dass sie sich unter meinem Gewicht biegen. Alles ist vollgestopft mit Schachteln, Regattawimpeln und alten Ruderkappen. Auf wackligen Regalen liegen vergilbte Zeitschriften, aus dem Düstern blinken die Pokale. Dahinter ist die Kammer mit den Überseekoffern, den Schließkörben und den Truhen. Ich nehme alles in die Hand: die aufgestapelten Gramolaplatten, die Alben mit den Fotografien. In geringelten Trikots und mit Schnurrbärten stehen die Ruderer auf dem Floß, halten die Riemen senkrecht und lachen zum Fotografen hin. Daneben liegen die Zeitungen mit ihren Todesanzeigen und den Nachrufen. Keinen habe ich gekannt; fast alle sind im Ersten Weltkrieg gefallen. Ich geistere in ihrem Reich herum, und der Regen rauscht aufs Dach.

Am Sonntagvormittag richtet der Toni den Lautsprecher zum Salettl-Fenster hinaus und dreht den Plattenspieler auf volle Lautstärke. Die stumpfen Nadeln kratzen, die Plattensprünge knacken. Er spielt nur Märsche, den Badenweiler Marsch, den bayerischen Defiliermarsch und dazwischen immer wieder seine Lieblingsplatte, den «Einzug der Gladiatoren».

Am Nachmittag stellt der Toni das Wunschkonzert aus dem Reichssportpalast in Berlin ein. «Großdeutschland grüßt seine Volksdeutschen im Ausland!», ruft die schneidige Stimme. Von der Hermann-Göring-Straße in Windhuk werden viele gute Wünsche nach Meldorf, Friesland und Schleswig-Holstein gesandt und aus Rio und Valparaiso Heimwehgrüße ins Ruhrgebiet. Ein Marinechor schmettert «... denn wir fahren gegen Engel-land»; die NS-Frauenschaftsgruppe besingt die «tapfere kleine Soldatenbraut» und der Bariton Herbert Ernst Groh die «Schneefelder, die blinken, und die Länder, die versinken». Die Erna Sack singt bis ganz hoch hinauf, der Julius Patzak schmachtet seine Liebste an, und der Heinz Rühmann leiert «Wozu ist die Straße da, zum Marschieren, zum Marschieren in die weite Welt». Zum Schluss kommt, wie immer, die Zarah Leander mit ihrem: «Ich weißß, es wirrd einmal ein Wundrr gescheenn, und dann werrden tausend Märchennn wahr.» Die Soldatenbräute haben ihr Strickzeug weggelegt und die *Münchner Neuesten Nachrichten* zusammengefaltet. Andächtig hören sie zu. Sie sind kaum älter als ich.

Den ganzen Tag bin ich am Fluss. Wenn ich abends heimkomme, schlägt mir der Geruch vom aufgewärmten Kraut entgegen. Nach dem Essen habe ich Hunger wie zuvor. Die Mutter liest mir das *Regensburger Bistumsblatt* und den *Altöttinger Liebfrauenboten* vor, und nichts davon interessiert mich. Ihre Kakteen gießt sie aus einer Kanne mit einem langen dünnen Rohr. In jedem Topf steckt ein Täfelchen mit dem lateinischen Namen. Unter das Bild, das sie meinem Vater zur Verlobung geschenkt hat, hat sie in ihrer sorgfältigen Schulschrift geschrieben: «Liebe gipfelt in Geduld.» Als in meinem Zeugnis steht: «Er kann sich der Gemeinschaft nicht fügen», sagt sie: «Schäm dich! Ein gutes Kind gehorcht geschwind.»

Für alles hat sie einen Spruch: Dem Spötter ist nichts heilig. Wer einmal lügt, dem glaubt man nicht, und wenn er auch die Wahrheit spricht. Undank ist der Welten Lohn. Der Mohr hat seine Schuldigkeit getan, der Mohr kann gehen. Quäle nie ein Tier zum Scherz, denn es fühlt wie du den Schmerz. Was Hänschen nicht lernt, lernt Hans nimmermehr. Wer andern eine Grube gräbt, fällt selbst hinein. Ein gutes Gewissen ist ein sanftes Ruhekissen. Komm den Frauen zart entgegen, du gewinnst sie, auf mein Wort. Die Frau muss ihre ehelichen Pflichten erfüllen. Bescheidenheit ist eine Zier, doch weiter kommt man ohne ihr. Und du bist ein Grobian.

Endlich die erste Regatta. Wir stehen aufgereiht da, in schwarzer Turnhose und weißem Turnhemd, das Hakenkreuz im rot-weiß-roten Ring mitten auf der Brust. Weil ich glatt geschoren und ausgedörrt bin, heiße ich Timoschenko, wie der russische Reitergeneral, den die Deutschen gefangen genommen haben. Die Reden der Parteifunktionäre wollen nicht aufhören. Wieder loben sie den Führer, seine Entschlussfreudigkeit und seine Tatkraft, mit der er uns, das Menschenmaterial, lenkt. Wieder werden wir mit Glaubensstärke, Standhaftigkeit und todesmutiger Einsatzbereitschaft unsere zukünftigen Aufgaben meistern.

Bisher haben wir nur auf der Donau trainiert. Jetzt packt der scharfe Bodensee-Wind unser Boot, die hohen Wellen schlagen über den Süllrand, die beiden Löwen auf der Hafenmole verschwinden im Dunst. Als Schlagmann gebe ich das Tempo im Rennachter an. Doch schon bald nach dem Start ziehen die Boote neben uns davon. Erst nach einem Zwischenspurt sind wir wieder auf gleicher Höhe, und im Ziel liegen wir eine halbe Bootslänge vorne. Nach der Siegerehrung johlen wir in den stillen Gassen. Die Frauen bleiben stehen, schütteln den Kopf und schauen uns vorwurfsvoll an. Seit so viele Soldaten den Heldentod gefunden haben, getraut sich niemand mehr laut zu lachen.

Wir kommen weit herum. Vor den Eisenbahnfenstern ziehen unbekannte Landschaften vorbei, Fachwerkhäuser, Burgen, Weinberge und gewundene Flüsse, auf die wir hinunterschauen, alles wie im Märchen. Neue Regatten und neue Mannschaften, fremde Dialekte und fremde Bootshäuser. Unsere Stadt wird immer kleiner, die Schule immer unwichtiger. Wir fahren nach Regensburg, Bamberg, Würzburg und nach Berlin-Grünau. In Mannheim qualmen die Kamine der BASF-Werke, und wir fangen an zu husten. Zu essen haben wir kaum noch, doch der Trainer ist Tag und Nacht für uns da. Wenn wir in der Sonne liegen, bessert er im Halbdunkel des Bootshauses die Risse im dünnen Hickorybelag aus, reiht einen winzigen Kupfernagel an den andern, repariert klemmende Rollsitze und ausgeleierte Dollen.

Zum ersten Mal sehen wir Bombentrichter und Hausruinen; in der Zeitung waren solche Bilder noch nie. Auf rauchgeschwärzten Bahnhofsmauern stehen die Parolen: «Räder müssen rollen für den Sieg!», «Achtung, Feind hört mit!», «Der Kohlenklau geht um!» Immer öfter heulen die Sirenen, und Training und Wettkampf werden verschoben. Wir übernachten in Luftschutzbunkern. Tief unter der Erde, in dreifach übereinandergestapelten Stockbetten, erzählen wir uns Filme. Der Harry Piel geht in seinem weißen Anzug und Tropenhelm auf Großwildjagd und rettet die blonde Frau aus den Fängen der Menschenfresser. Der Willy Birgel mit seinem bleistiftschmalen Oberlippenbärtchen reitet für Deutschland. Der Wiener trifft den Klang der Mercedes-, BMW- und Autounion-Motoren auf dem Nürburgring so genau, dass sie vor unseren Augen vorbeiflitzen wie in Wirklichkeit. Seine Stimme schraubt sich höher und höher. «Kchrkrchkrck!» Der Hans Stuck und der Bernd Rosemeyer haben vergessen, beim Schalten Zwischengas zu geben. Erst wenn die Flakgeschütze bellen, das Donnern der Bomben näher kommt und der Boden zu beben beginnt, wird es still im Keller. Das Licht geht aus, und durch den Schacht dringt Rauch.

Nach den Ferien muss ich Ersatzmänner suchen. Doch der Seifert Georg, den ich vom Eishockey her kenne, rudert nie mit letzter Kraft. Der blasse Bursche von der Handelsschule ist mehr an den Rudermädchen als am Training interessiert. Und der Franz lässt seinen Schienbeinbruch nicht heilen, dass sie ihn nicht kriegsverwendungsfähig schreiben. Weil es ihm langweilig ist, malt er mit Ölfarben den «Mann mit dem Goldhelm» von Rembrandt ab. Er braucht viele Wochen dazu, und zuletzt ist seine Kopie schöner als der Druck.

Am frühen Morgen trage ich das Skiff zum Fluss hinunter, es ist federleicht. Die Pappeln werfen ihre langen Schatten, und über dem Fluss schweben die Nebelschleier. Mit ein paar Ruderschlägen balanciere ich hinaus auf den Strom. Und schon schießt das Boot flussauf über das Wasser. Mit meinem Körper halte ich es im Gleichgewicht. Die Schläge sitzen perfekt. Heiße Freude durchfährt mich: Ich beherrsche den Renneiner. Nichts anderes zählt mehr. Die Stunden in der Schule überstehe ich wie der Hase, schlafend, mit offenen Augen. Im nächsten Jahr bin ich an der Ostfront. Den Russen werde ich nicht entkommen. Eine andere Zukunft kann ich mir nicht vorstellen.

14

Flink wie die Fliegen am Fenster laufen wir die steilen Plattenschüsse hinauf, immer höher, bis hinüber zum Schneefernerkopf. Von früh bis spät sind wir am Rennen, auf schmalstem Pfad am Überholen, überall wollen wir hinaufklettern, gleich jetzt. Statt auf dem Zickzackweg zu bleiben, springen wir in großen Sätzen über die steilen Schuttkare hinunter ins Tal. Steinblöcke, die uns im Weg stehen, treten wir los. Sie poltern das Kar hinunter, es staubt und kracht, und der Schwefel riecht bis zu uns herauf.

Ringsum Berge. Vor dem Hüttenfenster die Hochwanner Nordwand, der Teufelsgrat, die Dreitorspitze mit der Südwand, der Eichhorngrat, und ganz im Süden die deutschösterreichischen Gletscherfirne. In aller Früh singen unsere Haken am haushohen Übungsfelsen die Tonleiter hinauf. Klettern am Doppelseil. Quergang und Überhang mit Brust- und Trittschlingen und Rettung aus der Gletscherspalte. Frei in der Luft baumeln, Meter um Meter hinauf prusiken. Und immer wieder, mit kühnen Schwüngen, in sausender Luftfahrt, abseilen im Dülfersitz.

Der eiskalte Gewitterregen löst die Sohlen von meinen Kletterpatschen; barfuß balanciere ich über den von Blitzen zerhackten Teufelsgrat. Auf beiden Seiten geht es tausend Meter in die Tiefe. Einmal sind wir nass vom Regen, dann vom Schweiß, und schon wieder frisch und stark und übermütig. Wir wollen Bäume ausreißen, finden alles unbändig, pfundig und bärig. Abends, im Schlafraum, möchte ich, es wäre schon wieder Tag, und ich kletterte, oben auf dem Jubiläumsgrat, ganz allein dahin bis hinüber zur Alpspitze.

In meiner Soldatenuniform sehe ich fast aus wie der Gebirgsjäger auf den Werbeplakaten unten in Garmisch-Partenkirchen. Hager und braungebrannt, lacht er von jeder Wand herunter. Auf seinem Rucksack hat er die Steigeisen, um seine Schultern ist das Liezener Bergseil geschlungen, in der Linken hält er die Ski und mit der Rechten hat er den Eispickel gepackt.

Mein bester Freund, der Nogler Giovanni, hat weißblonde Haare, ganz helle Augen und jodelt den ganzen Tag. Der Giovanni ist Italiener, seit der Hitler dem Duce Südtirol geschenkt hat. In einer Zeitschrift sind Bilder von ihm als italienischer Skimeister. Bald, sagt er, wandern alle Südtiroler in den Kaukasus aus. Dort gibt es Fünftausender, die noch nicht bestiegen sind, Bären und Steinböcke, so viele du schießen kannst, aber keine Menschen. Deshalb wird im Kaukasus die nordische Rasse angesiedelt.

Nur das Antreten in Reih und Glied zur Flaggenhissung und zum Fahnenspruch am Morgen ist so langweilig wie bei den HJ-Lagern zuvor. «Achtung!», kommandiert der Leutnant. Ich mache links um und schlage die Hacken zusammen, der Sand spritzt. Langsam steigt die Fahne den Mast empor, und als sie fast oben ist, schreie ich, so laut ich kann: «Gebeugt erst zeigt der Bogen seine Kraft! Grillparzer.» Noch ein Ruck, und die Schnur reißt genau dort, wo ich sie gestern Abend mit einem Büchsendeckel angeritzt habe. Die Fahne flattert herunter; wie ein Geist rudere ich unter dem Tuch mit den Armen herum. Alle lachen. Von da an gibt es keine Fahnenhissung mehr.

Jeden Tag lehrt uns der Giovanni neue Lieder. Wir sitzen

im sonnenwarmen Karst und singen: «Auf der Höttinger Alm hockt a Kaser-Mandl.» Oder: «An einem Sonntag Morgen, recht zeitig in der Fruah, packt der Wuidschütz sei Stutzerl und geht an Gamsgebirg zua …», «Im Frühtau zu Berge wir zieh'n, holdrio, die Vögel, die singen …», «Frisch auf, Berggefährten, der Morgen ergraut, steigt hinauf auf die sonnige Höh …» Die letzte Melodie kenne ich aus dem Trenker-Film. Schon mit sieben Jahren habe ich den Luis Trenker nachgemacht. Er fährt über den gleißenden Firn ab – ich rutsche, die Wäscheleine um den Bauch, über das nasse Gras hinunter. Er wirft wütend Steine auf den Überhang, den er nicht bezwingen konnte – ich werfe einen Stein gegen die Bretterwand und fluche «Herrgottsakra», so wie er.

Seinen Film von den tapferen Südtirolern im Ersten Weltkrieg habe ich ein paar Mal gesehen. Sie meißelten unterirdische Gänge in die Dolomiten, jagten die feigen Italiener von Berg zu Berg und knallten sie ab. Immer wartete ich auf die Stelle, wo der Luis Trenker nach dem Feuergefecht zum Standschützen Bruggler hintritt, der das Gewehr noch im Anschlag hält: «Aber Herr Lehrer, die Herrgottsakra san scho längstens davon!» Er fasst ihn an der Schulter, doch der Herr Lehrer, sein bester Freund, ist tot. Kopfschuss.

Später zogen wir, mitten im Sommer, unsere dicken Wintersachen an und legten uns damit ins Zelt. Wie die englischen Himalaja-Bergsteiger, der Mallory und der Irvine in ihrem Hochlager, stemmten wir die Füße weit oben an den Mast und klapperten vor Kälte mit den Zähnen. Unser Heulen klang so schauerlich wie der Sturm im Film, der von Anfang bis zum Ende tobte. Dazwischen röchelten wir, weil die Luft auf dem höchsten Berg der Welt so dünn ist, und führten schlürfend die Hand zum Mund, weil die Engländer den ganzen Tag Tee trinken. Und wenn es plötzlich am Zelt zupfte, stand draußen der Dämon des Himalaja mit seinen glühenden Augen und wollte uns packen und in die Gletscherspalte werfen. Kein Mensch darf den Fuß auf den heiligen Berg setzen, auf dem die Götter wohnen.

Ein Zug nach dem andern fährt aus dem düsteren Stollenlabyrinth der Zugspitze in die lichtdurchflutete Bergstation. Die Offiziere blinzeln in die Helle der Firne. Die Jagdflieger mit dem Deutschen Kreuz in Gold sind kaum älter als ich. Die U-Boot-Kommandanten haben feuerrote Gesichter von der ungewohnten Sonne. Der Schnellbootkapitän sieht aus wie der Hans Albers. Auf den schwarzen Uniformen der Panzeroffiziere blinken silbern die Orden. Zum ersten Mal sehe ich die Streifen der Panzervernichtungsabzeichen am Ärmel aus der Nähe.

Immer größer wird das Gedränge im Schneefernerhaus. Meine Hitlerjugendarmbinde habe ich so dünn zusammengerollt, dass man sie kaum mehr sieht. Meine Mütze sitzt ein wenig schief, auf der Seite steckt ein Almröserl. So schaue ich aus wie ein Garmischer Hochgebirgsjäger. Damit alle glauben, ich sei auf Abstellungsurlaub vom Fronteinsatz, stoße ich beim Grüßen die Hand schneidig vom Kopf weg und wippe noch ein wenig nach. Im Ausfallschritt der Kaiser-Jäger durchquere ich die Halle. Doch die Offiziere schauen kalt durch mich hindurch. Nur einer tippt mit zwei Fingern lässig an die Mütze, als wäre ich sein Kamerad. Am Hals hat er die höchste Auszeichnung, das Ritterkreuz mit Eichenlaub, Schwertern und Brillanten.

Auf der Terrasse stehen Frauen in Pelzmänteln, so schön wie im Film, und schauen hinaus auf die Gletscherwelt. Ist dort nicht die Hansi Knoteck? Die Christina Söderbaum? Die

Paula Wessely? Im kühlen Bergwind kreisen die Dohlen; Ordonnanzen in weißen Jacken füllen die Sektgläser. Die Offiziere werden fröhlicher, die Frauen lachen heller. Sobald ich daheim bin, werde ich mich als Kriegsfreiwilliger zu den Gebirgsjägern melden.

Wenige Tage später wird abends die Musik im Radio unterbrochen: «Starke feindliche Bomberverbände befinden sich von Süden her im Anflug auf München ...» Schweigend ziehen die Ausbilder ihre Schuhe an und treten hinaus in die Nacht. Heimlich folge ich ihnen, hinauf bis zur Stelle am Zugspitzgrat, wo man in die weite Ebene und bis nach München schauen kann.

Die Bomber blitzen im Vollmondlicht; ein Verband nach dem anderen zieht über uns hinweg. Die Motoren dröhnen. Ihr Brummen über uns dauert noch immer an, als über München die ersten Christbäume vom Himmel schweben. Zwischen den Sternen blitzen die Flakgranaten. Brennende Flugzeuge stürzen zur Erde. Dann ein Bersten und Beben. Feuerbälle rollen durch die Nacht. Bombenteppich um Bombenteppich detoniert im Häusermeer. Immer lauter das Donnern, immer heller das Feuer, viele Kilometer breit.

Die Ausbilder flüstern. Einige haben ihre Eltern, ihre Frauen und Kinder in der Stadt. Schweigend richten sie sich auf und steigen wieder zur Hütte ab. Nur ich kann mich nicht losreißen von dem Anblick. Ein Schrecken ist in mich gefahren, als wäre ich dabei, wie die Welt untergeht.

15

Die Berge sind im Dunst verschwunden. Kein Vogel fliegt, kein Laut. Ich schleife die Ski über den Schnee, tappe in ausgefegte Furchen, stolpere über blank gewehte Schollen. Die Eisnadeln stechen ins Gesicht, im Zickzack gehe ich dem Wind entgegen, hinein ins graue Nichts. Die Huitfeldt-Bindung ist ausgeleiert, das Holz der Ski ausgebleicht, die Maserung ausgewaschen. Alles ist jetzt anders, alles ist jetzt fremd.

Ich schlage mit den Armen, balle und strecke die Hände, bis das Blut wieder in die Fingerspitzen schießt und mir der Schmerz das Wasser in die Augen treibt. Wieder taste ich nach dem Wurstbrot in der Tasche, ein Geschenk der Hüttenwirtin. Wer heute, am Karfreitag, dem strengsten katholischen Fasttag, fleischliche Nahrung zu sich nimmt, der begeht eine Todsünde. Mittags stellt die Mutter nur einen Topf Hirsebrei auf den Tisch, und abends gibt es eine Tasse Lindenblütentee ohne Zucker.

Der erste Biss. Tötet mich jetzt Gott zur Strafe auf der Stelle? Falle ich tot um, weil ich eine Todsünde begehe? Ich warte. Nichts geschieht. Die Wolken ziehen ruhig weiter, kein Gott erscheint, kein Blitz fährt vom Himmel auf mich herunter.

In der Kinder-Aufbewahrungsanstalt haben wir zum Himmel-Papa hinaufgebetet, zum lieben Gott, dem gütigen Himmelvater, der zu uns herunterschaut und alles verzeiht, der auf uns Obacht gibt, dass uns nichts passiert. Nur mir hilft er nicht, wenn mich der Vater und die grossen Buben schlagen. Und noch nie hat er mit mir geredet, wenn ich mich in der Nacht vor dem Luzifer fürchte.

Am Heiligen Abend darf ich nicht ins Wohnzimmer hineinschauen, weil mir sonst das Engerl, das den Christbaum richtet und den Kachelofen einheizt, das Augenlicht auslöscht. Zur Probe presse ich das Ohr ans Schlüsselloch und warte, ob es mir ins Ohr bläst und ich nicht mehr hören kann. Nichts passiert. Hinter dem Schlüsselloch sehe ich die Mutter und die Marielle um den Christbaum herumgehen und miteinander flüstern. Ich warte ein wenig, ob das Engerl nicht doch noch kommt. Aber es kommt nicht, und kein Engerl macht mich blind und taub.

In unserer Schulbibel sitzt der Jehova, der alte Mann mit seinem langen Bart, auf einem hölzernen Thron, hoch oben in den Wolken. Er sagt Auge um Auge, Zahn um Zahn. Er befiehlt dem Abraham, ihm seinen einzigen Sohn zu opfern. Schon kniet der Abraham am Boden, hebt den Arm und will mit dem Messer zustechen, da kommt die Stimme aus dem brennenden Dornbusch: «Halt!»

Der Jehova weiß alles von mir. Er verfolgt mich überall hin, nichts entgeht ihm, es fällt kein Haar von meinem Haupt, ohne dass er es sieht. «Das ist die Strafe Gottes, weil du den Heiligen Abend entweiht hast», sagt die Mutter, als ich hinkend vom Skifahren heimkomme. Er kann mich hundert Jahre lang bei den armen Seelen im Fegefeuer, im Flammenmeer, stehenlassen; er kann mich in die Hölle, in die ewige Verdammnis, hinunterstoßen. Dort ist Jammern und Wehklagen und Zähneklappern bis in alle Ewigkeit.

«Siehst du», sagt die Mutter, als der Führer im Pflichtfilm

vor den Altar tritt und mit erhobener Hand hinauf zur Monstranz grüßt. «Sogar der Hitler glaubt an ein höheres Wesen. Und wenn auch so gescheite Leute wie der Universitätsprofessor Doktor Sauerbruch an Gott glauben, dann kannst wohl auch du an ihn glauben, du mit deinem ‹sehr gefährdet› im Weihnachtszeugnis.»

Das Schneetreiben hat aufgehört. Blau wie Tinte leuchten die Berge des Böhmer Waldes, der Himmel darüber ist grün. Kehre um Kehre stapfe ich den Wald hinauf. Hin und wieder wirft ein Baum seine Schneelast ab, die Äste schnellen hoch. Hinter der nächsten Biegung taucht die Sprungschanze auf, auf der der Wimmer Franzl das Drei-Königs-Springen gewonnen hat. Er fliegt über uns hinweg, rudert wild mit den Armen, seine Skihose knattert im Wind. «Dreißig Meter!», rufen die Leute und klatschen. Der Vater sagt: «Das ist Schanzenrekord.» Erst kurz vor dem Wald reißt der Wimmer Franzl seine Sprungski zum Christl herum. Nach der Siegerehrung läuft er gleich los, watet durch den tiefen Schnee, schwingt sich über den Lattenzaun und ist im Wald verschwunden.

Nach dem Skispringen gehen wir zurück zur Bäckerei und nehmen vom Hausgang unsere Ski mit hinauf ins Zimmer. Der Vater legt die Ski auf zwei Stühle, ich breite eine Zeitung darunter aus. In der Backstube füllt der Bäckerbursche das Bügeleisen mit Holzkohle, dann zeigt mir der Vater, wie ich es schwingen muss, dass es mir nicht auf die Knie schlägt. Als aus den Seitenfenstern vom Bügeleisen die rote Glut herausschaut, bügelt der Vater das Bilgeri-Grundwachs ein. Heiße Wachstropfen fallen auf die Zeitung, Rauch steigt auf, der Geruch vom Teerwachs durchfährt mich mit wilder Freude. Ich darf das Sohm-Steig- und Gleitwachs auf meine Ski auftragen und mit dem Handballen verreiben. Morgen steigen wir durch die Straubinger Schneise hinauf zum Brennes.

Am nächsten Morgen ist es schon warm in unserem Zimmer, von der Backstube herauf riecht es nach frischem Brot. Lange stehe ich neben dem Vater am Fenster und schaue den tanzenden Schneeflocken zu. Alles ist weiß, die Häuser und der Wald sind verschwunden. So soll es immer weiter schneien, bis der Schnee zu uns heraufreicht und ich vom Fenster aus skifahren kann. So wie jetzt soll es immer bleiben.

So nahe bin ich meinem Vater erst einmal gewesen. Die Mutter ist in der Karmeliterkirche beim levitierten Amt zum Empfang der heiligen Sakramente. Ich darf zum Vater ins Bett kriechen, und wir hören das Hafenkonzert von Hamburg. Es kommt von ganz oben, vom Meer, es kommt bis zu uns herunter, an die Donau. Die Kapitäne erzählen mit fremden, tiefen Stimmen ihre Geschichten. Sie lachen heiser, die Gläser klirren hell. Dazwischen ertönt Marschmusik und immer wieder das langgezogene Tuten der Ozeanschiffe. Der dunkle Ton lässt den Stoff im Drahtfunk zittern und fährt mir bis in den Magen.

An Ostern packt der Vater seine Reisetasche und fährt mit dem Zug fort. Einmal schreibt er, er hat sich schon rasiert und geht im Krankenhaus die Treppen auf und ab. Dann höre ich lange nichts mehr, und dann muss ich zum Friedhof, dort graben sie ihn ein. Überall liegen Kränze und Blumensträuße, die Leute stehen im schwarzen Gewand da, die Mutter hat einen Schleier vor dem Gesicht. Alle gaffen uns an. Ewig redet der Schulleiter, dann der Kreisleiter, dann der Pfarrer. Der

Goldhuber Anderl, der Freund vom Vater, dirigiert den Chor der Singschule und die Trompetenbläser vom Stadtorchester. Was soll ich da. Wenn er tot ist, ist er tot.

Monate später nimmt mich die Mutter mit zu ihrem Beichtvater nach Bamberg. Sie gehen vor mir her. Sie reden und sie streifen sich, und ich bekomme Sodbrennen, dass mir das Wasser aus dem Maul tropft und die Augen übergehen. Die Schuhe sind mir zu klein, die Zehen krümmen sich. Der Mantel zwickt unter den Armen, den Knopf auf der Brust bring ich nicht mehr zu. Um den linken Ärmel habe ich das schwarze Bandl. Immer weiter bleib ich zurück. Die Mutter und ihr Beichtvater sagen, ich soll zum Bamberger Reiter hinaufschauen, das ist das größte karolingische Kunstwerk. Aber ich seh nur ein steifes Mandl auf einem Pferd aus Stein.

Schritt für Schritt trete ich mir die Schanze ein. Unter dem Sprungtisch gähnt der Abgrund. Lange schaue ich in die Tiefe; winzig klein kommt meine Spur aus dem Wald heraus. Ich ziehe die Mütze tiefer über die Ohren. Knöpfe die Tasche zu. Prüfe den Strammer der Bindung. Dann hole ich tief Luft und fahre in die Spur ein. Ich werde immer schneller, der Sprungtisch rast auf mich zu. Wie im Traum erwische ich den Absprung. Es wirft mich in die Luft. Jetzt, denke ich, kommt der Todessturz, die Strafe Gottes. Schon will ich aufgeben und mich fallen lassen. Doch ich lege mich nach vorne, zu den Skispitzen hin, und fange an zu fliegen. Spüre, wie die Luft mich trägt. Schwebe. Immer weiter treibt es mich hinaus. Ich löse mich von allem. Völlige Ruhe kehrt in mich ein, ein nie gekannter Friede umfängt mich.

Die Wucht des Aufpralls drückt mich zusammen. Ich breche durch den Schnee, überschlage mich ein paar Mal. Und erwache mit einem heißen Glücksgefühl. Ich bin frei. Selbst Gott kann mich nicht bestrafen. Vielleicht ist er zu weit weg. Vielleicht gibt es gar keinen Gott.

16

Noch ist der letzte Schüler nicht aufgesprungen, da prescht der Pole schon aus dem Schulhof. Er sieht aus wie die Untermenschen im Pflichtfilm. Die Zigarette hängt ihm aus dem Mund. Sein Gesicht ist voller Bartstoppeln, die Mütze hat er ins Genick geschoben.

Die Mädchen halten sich am Lattenrost vom Bulldog fest; die Buben stehen freihändig und breitbeinig auf dem Anhänger, wie die Bauern auf dem Fuhrwerk. Wenn uns ein aufgefüllter Bombentrichter durcheinander wirft, johlen wir. Geht's uns zu langweilig dahin, schaukeln wir den Anhänger auf, bis er zu schlingern anfängt. Der Pole fährt im Zickzack und fuchtelt mit den Händen. Die Mädchen schreien.

Dick steigt der Nebel aus der Donau. Er wälzt sich über die Straße und fließt vor uns dahin. Vor der Ziegelei tragen verschwommene Gestalten, die Zwangsarbeiter, die Ziegel über den Hof. Vom Kamin herunter quillt der schwarze Rauch; er beißt uns in der Nase, und alle fangen an zu husten. Erst weit draußen schießt die Sonne durch den Dunst. Vor uns breiten sich die braunen Äcker wie eine Wüste aus, bis zum Horizont.

Das letzte Mal bin ich mit dem Vater hier gewesen. Ich sitze auf dem Fahrrad zwischen seinen Armen, im Nacken spüre ich seinen Atem. Bergab ducke ich mich und in der Kurve lege ich mich herein, so wie er. Und schlenzt er mit dem Vorderrad einen Stein von der Sandstraße, lasse ich die Lenkstange los. Ringsum wogt der Halmenwald. Weit und breit kein Haus, kein Baum, nirgends ein Wegweiser.

Der Pole biegt von der Straße ab und fährt in den Schlosshof ein. Alles ist sauber und aufgeräumt wie in einer Stube. Der Boden ist frisch gekehrt, der Misthaufen hat scharfe Kanten und festgeklatschte Wände. Am Zwiebelturm glänzt das Kupfer, das Ziegeldach ist neu gedeckt, die Mauern sind in hellem Gelb gestrichen. Am Fuß der Treppe stehen zwei dickbäuchige Granaten.

Lange müssen wir im Hof warten. Die Sonne brennt, nirgendwo ein Schatten. Das Windrad rührt sich nicht, vom weißblauen Maibaum hängen schlaff die Bänder. Die Flügeltüren über der Freitreppe sind weit offen. In der Halle steht ein bunt bemalter Bauernschlitten. Zwei Blumensträuße rahmen das Führerbild ein, wie auf einem Altar.

Endlich erscheint der Kreisbauernführer Rinkam auf der Treppe. Er reißt den Arm hoch und schreit: «Heil Hitler!» Im Chor rufen wir zurück: «Heil Hitler!» Er faltet einen Zettel auseinander und liest unsere Namen herunter. Dann hält er eine Rede, und alles, was er sagt, klingt wie ein Befehl: Erzeugungsschlacht! Bedingungsloser Einsatz an der Heimatfront! Strikter Gehorsam bei der Ausführung seiner Anordnungen! Bei Sabotage Meldung an die HJ-Dienststelle und Jugendarrest!

Tag für Tag kauern wir auf dem hartgebrannten Boden, die Reihen der Beete reichen bis zum Horizont. Von jedem Zuckerrübenbüschel darf nur das größte Pflänzchen stehen bleiben. Das ist, erklärt der Rinkam, wie im Lebenskampf: «Nur der Stärkste darf überleben. Alles Kranke und Schwache muss ausgemerzt werden.» Das Herumhacken an den Setzlingen ist mir so zuwider wie das Einfärben der einzelnen Ziegel der Kirche St. Jakob im Zeichenunterricht. Jeder Stein muss mit einer andern Farbe bemalt und anders schattiert werden, und nie werde ich fertig mit meinem Bild.

Der Nachmittag dehnt sich, die Zeiger der Schlossuhr stehen still. Die Mädchen rutschen so rasch auf den Knien dahin, dass wir immer weiter zurück bleiben. Dabei dürfen sie nicht eher heim, und sie bekommen auch nicht mehr Geld als wir. Der Rinkam lässt uns nicht aus den Augen. Hin und wieder packt er einen am Genick und drückt ihn in ein stehen gelassenes Büschel wie eine Katze, die nicht stubenrein ist. Den Langsamsten schlägt er mit der Hacke auf die Fußsohlen. Ist der Rinkam weit genug weg, hauen wir voller Wut auf seine Pflanzen ein.

Endlos die Stunden, immer drückender die Luft. In weiter Ferne die Stadt. Über den Höhenzügen des Bayerwaldes türmen sich riesige Wolkengebilde, ihre Bäuche färben sich schwarz. Das Wetterleuchten flackert, der Donner rumort. Schon zucken die ersten Blitze. Doch der Wind treibt das Gewitter von uns weg, und aus der dicken Luft fallen uns die Bremsen an. Um vier Uhr taucht auf der Straße die schwarzlackierte Kutsche auf. Das Lederdach ist zurückgeschlagen; die beiden Rinkam-Töchter schauen geradeaus und fahren an uns vorbei. Um sechs Uhr verteilt der Pole das Brot und den Sprudel, und jeder bekommt fünfzig Pfennig auf die Hand.

Im Sommer schieben wir das gemähte Gras zu Reihen zusammen. Im Laufschritt stechen wir mit der Gabel in die Heuhaufen, aber so schnell wir auch laufen, immer ist uns der Pole in seinem Bulldog voraus. Beim Hopfenzupfen stehen wir von früh bis spät im Regen. Mit beiden Händen reißen wir die schweren Ranken von den Drähten; wir streifen die aufgequollenen Hopfenballen in die Metzen, laufen hin zum Wagen, ein Stricherl für jede Metze, und alles im Akkord. Wir husten und rotzen, wir schmieden Pläne zur Flucht. Noch lange danach sind unsere Finger schwarz von der Hopfenbrühe.

Im Herbst fährt uns der Pole hinunter ins Donaumoos. Die Tage sind klar und kühl, feiner Dunst liegt über den Äckern. Wir klauben die Kartoffeln zusammen und werfen sie in Körbe. Wenn sie voll sind, schleppen sie die französischen Kriegsgefangenen zum Wagen. Sie verstehen ein wenig Deutsch, und wir haben das dritte Jahr Französisch. Ich sage alle Sätze auf, die mir einfallen: «Le président arrive dans sa calèche. Tout le monde se lève. La Tour Eiffel est illuminée la nuit. Un cheval et un cochon se rencontrent dans la rue. Le cochon dit – » Als ich nicht mehr weiter weiß, lachen die Franzosen.

Der Gefangene, mit dem ich am liebsten arbeite, kann in der Uniformtasche eine Zigarette drehen, ohne dass er hinschauen muss. Beim Reden lässt er sie im Mund. Sie klebt an seiner Unterlippe und wippt auf und ab, bis sie ganz heruntergebrannt ist. Dann hält er den Kopf schief, und der Rauch zieht an seinen Augen vorbei. Er spricht mit mir, als ob ich schon erwachsen wäre. Wenn ich ernst sage: «Unsere Wehrmacht ist die siegreichste Armee der Welt», schüttelt er den Kopf: «Hitler siegt sich tot, Hitler siegt sich tot.» Und wenn ich sage: «Der Endsieg ist nahe», lächelt er nur.

Immer wieder hören wir ein Donnern am Himmel, einmal fern, einmal nah. Plötzlich ein gewaltiges Fauchen. Ein Blitz zuckt durch die Luft. Wir werfen uns auf den Boden. Der Feuerstrahl rast über unsere Köpfe und schießt senkrecht nach oben. Lange bleiben wir liegen, das Gesicht in die Kartoffelfurchen gedrückt. «Das waren die Amerikaner», sagt mein Franzose. Doch der Klassensprecher weist ihn scharf zurecht. «Das ist die Me 262, von den Messerschmittwerken, die neue Wunderwaffe, damit gewinnen wir den Krieg.»

Am Nachmittag wird es kühl; mit beiden Armen tragen wir das Kartoffelkraut zusammen. Die Franzosen werfen die dürren Stauden ins Feuer und legen die Kartoffeln in die Glut. Sobald sie zu duften anfangen, reißen wir ungeduldig die verkohlten Krusten weg, und unsere Gesichter werden schwarz vom Ruß. Die Franzosen warten, bis die Erdäpfel gar sind. Sorgfältig brechen sie sie mit ihren großen Bauernhänden auf. Ihre glatt geschorenen Köpfe leuchten im Widerschein.

«Vite, vite! Schnell arbeiten! Rinkam kommt!» Wir laufen zu unseren Körben, werfen die Kartoffeln hinein, heben sie auf den Wagen und rennen zurück zum Feld. In schnellem Trab prescht der Rinkam auf uns zu. Er hat die Beine gegen die Bügel des Sulky gestemmt und schaut einmal links und einmal rechts am Pferd vorbei. Schon ist er ganz nah, da wirft eine Furche den Suki in die Luft. Der Wagen springt von einem Rad auf das andere, der Rinkam reißt am Zügel, in wilden Sprüngen rast das Pferd an uns vorbei; vor seinem Maul steht der Schaum. Immer kleiner und kleiner wird der Rinkam, bis er in der Ferne verschwindet. Ich schaue den Franzosen an, er schaut mich an, und beide lachen wir gleichzeitig los.

Nach der Arbeit müssen sich die Franzosen in einer Reihe

aufstellen. «Rechts um – Marsch!», ruft der Wachposten. In Zweierreihen gehen sie zurück in ihr Barackenlager, hinaus ins Donaumoos. Hinterdrein trottet der Landwehrmann mit umgehängtem Karabiner. Ich schau meinem Franzosen nach und denke: So einen wie den hätte ich auch gerne als Vater gehabt.

17

Der sibirische Wind heult, Maschinengewehre rattern, Einschläge krachen, und immer bin ich dabei, mitten unter unseren Soldaten. Schon beim ersten Ton kann ich das blecherne Klappern der russischen Maschinenpistole vom scharfen Hämmern des deutschen Sturmgewehrs unterscheiden und das Nageln der Rata vom hochtourigen Pfeifton unserer Me 109. Ich kenne die Kaliber der Artilleriegeschosse, die über uns hinwegjaulen, und nach dem Kommando «Handgranaten – Wurf!» zähle ich eins, zwei, drei – Detonation!

Alarm. Neue Befehle. Plötzlich das Kreischen der Stuka-Sirenen. Dann die Stimme vom Gustl Berauer. Sogleich ziehe ich den Drahtfunk noch näher ans Ohr: «Mit größter Präzision picken sich unsere Stukas ihre Ziele heraus. Mit Volltreffern zerstören sie die Brücken und schneiden den Russen den Rückweg ab!» Ein Jagdflugzeug kommt im Tiefflug heran, die Vierlingsflak bellt. Dem Gustl schnappt die Stimme über: «Dort stürzt die Rata brennend ab!» Zum Schluss erklingt, wie immer, der bayerische Defiliermarsch, und dann heult wieder der sibirische Wind.

Der Gustl Berauer ist der beste Skispringer und Langläufer der Welt, sogar die Norweger hat er besiegt. Jetzt meldet er sich jeden Abend aus den Weiten des russischen Winters. Gerade hat der Spähtrupp von seinem Skibataillon eine feindliche Kompanie in den Hinterhalt gelockt. Der Gustl schreit: «In der Schlucht nehmen wir sie von beiden Seiten unter Feuer! Keiner bleibt übrig! Wir haben ganze Arbeit geleistet.» Hinter ihm hört man das Lachen seiner Kameraden. Plötzlich – Stille. Die Mutter hat das Kabel aus der Wand gerissen, es schlägt herum wie der Schwanz eines wütenden Hundes.

Viel zu früh stehen wir in unserer HJ-Uniform auf dem Bahnsteig. Neben uns sind die Fanfarenbläser angetreten, vor ihrer Brust die weiß geflochtene Schnur. Die BDM-Mädchen haben die Hände an die Rocknaht gelegt; Brust heraus, Kopf hoch. Der einzige Zivilist ist unser Musiklehrer, der Goldhuber Anderl. Sein Mantel hängt an ihm herunter wie von einem Kleiderhaken. Mit hochgezogenen Schultern und den Ohrenschützern auf dem Kopf, wartet er im kalten Wind.

Endlich in der Ferne eine Rauchfahne. Dort, wo die Gleise zusammenlaufen, tauchen die Umrisse einer Lokomotive auf. Langsam wird sie größer. Der Goldhuber Anderl hebt die Hände, die Fanfaren schmettern, die Pauken hallen im Gewölbe, und die Mädchen singen: «Horch, was kommt von draußen rein, hollari, hollaro, wird wohl mein Feinsliebchen sein, hollariaho.» Bremsen quietschen, Dampf zischt unter den Wagen hervor. Die BDM-Mädchen drängen sich an die Fenster und halten den Soldaten ihre Sträuße entgegen. Die Soldaten greifen nach ihren Händen, versuchen sie festzuhalten. Die Mädchen lachen, der Fotograf knipst, und die Frau vom Tagblatt schreibt alles auf.

Aus den Wagen steigen die ersten Verwundeten. Die einen gehen auf Krücken, andere haben den Arm in der Schlinge. Die mit den verbundenen Augen tasten sich über das Trittbrett und lassen sich von den Mädchen wegführen. Zuletzt werden die Schwerverwundeten ausgeladen. Vorsichtig, Schritt für Schritt, steigen wir die Stufen der Unterführung hinunter und tragen die Bahren hinaus zum Lastwagen.

Immer neue Bahren werden durch die Zugfenster herausgeschoben. Als eine Bahre stockt, ziehen wir stärker. Mit einem Ruck fährt sie uns entgegen. Der Kopfverband des Soldaten ist am Gepäcknetz hängen geblieben. Sein Schädel ist ohne Haut, im rohen Fleisch wimmelt es von weißen Maden. Die Krankenschwester wirft einen Blick darauf. Dann beugt sie sich zu ihm hinunter und tätschelt mit zwei Fingern seine Wange: «Gelle, da kriegen wir wenigstens keine Sepsis.»

Zum Schluss gehen wir mit dem Sanitäter durch die Wagen und suchen nach vergessenen Taschen. In einer Ecke liegt noch immer ein Soldat, seine Augen sind halb offen. Der Klassensprecher schlägt die Hacken zusammen, reißt die Hand hoch und ruft: «Heil Hitler! Aufstehen, Sie sind angekommen!» Doch der Soldat rührt sich nicht. Der Sani schaut den Klassensprecher von oben bis unten an: «Du Dorfdepp, du damischer, hams dir ins Hirn gschissen?»

Auf dem Bahnsteig steht noch immer ein Offizier. Er hält sich am Geländer fest und scheint zu horchen. Sein Gesicht ist schwarz, der Mund ein Loch, die Augen verbunden. Um den Hals trägt er das Ritterkreuz und auf der Brust das Deutsche Kreuz in Gold. Ich greife nach seinem Arm, der Ärmel ist leer. Auf dem Weg durch die Stadt, hinunter ins Lazarett, wechseln die Frauen schnell die Straßenseite.

Im Winter kommen immer mehr Soldaten erfroren an. Tagelang standen die Verwundetenzüge in der Kälte; Partisanen hatten die Gleise in die Luft gesprengt. Ich erschrecke nicht mehr, wenn einer tot im Wagen liegt. Geübt packe ich die linke Hand, wenn die rechte amputiert ist. Das einzige Lastauto ist eingezogen worden. Jetzt fahren wir die Verwundeten mit dem Handkarren zum Krankenhaus der Barmherzigen Brüder. Dort liegen die Versehrten schon in den Gängen. Im Notlazarett vom Ursulinenkloster müssen sie auf ihren Bahren bleiben; es gibt keine Betten mehr.

Sogar die Heil- und Pflegeanstalt ist jetzt ein Lazarett geworden. Auf dem Dach ist ein großes, rotes Kreuz. Niemand weiß, wohin die Kretinen gebracht worden sind. Im Sommer haben sie uns vom Heuwagen heruntergewinkt, und wir haben zu ihnen hinaufgelacht, wenn wir sie auf unsern Rädern überholten. An Feiertagen sind sie am Theresienbrunnen und an der Dreifaltigkeitssäule gesessen und haben alle Frauen gegrüßt. Es fällt uns gar nicht mehr auf, dass es den einen am Kopf reißt und dem andern im Gesicht zuckt. Dass es einen durchschüttelt und der andere so verdreht daherkommt, dass sein Gesicht nach hinten schaut.

Zuletzt wird auch unser Gymnasium ein Lazarett. In der Turnhalle stehen, eng aneinandergerückt, die Betten in Reih und Glied. Unter den Fenstern liegen die Soldaten mit den Knochenbrüchen; an ihren durchbohrten Knöcheln hängen die Gewichte. Weiter hinten sitzen die Schulterverletzten. Unruhig rutschen sie herum und atmen schwer; der Stukaverband drückt auf ihre Brust.

Das Turnlehrerzimmer gehört jetzt den Sanitätsoffizieren; im Geräteraum klappern die Schreibmaschinen der Blitzmädchen. Auf dem Korridor lernen die Beinamputierten wieder das Gehen. Ihre Prothesen knarzen, sie fluchen und stöhnen. Sie kauern am Boden und reiben ihre wundgelaufenen Stümpfe mit Lebertransalbe ein. Immer wieder verbessert der Bandagist vom Sanitätshaus den Sitz der Prothese und schaut zu, wie sie zwischen dem Kunstturnbarren ihre ersten Schritte machen. Einer kann schon auf Krücken gehen, ein anderer schwankt frei auf die Krankenschwester zu. Lachend hüpfen ein paar Einbeinige die Treppe hinunter; jeder will der Erste im Waschraum sein. Sie sind kaum älter als ich.

Seit die siebten und achten Klassen eingerückt sind, passen beim Pflichtfilm alle vom Gymnasium ins Lichtschauspielhaus. Es schmettern die Fanfaren, die Motoren laufen noch, da geht schon die Flugzeugtüre der JU52 auf und eine SS-Mütze erscheint. Die Leiter wird heruntergelassen, steif steigt der Führer über die Stufen. Am Boden reißt er die Fliegerhaube vom Kopf, und sogleich weht ihm der Propellerwind die Haare ins Gesicht. Der Forchheimer stößt mich in die Seite. Wie der Hitler streift er ein paar Mal die Haare aus der Stirn. Wir lachen, und sofort die Stimme eines Lehrers: «Ruhe!»

Marschmusik erklingt. Unsere Soldaten auf ihren Eilmärschen lachen und winken, endlos die Fahrzeugkolonnen. Ukrainische Bauern halten den Soldaten Schilder mit falsch gezeichneten Hakenkreuzen entgegen. Flachsblonde Mädchen schwenken Sträuße aus Mohn- und Kornblumen. Dazu die scharfe Stimme des Frontberichterstatters: «Wir haben die Ukraine vom Joch des Bolschewismus befreit.» Und schon marschiert das nächste Regiment über die Leinwand. Soldatenchöre, Reiterkolonnen vor brennenden Ölfeldern, verendete Pferde mit aufgequollenen Leibern am Wegrand, und immer wieder die Leichenhaufen der russischen Soldaten.

Angriff! Drahtverhaue fliegen in die Luft, Flammenwerfer räuchern Bunker aus. Und wieder die metallische Stimme: «Kein Heer der Welt kann den deutschen Vormarsch aufhalten!» Aus Heinkelgeschwadern regnet es Bomben. Flächenbrände. Rauchwolken verdunkeln den Himmel. Granaten pfeifen über uns hinweg, Feuerbälle steigen auf. «Unsere siegreichen Truppen stehen schon vor den Toren Moskaus! Mit dem Scherenfernrohr können wir die Straßenbahn sehen. Jetzt wendet sie an der Endstation – und schon hat ein Volltreffer sie zerfetzt!»

SS-Soldaten treiben schlitzäugige Flintenweiber und verdreckte Partisanen mit erhobenen Händen aus den Wäldern, ihre Hütten stehen in Flammen. Ausgehungerte und kahlgeschorene Mongolen und Sibiriaken kauern in zerschlissenen Uniformen hinterm Stacheldraht. «Das sind die Untermenschen, die asiatischen Horden!», ruft der Frontberichterstatter. «Und die wollten die Kultur des Abendlandes vernichten!»

Von der letzten Brandwache in der Schule habe ich Flöhe und Wanzen heimgebracht. Von nun an lege ich mich nachts nicht mehr auf die Seegrasmatratze. Bis in den Morgen hinein gehen die Genesenden ruhelos in den Gängen auf und ab. Jeden Tag erwarten sie ihren Stellungsbefehl an die Front. Sie erzählen, wie die deutschen Präzisionswaffen in der Kälte Ladehemmung hatten und die russischen Maschinenpistolen, die aussahen wie aus Dosenblech gestanzt, sogleich wieder zu schießen anfingen, wenn man sie aus dem gefrorenen Tümpel fischte. Die Ski, die wir hatten abliefern müssen, warfen sie sogleich auf einen großen Haufen und zündeten ihn an.

«Es war die einzige Winternacht in Russland, in der wir es richtig warm hatten.» Den verwundeten Russen rissen sie die Pelzstiefel von den Füßen und rauften sich um ihre wattierten Jacken, Pelzmützen und Tarnhemden. Im Raketenhagel der Stalinorgel versuchten sie sich mit bloßen Händen in die gefrorene Erde einzugraben. Sie rieben ihre beißenden Ohren und hielten plötzlich die Ohrmuschel in der Hand. Der Frost fraß ihnen die Nasenspitze weg, und sie mussten zuschauen, wie ihre Hände anschwollen, gefühllos und immer dunkler wurden. Ihr Magen verkrampfte sich, wenn der Boden erbebte, das Dröhnen der T-34 immer näher kam. Und wenn die Mündungsfeuer im Nebel aufblitzten und sie schon die Schemen der aufgesessenen Russen ausmachen konnten, stieg der Eisengeschmack der Todesangst in ihrem Mund.

In meinem ehemaligen Klassenzimmer steht die Türe offen. Hell scheint der Mond durch die Fenster. Deutlich kann ich auf dem Wandbild die Raubritterburg auf der Höhe, die Reben am Hang und den Rhein tief unten im Tal erkennen. Das «Rheinische Schiefergebirge» aus dem Erdkundeunterricht.

Ich setze mich auf die Stufe vor der Wandtafel. Es stinkt nach Fäkalien, Erbrochenem, Chloroform und Jod. Aus einem Bett starren mich die weit aufgerissenen Augen eines Soldaten an, hilflos dämmert er dahin. In der Ecke höre ich leises Wimmern: «Schwester, Schwester …» Dabei frage ich mich eines: Haben wir morgen in der ersten Stunde Mathe oder Latein?

18

Sorgfältig drückt der Lehrling den Stempel auf die Briefmarke. Er wirft den Brief in den Korb, zieht den nächsten zu sich heran, richtet ihn so, dass die Marke rechts oben ist und presst den Stempel aufs Kissen. Bis jetzt hat ihm der Postler Nothaft stumm zugeschaut. Nun reißt er ihm alles aus der Hand und zeigt, wie man es richtig macht: Stempelkissen – wumm, Briefmarke – wumm. Er wird immer schneller und schneller, es rattert wie ein Maschinengewehr, das Echo hallt vom Gewölbe. Die Frauen stehen da und schauen zu, und der Lehrling wird rot. Punkt zwölf und punkt sechs haut er den Leuten den Schalter vor der Nase zu. Je länger die Reihe, umso zufriedener grinst er: «Das ist das Schönste an meinem Beruf.»

Der Postler Nothaft hat eine Naht vom Mund über die Wange bis hinauf zum Auge, doch dort ist nur eine Höhle, über die das Lid hängt. Die Hälfte seines Lebens war er beim Militär, der gefürchtetste Zwölfender vom Bataillon. Er braucht keine Frau, weil seine Mutter besser kocht als alle andern. Den Boeuf à la mode, den Haas in der Beiz, die Fingernudeln und die Maultaschen macht keine so gut wie sie.

Weil ich erst dreizehn bin, will er mich nicht in die Bergwacht aufnehmen. Dann sterben ihm so viele Bergwachtler weg, dass er mich doch noch in den Erste-Hilfe-Kurs vom Roten Kreuz schickt. Im Schulungsraum hängt das Bild vom Menschen: der rote und der blaue Blutkreislauf, die Aorta, das Herz, die Lunge, das Auge mit der Linse und der Pupille und der Querschnitt durch die Schädeldecke mit Stirn und Hinterkopf, und innen drin das Gehirn mit den vielen Windungen, wie die zusammengequetschten Schleifen der Donau.

In der ersten Stunde zeigt uns der Sanitäter, wie man einen Beinbruch schient: zwei Latten vom Zaun reißen, den Skistock mit einem Tritt brechen, ein paar Halstücher um das Bein herum, «und fertig ist die Laube», sagt er. Wenn von der Schlagader das helle Blut herausspritzt, muss man ein Holz in den Knebelverband stecken und fest zudrehen. «Nicht lange herummachen, aber immer wieder mal lockern», sagt der Sani. «Und wenn sich einer die Torlaufstange in den Bauch gerammt hat?» «Herausziehen!», rufen wir im Chor. «Falsch! Drin lassen, sonst verblutet er. Die Stange festhalten und absägen.»

Wir legen Kopfverbände an, doch sie rutschen uns über das Gesicht. Wir tappen mit ausgestreckten Armen wie die Gespenster herum und lachen. Wir bandagieren das Knie, doch es lässt sich nicht mehr abbiegen. Wir lachen noch lauter. Und wenn uns die Mullbinden über den Boden davonrollen, können wir mit dem Lachen nicht mehr aufhören. «Lacht's nur, Bürscherl», sagt der Sani. «Bis ihr beim Himmelfahrtskommando z'Russland seid's und dann im Massengrab beim Jesus.»

Sobald ich am linken Arm meine Bergwachtbinde habe, trage ich meine Ski nur noch auf der rechten Schulter. Alle sollen sehen, dass ich ein Bergwachtler bin. Nur schade, dass ich mich noch nicht rasieren muss und noch keine tiefe Stimme habe.

Beim Aufstieg zur Bergwachthütte an der Hofersäge werden die Schneeflocken immer größer, dann regnet es. In den Ackerfurchen steht das Wasser, in düsterem Violett hebt sich der Wald vom grauen Himmel ab. Es dämmert schon, als wir, nass bis auf die Haut, in der Bergwachthütte ankommen. Drinnen ist es feucht, der Schlafraum riecht modrig. Die Holzwollekissen sind aufgequollen, auf den Seegrasmatratzen liegt noch der Reif. Als wir Feuer machen, quillt der Rauch aus dem durchgerosteten Ofenrohr.

Wir wärmen unsere Hände an der Teetasse. Der Nothaft stellt seine Schnapsflasche auf den Tisch, der Fusel stinkt, der Zigarettenrauch brennt mir in den Augen. Seine Wirtinnen-Gstanzl hören nicht mehr auf: «Frau Wirtin hatte einen Pastor, der trug ums Glied nen Trauerflor; der kann es nicht vergessen, dass ihm die Syphilis die Eichel weggefressen …» Nach der fünften Strophe leg ich mich auf die Bank und drück mich an die Wand. Sie furzen mich an, und der Nothaft höhnt: «Du glaubst wohl, du bist was Besonderes! Nicht rauchen, nicht saufen, nicht weibern – und so was will ein Mannsbild werden!»

Nichts kann ich ihm recht machen, immer wieder steht er hinter mir. Die Decken sind zu schlampig zusammengelegt, mit einem Ruck wirft er sie auf den Boden. Mit einem Tritt stößt er den ganzen Holzstoß um; ein Scheit hat zu weit herausgeschaut, ein anderes steckte zu weit darin. Weil die Gabeln, Löffel und Messer nicht genau sortiert sind, reißt er die Schublade heraus, dass das Besteck durch die Küche fliegt. Die andern dürfen skifahren, mich lässt er den Boden schrubben und auf eine Unfallmeldung warten.

Meine neuen Kameraden sind alle älter als ich. Sie sind Lehrlinge, Gesellen oder Angestellte und werden jeden Freitag ausbezahlt. Ungeduldig warten sie auf ihren Stellungsbefehl. Die Zeit vergeht ihnen nicht. Aus Langeweile boxen sie sich ins Kreuz. Kaum sind sie im Wirtshaus, mischen sie die Spielkarten. Im Schlafraum wälzen sie sich herum, dass die zweistöckigen Eisengestelle quietschen. Dann kommt wieder eine Stimme aus dem Dunkeln: «Wenn nur endlich einmal etwas los wäre ... Wenn nur endlich etwas laufen täte ... Wenn sich nur endlich etwas abspielte!» Dann schwärmen sie wieder davon, wie sie im Panzer durch Russland brausen und mit ihrer ME 109 die Ratas abschießen.

Der rote Schnarch schiebt seine Brille in die Höhe, zupft an seinen Augenwimpern herum und hält sich die Rufen vor die Augen. Im Zug lacht er so laut, dass alle Leute zu ihm hinschauen. Dann sagt er wieder sein Sprücherl auf: «Is nix so schö, is nix so guat, als wenn man recht weit eini tuat.» Im Schlafsaal grunzt er wie eine Sau. Rüttelt ihn einer wach, jammert er: «Was kann ich dafür, dass ich Polypen hab.» Und schimpft ihn der Nothaft: «Du stinkst aus dem Maul wie zehn Zigeuner aus dem Hosentürl», schiebt er seine Unterlippe bis zur Nase hinauf wie ein alter Mann, der keine Zähne mehr hat, und grinst. Er hat schon eine Armbanduhr und einen Verlobungsring. Dabei hat er noch gar keine Freundin.

«Geht's weg! Geht's weg! Ich hab an schnellen Ski!», schreit der dünne Vogel, wenn er die flachen Hänge vom Hagenberg hinunterfährt. Er hat seine Ski mit dem neuesten, roten Skigliss eingepinselt und das norwegische Steig- und Gleitwachs darüber gerieben. Immer wieder streicht er mit dem Daumen über die Lettner Stahlkanten seiner Norwegischen Grasshopper-Hickory-Ski. Sobald ich zu ihm sage: «Mensch, bist du braun!», zieht er sein silbernes Zigarettenetui aus der Tasche: «Magst a Zigarettn, magst a Zigarettn, ha?» Dann klopft er sie auf dem Daumennagel stumpf, reckt sein Kinn vor und spuckt die Tabakfasern aus. Seinem Vater, einem Invaliden vom Weltkrieg, gibt er fürs Rennradputzen ein Trinkgeld.

Der Vogel arbeitet im Güterbahnhof. Immer redet er mit seinem Spezi, dem Bowing, über Beziehungen: «Beziehungen musst du haben.» Der Bowing ist Packer bei der Spedition Eigl & Schwed. Wenn er die für den Eisenhändler Primbs bestimmte Schraubensendung ins Haushaltswarengeschäft Stufler umleitet, vergisst der Stufler dafür einen Zenterling Geselchtes im Lagerhaus. Das ist jetzt leicht ein paar hundert Mark wert. «Da staunt der Laie, da lächelt der Fachmann», sagt der Bowing.

Mit dem Geld vom Schwarzhandel können sich die Bergwachtler die neusten Sachen kaufen. Ihre Skistiefel sind ledergefüttert und zwiegenäht. Meine Skischuhe werden gleich nass und trocknen auch über Nacht nicht. Ihre Tonkingstöcke gehen ihnen nur bis zur Hüfte; sie sind dünn und leicht, haben handgenähte Ledergriffe und kleine Teller. Meine Skistöcke sind noch vom Vater und reichen mir bis zur Schulter. Die Segeltuchschlaufen sind verdreht, die Risse im Bambus mit Isolierband umwickelt. An meinen alten Eschenski sind beide Spitzen angeleimt.

Jeden Samstag legen sie ein anderes Schnupftabaktuch um den Hals. «Echt Tiroler Handdruck», sagen sie. Ihre Norwegerpullover haben sie sich vom Sport Schuster in München schicken lassen. Und statt im Anorak wie ich, kommen sie in einer engen Tweedjacke zum Bahnhof, wie die Engländer im

Skifilm. Die Mutter versteht nicht, warum ich plötzlich meine Sonntagsjoppe zum Skifahren brauche. «Da geht's dir doch vorne kalt hinein.» Abends komme ich mit gesprengten Schulternähten heim, darunter schaut das Futter heraus.

An dem Uhrtaschl der Bergwachtler hängt der Ullr, der norwegischen Skigott. Auf der emaillierten Rückseite steht: «Kreuzeck-Garmisch-Partenkirchen», «Innsbruck-Hafelekar», «Zell am See-Schmittenhöhe», «Kitzbühel-Hahnenkamm». Wenn ich frage: «Was, da seids ihr auch schon gewesen?», sagen sie: «Logisch!» Dafür bin ich der einzige mit dem deutsch-österreichischen Alpenvereinsabzeichen am Revers.

Im Zug sitzen sie mit gestreckten Beinen und durchgedrückten Knien, dass ja die Keilhose schön gespannt bleibt. Sie lassen sie vom Modeschneider, dem Hampel Danni, machen. Da kriegt jeder vor der Anprobe ein oder zwei Stamperl. «Was magst? A Zwetschgenwasser oder an Vogelbeerschnaps?» Dann kniet der Danni auf dem Boden und redet zu ihnen hinauf: «Ich mach dir a Keilhosn mit a abgesteppter Naht, so scharf, da brauchst an Waffenschein!» Dabei fährt er mit der Hand zwischen ihren Beinen auf und ab und probiert, ob die Hose richtig sitzt. Das Gesäß steckt er hauteng ab. Immer wieder rutscht er um sie herum, greift ihnen mit der flachen Hand unten hinein und fragt: «Jetzt hab ich ganz vergessen, bist du ein Links- oder ein Rechtsträger?» Wenn sie sich hinter dem Vorhang wieder anziehen, schaut er ihnen über zwei Spiegel zu.

Der Siebmacher Hansl ist noch immer kasweiß vom Jugendarrest. «Dabei hat er das Kocherl bloß a wengerl berührt», sagte sein Vater. Doch der Richter Ringl sieht das anders und verurteilt den Hansl wegen Vergewaltigung. Als der alte Siebmacher den Richter an seiner Werkstatt vorbeigehen sieht, rennt er ihm nach und schlägt ihn zusammen. Darauf sitzen alle beide im Amberger Gefängnis.

Jetzt arbeitet der Hansl wieder bei seinem Vater. Von der Strickmaschine saust der Draht um ein Flacheisen, die Bohrmilch läuft darüber, Rauch steigt auf. Die Maschine zittert und fädelt eine Zickzackmasche nach der andern ein, bis wieder eine meterhohe Rolle Maschendraht fertig ist. Der Hansl ist flink, seine Hände sind schwarz, die Lehrbuben stehen um ihn herum. Nur ich bin immer noch ein Schüler.

Im Gefängnis hat der Hansl neue Elvira-Verse gelernt: «Die Elvira von Kastilien, hat zwei Schenkel, weiß wie Lilien, in der Mitte, wie zum Trotze, eine rabenschwarze Fotze.» Weil er im Gefängnis bis zum Morgen mit dem Austreten warten musste und es kaum mehr halten konnte, baut er eine Seichrinne in den Schlafraum der Bergwachthütte ein. Jetzt müssen wir in der Nacht nicht mehr hinaus zum Scheißhäusl gehen, wo der Urin zu einem gelben Eisblock gefroren ist und der Wind aus dem Abortloch pfeift, dass die Augen tränen. Jetzt haben wir nur noch ein paar Schritte bis zum Fenster und können zu dritt nebeneinanderstehen.

Endlich liegt so viel Schnee um die Bergwachthütte, dass alle Maulwurfhügel zugedeckt sind. Am Sonntagnachmittag kommen die Berliner Flüchtlingsfrauen den Weg zu uns herauf. Sie haben schwere Röcke an, wie mit der «Strickliesl» gehäkelt. Um den Hals hängen Ketten mit versilberten Wildschweinhauern, am Arm tragen sie dicke Reifen aus Gold. Ohne Bluse sitzen sie auf unserem Balkon und halten ihr Gesicht in die Sonne. Nach jedem Satz sagen sie: «Das ist mir schnuppe, wurscht und scheißegal.»

Aus der Hütte ruft der Nothaft: «Oschatti-dudatti!» Das ist italienisch und heißt auf Bayrisch: «Arscherte, Dutterte.» Dazu macht er mit beiden Händen die Formen nach. Doch die Frauen lachen nur. Hat der Nothaft schon die halbe Flasche geleert, langt er der Frau neben sich unter den Rock und singt: «Mänscher, leg di nieder auf a Büscherl Habernstroh, hint und vorn schö nieder, in da Mitt schö houch, houch, houch.» Und wieder kommt er ihnen mit seinen alten Geschichten, wir können sie längst auswendig: Wie sein Bruder in der Hochzeitsnacht auf ihr droben lag, mittendrin aufhörte und sagte: «Leni, lass mi nicht vergessen, da Mulzer ist mir noch a Geld schuldig.»

In den Kohlenferien gehört die Hütte mir allein. Ich habe so viele Decken, wie ich will. Keiner schreit vor dem Einschlafen: «Achtundneunzig, neunundneuzig, hundert – Handwechsel!» Der Mond scheint durchs Fenster, die Eisblumen glitzern. Ich nehme das Radio zu mir ins Bett, ziehe die Decken über den Kopf, drehe es ganz leise auf und warte auf das Paukensignal vom Beethoven und die monotone Stimme: «Harret ous, Ästerrajch wird befreeejt!» Beim Radio Roma zwitschern die Vögel in der Pause. Beim BBC höre ich zum ersten Mal eine Blues-Sängerin, und es läuft mir kalt über den Rücken.

19

Am Sonntag, wenn ich in der Früh beim Hans läute, macht mir seine Großmutter die Tür auf. Sie ist im Nachthemd; ihre silbernen Locken sind gekräuselt wie bei unserem Engel auf dem Christbaum. Alle Vorhänge sind noch zu, und jedes Mal fragt sie mich, was für ein Wetter draußen ist, aber ich weiß es auch nicht. Beim Reden lässt sie die Zigarette im Mund, und ich warte, dass ihr die Asche in die Brust hinein fällt. Manchmal legt sie die Zigarette auf die Kante vom Küchentisch. Sie wird immer kürzer, und wenn sie sie vergisst, brennt sie einen neuen schwarzen Strich in die Tischplatte.

Im Vierzehner Krieg ist die Großmutter Krankenschwester gewesen. Jetzt sitzt sie am Sonntag in der Umkleidebaracke vom ersten FC an der Leistnerstraße, strickt und wartet, bis ein Fußballer zu ihr hereinhinkt. Ihr Kornährenverband ist so schön gewickelt, dass man ihn überall herzeigen muss, und ihr Knieverband hält tagelang, nicht wie beim Doktor, wo er dir schon an der Haustür auf den Knöchel rutscht.

Lange warten wir, bis der Hans aus dem Abort kommt. Die beiden Wecker im Schlafzimmer ticken so laut, dass man sie bis in die Küche hört. Eine Zeitlang gehen sie im Takt. Dann überholt einer den andern, läuft ihm davon, bis sie wieder miteinander ticken. «Einen braucht sie zum Aufwachen und den anderen zum Aufstehen», sagt der Hans. Seit seine Eltern mitten in der Nacht von einem Auto abgeholt worden sind, kann sie erst einschlafen, wenn draußen die Vögel pfeifen. «Jetzt bin ich ein Vollwaise», grinst der Hans. Doch dann will er nicht mehr weiterreden, und wir gehen nebeneinander her, hinunter auf den Hagen zum Strafexerzieren.

Der Seidl Hans ist noch immer bei der katholischen Jugend und beim Kolping-Verein, beide sind schon lange verboten. Am Abend nimmt er seine Gitarre und trifft sich mit seinen Freunden im Keller der Ursulinenschwestern. Das Fenster haben sie mit einer Decke verhängt, und wenn ich Sand an die Scheibe werfe, geht drinnen das Licht aus und alles wird mäuschenstill.

Der Hans lässt keine Andacht aus. An Ostern geht er zum Kreuzweg, dann zur Maiandacht, im Herbst zum Rosenkranz, und vor Weihnachten zur Adventsandacht. Mit den alten Männern von der Marianischen Männerkongregation pilgert er durch den Lerchenhain hinaus zur Marienkapelle am Frauenbrünnl. Sogar im Sommer haben sie ihre dicken, schwarzen Sonntagsanzüge an, der Schweiß steht ihnen im Gesicht. Um die eine Hand haben sie den Rosenkranz gewickelt, mit der andern halten sie den Hacklstock. Alle nennen sie die «Steckerlmanner».

Auf der Leistnerstraße stehen die Küchenfenster offen, die Frauen klopfen die Sonntagsschnitzel. Kinder lachen, Kinder weinen, Kinder schreien. Aus dem Radio kommen Operettenklänge, dann die monotone Stimme, die den Marktbericht vom Münchner Schlachthof herunterliest. Plötzlich – aus allen Fenstern gleichzeitig – die Fanfare und die erste Sondermeldung vom Führerhauptquartier. Die Radiostimme folgt uns bis hinein in die Stadt. Erst vor der Stiftskirche wird sie vom Gebraus der Orgel übertönt; durch die offenen Seitentore strömen die Leute auf den Stadtplatz.

Die andern Pflicht-HJler sind schon auf dem Hagen. Die einen haben ihre Knickerbocker bis auf die Knöchel heruntergelassen, die andern kommen in einer langen Hose mit einem sechziger Schlag daher wie die Matrosen. Der Krapf Hermann hat die Hakenkreuzbinde am falschen Arm, dem Stadler August stößt sein Schlurf das Genick ab. Die Hände in den Hosentaschen, die Uniformhemden weit aufgeknöpft, warten sie, bis die Schutzmänner die Schwererziehbaren von der Kriegersiedlung bringen: den Fredl, der einen Browning aus Holz schnitzte, mit schwarzer Schuhcreme polierte und maskiert, wie in einem Edgar-Wallace-Film, die Kinokasse vom Lichtschauspielhaus damit ausraubte. Den Kammerauer Fridolin, den Opferstockmarder, der mit dem Brecheisen die Opferstöcke in den Kirchen aufgebrochen hat, während die Anneliese, das Blonde Gift, draußen aufpasste. Den Stichdigl, der die Bremse vom Kohlenwagen aufgedreht hat und ihn die Straße hinuntersausen ließ, bis er mit voller Wucht, die Deichsel voraus, ins Monika-Heim hineindonnerte, wo die Frauen gerade ihre Kinder stillten.

«Achtung, der Kunstschütze kommt!», schreit der Stöberl, als er mich sieht. Alle grinsen mir entgegen. Dabei war es mir nur langweilig gewesen an dem Sonntagnachmittag. Alle Leute waren beim Baden an der Donau, die Fenster ihrer Wohnungen standen weit offen. Die Sonne schien bis in die hintersten Zimmerecken, und ich zielte auf alles, was blitzte. Hier ein Spiegel und ein Bild, dort eine Vase und eine Lampe.

«Das war eine Führerbüste», sagte der Harlander Kriminaler auf der Polizeiwache zu mir. «Du hast dem Führer ein

Auge ausgeschossen.» Mein Luftgewehr liegt auf seinem Tisch; den Kolben habe ich mit großkappigen Schuhnägeln beschlagen, damit es aussieht wie die Silberbüchse von Old Shatterhand. Schon mit acht Jahren habe ich mit meinem Luftgewehr unserer Katze die Spatzen vom Baum geschossen. Wenn die Vögel am Boden herumflatterten, stürzte sie sich darauf, dass die Federn flogen und sie niesen musste.

Später gibt mir der Rapo seinen Flobert-Revolver in der Hand. «Wir müssen noch warten», flüstert er in unserem Versteck unter den Haselnusssträuchern, «bis die Glocke zum Gebet läutet.» Kaum fängt sie an zu bimmeln, jäh wie immer, ziele ich auf das Kirchenfenster. Die Schüsse schnalzen, es stinkt nach Pulver, mir singen die Ohren, und ich versteh lange nicht mehr, was der Rapo zu mir sagt.

Mit zwölf Jahren breche ich ins Kasernenmagazin ein. Die Gestelle sind voll mit Beutewaffen vom Weltkrieg. Gleich sticht mir ein schwerer belgischer Armeerevolver in die Augen. Ich probiere, ob die Patronen in die Trommel passen, und stecke gleich ein paar Schachteln ein. Draußen auf den Feldern, beim Bahnübergang, packe ich den Griff, spanne den Hahn und strecke den Arm. Ich rufe: «Feuer frei!» Ein Krach, eine Rauchwolke, der Schlag wirft mich fast um. Im hohen Bogen fliegt der Revolver durch die Luft.

Bald ist die Lokomotive auf dem Schild vor dem Bahnübergang durchlöchert. Dann lasse ich ein paar Schüsse auf die Ackergäule los. Doch die grasen ruhig weiter. Ein Zug kommt daher, ich schieße, bis der letzte Wagen verschwunden ist. Zuletzt feure ich so lange in die Luft, bis die Trommel leer ist und eine Kugel vielleicht einen SA-Mann auf dem Stadtplatz getroffen hat.

Beim nächsten Appell muss ich vortreten. Der Stammführer reißt mir die Schulterklappen und den Schulterriemen vom Braunhemd und schreit mich an: «Du bist von der Liste der Hitlerjugend gestrichen!» Damit ich nicht zu früh heimkomme, drücke ich mich noch eine Zeitlang vor den Schaufenstern in der Stadt herum.

Monate später kommt ein Brief von der Banndienststelle: «Junggenosse, du hast dich am Sonntag um zehn Uhr am Hagen bei der Pflicht-HJ einzufinden. Bei Nichtbefolgung des Befehls erfolgt die polizeiliche Vorführung.» Die Mutter lässt den Brief sinken: «Jetzt ist's ganz aus. In die Pflicht-HJ kommst du, zu den Schulschwänzern und den Zigarettenbürscherln, zu den Raufbolden und Messerstechern.»

Auf dem Hagen mustert uns der Stammführer mit zusammengepressten Lippen und durchgedrücktem Kreuz. Seine Uniform von der Feldafinger Adolf-Hitler-Schule sieht aus wie die vom Führer. Die Hose hat eine scharfe Bügelfalte, und der Waffenrock ist ohne Koppel. Die Polizisten bleiben in seiner Nähe stehen, rauchen und warten, bis sie gebraucht werden.

Beim Antreten stellt sich der himmellange Steinbeißer ganz unten hin, neben den Kleinsten. Der Hans dreht sich nach rechts statt nach links herum und weiß nicht, warum der Stammführer so laut brüllt und alle so laut lachen. Der Hirtreiter Josef schaut in die verkehrte Richtung. Seine Augengläser sind dick wie ein Finger. Reißt sie ihm einer herunter, steht er da, streckt die Arme aus und tappt herum wie ein Blinder. Weil er keinen sehen kann, merkt er sich jeden an seinem Geruch. Und dann zahlt er es ihm, irgendwann, wieder heim.

Zuerst lässt uns der HJ-Stammführer im Kreis laufen. Wir werden immer langsamer. Zur Strafe müssen wir durch das Gras robben. Nach dem Kommando «Auf!» bleiben wir liegen. Nach dem «Rückwärts-weg-marsch-aber-dalli!» legen wir einen Hundertmeter-Start hin. Wir laufen immer weiter, schrill pfeift er hinter uns her. Bei der Gewerbehalle verstecken wir uns hinter den Betonpfeilern. Dort wartet schon das Blonde Gift auf den Opferstockmarder. Sie hat ihre Lippen rot angestrichen und lässt den Zigarettenrauch wie die Erwachsenen durch die Nase heraus. Wenn sie in der Badeanstalt die Brücke macht, stehen wir alle um sie herum und schauen zu, wie ihr die langen Haare hinunter ins Gras hängen. Als ich einmal genau sehen will, wie sie den Schweif mit einem einzigen Schwung nach vorne wirft, drückt der Opferstockmarder seine Zigarette zwischen meinen Zehen aus. Und ich hab immer geglaubt, er sei mein Freund.

Der Seidl Hans sagt nie viel. Nur einmal, als wir uns in einem Maisfeld vor dem Gewitter verstecken, fängt er an zu reden. Ringsherum fallen die ersten schweren Tropfen auf die dürren Blätter, das ganze Feld beginnt zu rascheln. Zusammengekauert sitzen wir unter den Stauden auf der warmen Erde. Der Hans will dem Salesianer-Orden vom Pater Don Bosco beitreten. Das Bild von ihm steht auf seinem Nachtkastl, darunter der Satz «Vencer o morir». Der Pater ist in Südamerika bei den Yámana-Indianern in der Mission, fast schon beim Südpol, wo die Gletscher bis zum Meer herunter reichen. Früher jagten die Indianer mit dem Speer vom Boot aus die Seehunde und in den Hügeln das Wild. Jetzt haben ihnen die englischen Farmer die Jagdgründe genommen und für ihre Schafherden eingezäunt. Die Weißen wollen die Indianer ausrotten, weil sie ihnen die Schafe stehlen. Für jeden toten Indianer bekommen sie vom Staat Geld. Gleich nach der Primiz will der Hans dort die Heiden zum Christentum bekehren und sie vor dem Aussterben bewahren.

Auf dem Heimweg sehen wir den Tresch Willi, den Kaminkehrergesellen, in seiner nagelneuen SS-Uniform vor der Haustür stehen. Seine Haare hat er wie der Hitler hinten und an den Seiten bis über die Ohren hinauf kurzgeschoren. Erst oben kommen, ohne Übergang, kreisrund die Kopfhaare. «Du Pfarrerlehrling, du windiger, du Asozialer, du Pflicht-HJler!», ruft er dem Hans entgegen. Als wir auf seiner Höhe sind, schreit er auf Berlinerisch: «Du Drecklöffel, du warmer Bruder, du Hundertfünfundsiebziger! Ich werd dir die Hammelbeine geradeziehen!» Er packt den Hans am Kragen, der Hans beginnt zu wanken. Er verliert das Gleichgewicht und reißt den Willi mit sich. Sie wälzen sich am Boden, einmal liegt der eine unten, dann der andere. Erst, als dem Willi das Blut aus der Nase läuft, lässt der Hans ihn los.

Am nächsten Tag holen zwei Schutzmänner den Seidl Hans ab. Er hat die Uniform der Waffen-SS, das Kleid der Ehre, beschmutzt, sagen sie zu seiner Großmutter. Lange hört sie nichts mehr von ihm. Nach einem Jahr kommt ein Brief aus dem Arbeitslager Dachau: Der Seidl Hans ist an einer Lungenentzündung gestorben, und sie muss einhundertfünfunddreißig Reichsmark Beerdigungskosten zahlen. Später erzählt ihr ein entlassener Häftling, dass ihn ein SS-Wachmann mit dem Gewehrkolben erschlagen hat, weil er Gott über den Führer stellte.

20

«Bua, du stürzt uns alle ins Unglück», jammert die Mutter. Jeden Tag schaut sie in den Briefkasten, doch wieder ist kein Brief von der Banndienststelle gekommen. Vielleicht haben sie mich vergessen, vielleicht will niemand mehr etwas von mir wissen. Vielleicht stehen wir längst auf der schwarzen Liste und sind aus der deutschen Volksgemeinschaft ausgeschlossen. Vielleicht hat der Kreisleiter Putz herausgefunden, dass die Mutter weder in der NSDAP noch bei der NS-Frauenschaft ist. Und dass sie auch nicht bei der NS-Volkswohlfahrt und beim Volksbund für Kriegsgräberfürsorge mitmacht. Oder sieht er durchs Fernglas, dass sie jeden Tag zur Frühmesse geht, keinen Rosenkranz auslässt und dem Hauschner Jud Brotmarken gegeben hat?

«Solange du bei der Pflicht-HJ bist, sind wir verdächtig. Du musst wieder zur richtigen Hitlerjugend gehören», sagt die Mutter. Also probiere ich's bei der Motor-HJ. Der Leiter ist der Motorradhändler Fuchs. Als Einziger hat er sich beim Volksfest in den eisernen Globus getraut. Runde um Runde ist er mit der Indiana-Artistenmaschine über die eisernen Stäbe gedonnert, dass sie gezittert haben, immer höher hinauf. Erst zuletzt, als er vom Gas ging und langsamer wurde, fing er an zu wackeln. Er wäre abgestürzt, hätte ihn der Todesfahrer, der unter ihm stand, nicht aufgefangen.

Wir stehen stramm und schauen zu, wie der Fuchs zweimal ansetzt, bis er den Fuß über die 125er DKW bringt. Sein Gewicht drückt die Sattelfedern platt. Die Knie muss er weit nach außen drücken, damit er den Lenker am Bauch vorbei bringt. Unter ihm schaut die Maschine aus wie ein Kinderspielzeug. Dann kreist er ein paar Mal um uns herum und nebelt uns mit blauen Rauchwolken ein.

Im Schulungsraum geht er in der Uniform der NSKK, des Nationalsozialistischen Kraftfahrkorps, vor uns auf und ab und raucht eine Zigarette nach der andern. Mit dem Zeigestock deutet er auf die Wandbilder: Querschnitt vom Motor, mit Zylinderwand und Kühlrippen, Pleuel, Kolben mit Kolbenringen, Kolbenbolzen, Kurbelwelle. Lange redet er über das Zweitaktgemisch und den Vergaser, die Düse, den Schwimmer, die Schwimmernadel und den Tupfer, ansaugen, komprimieren, zünden. Die Batterie mit Plus- und Minuspol. Alle Verkehrszeichen. Die Straßen erster, zweiter und dritter Ordnung. Wenn wir alles durcheinanderbringen, klopft er wütend mit dem Stock auf den Boden.

«Komm doch zu uns, zur Nachrichten-HJ», sagt der Lechner Schore. Seine Wohnung ist voller Drähte. Mit seinem Morseapparat kann er Nachrichten von einem Zimmer in das andere senden. Bevor er zu morsen beginnt, hält er die Zunge an die Batterie: Wenn sie kribbelt, ist die Batterie geladen. Er schickt mich in die Küche und morst mir die Buchstaben zu. Er morst und morst, und während ich noch im Alphabet die Buchstaben zusammensuche, steht er schon neben mir. Er hat die Geduld verloren.

Im kalten Schulungsraum der Nachrichten-HJ morsen wir uns die Namen und die Geburtsdaten vom Führer Adolf Hitler zu. Dann die von seinem Stellvertreter Rudolf Hess.

Vom Reichsminister der Propaganda, Doktor Joseph Goebbels. Vom Reichsmarschall Hermann Göring. Vom Reichsführer der SS, Heinrich Himmler. Vom Reichsjugendführer Baldur von Schirach. Vom Reichsaußenminister von Ribbentrop. Vom Bauernführer Darré. Vom Arbeitsführer Robert Ley. Vom Kommandeur der Marine, dem Großadmiral Dönitz.

Bei der Marine-HJ müssen sie wenigstens kein Braunhemd anziehen und kommen im blauen Marinepullover und der dunkelblauen Seemannshose zum Appell. Ich schaue zu, wie sie gegen den Strom rudern und ohne Rollsitze kaum vom Fleck kommen. Wie sie die Riemen so tief eintauchen, dass die Blätter verschwinden. Wie sie das Blatt verschneiden, dass es sie aus dem Sitz hebt. Gelingen ihnen ein paar Schläge gleichzeitig, geraten sie sogleich wieder aus dem Takt. Der Obermaat am Steuer brüllt einen Befehl nach dem andern. Sie stehen auf, das Boot schwankt. Sie machen Kniebeugen und stemmen den Riemen über den Kopf. Immer weiter treibt es sie stromab, knapp an den Buhnen vorbei, bis sie in der Voglau verschwinden.

Auf dem Heimweg schieb ich mein Radl am hellerleuchteten Werkstattfenster vorbei. Drinnen raspeln und schmirgeln die Burschen von der Flieger-HJ an den Tragflächen einer Baby. Der Werkstattleiter schreibt meinen Namen auf, gibt mir das Werkstattbuch und sagt, nach hundert Stunden darf ich mit zum Segelfliegen. Ich säge mit dem Fuchsschwanz die Rippen aus und mache mit dem Drillbohrer Löcher für die Spanten. Wenn ich die Bleistiftmarkierung nicht genau treffe, schimpft mich der Meister, als wäre ich sein

Lehrling. Ich muss die Werkstatt zusammenkehren, und melde ich den Vollzug, findet er immer noch Staub auf einer Leiste.

Endlich darf ich mit zum Fliegen, zu den Isarbergen bei Landshut. Der Flugschüler gurtet sich an und ruft: «Ausziehen!» Wir spannen das Gummiseil. «Laufen!» Wir rennen, das Seil in der Hand, den Hang hinunter. «Los!», und schon hebt die Baby ab. Es saust in den Spanten, die Tragflächen bleiben waagrecht in der Luft, die Nase ist im Lot. Nach einem Hüpfer landet sie vor dem Fluglehrer und legt sich langsam zur Seite. Den ganzen Nachmittag schieben wir das Segelflugzeug den Hügel hinauf und rennen wieder hinunter. Der Sommer vergeht, und ich bin immer noch nicht geflogen.

Schon vor der HJ-Dienststelle höre ich den Bannführer schreien: «Es ist zum An-der-Wand-Hochlaufen!» Ich warte, bis er sich beruhigt hat. Dann klopfe ich, trete ein und schlage die Hacken zusammen. «Heil Hitler!» Er ist armamputiert; den leeren Ärmel seiner SS-Uniform hat er mit einer Sicherheitsnadel hinaufgesteckt. Nach den Reichsjugendspielen hat er mir die Siegerurkunde für den Leichtathletik-Fünfkampf überreicht, dazu ein Buch von Hans Zöberlein. Es heißt *Der Befehl des Gewissens*. Doch schon nach ein paar Seiten lege ich es wieder weg. Da sind mir die Bücher aus der Alpenvereinsbücherei zehnmal lieber.

Die Hände an der Hosennaht, berichte ich von dem Wehrertüchtigungslager im Hochgebirge und von den Deutschen Jugendmeisterschaften im Skilauf. Vom Lehrgang für Winterbergsteigen am Großvenediger, vom Trainingslager beim

Bubi Bradl am Hochkönig, dem Weltmeister in der Viererkombination. Vom Leistungskurs beim Rudi Gehrig, der als Erster die Hundert- Meter-Marke übersprungen hat.

Ich rede und rede, und noch immer geht der Bannführer vor mir auf und ab. Von Zeit zu Zeit wirft er einen Blick zum Bild an der Wand. Der Führer ist in Öl gemalt; unverwandt schauen mich seine dunklen Augen an. Ich mache einen Schritt nach rechts, doch sein Blick folgt mir. Dann mache ich einen Schritt nach links, und wieder lässt mich der Führer nicht aus den Augen. Immer weiter erzähle ich, von der Tragik der Deutschen am Schicksalsberg, dem Nanga Parbat, und beschreibe die Erstbesteigungen vom Leo Matuschka, von Eugen G. Lammer, Mayer und Zdarsky, als wäre ich dabei gewesen. Als mir keine Deutschen mehr einfallen, erzähle ich von der Fram, dem Polarschiff, das im Eis gefangen lag, und wie der Fridtjof Nansen mit seinem Kameraden, dem Leutnant Johansen, in Nacht und Eis fast zum Nordpol hinaufgewandert ist.

Endlich trau ich mich zu sagen, was ich mir ausgedacht habe: Ich will eine HJ-Bergfahrtengruppe gründen. Ich erzähle ihm vom Dülfersitz, Seilquergang und Hinaufprusiken und warte darauf, dass er mich hinauswirft. Doch plötzlich bleibt der Bannführer vor mir stehen und schreit: «Achtung!» Ich schlage die Hacken zusammen, dass es kracht. Er reißt den Arm in die Höhe: «Heil Hitler!» Ich mache es ihm nach und schau ihm dabei kühn in die Augen. Er streckt mir seinen Arm entgegen, und wir schütteln uns die Hand.

Jetzt habe ich eine eigene Hitlerjugend. Mit meinen Freunden vom Ruderclub und Turnverein. Einmal in der Woche treffen wir uns zum Heimabend über dem Holzlager von

Hiendl Schreiner. Ich lese ihnen die Geschichten vom Springenschmidt, vom Trenker, Winkler, Kederbacher und Waggerl vor. Für meine wöchentlichen Tätigkeitsberichte schreibe ich die besten Sätze aus den Schulungsbriefen ab, die sie mir aus Selb/Bayreuth, Gebiet Bayerische Ostmark, zuschicken: «Mit unermüdlichem Einsatz für Führer, Volk und Vaterland», «Mit unerschütterlichem Glauben an den Führer», «In ewiger Treue und bedingungslosem Gehorsam» und lauter solche Sachen.

Im Sommer sitzen wir auf dem Teufelsfelsen in der Sonne, ziehen das Gramola auf und schleifen die stumpfe Nadel scharf. Schwermütig klingen die Lieder, die verboten sind: «Träume von der Südsee, von den Nächten auf Hawaii». Sobald der erste Reif auf den Wiesen liegt, fangen wir mit dem Langlaufen an. Im Winter binden wir die Ski an die Räder und fahren dem Schnee entgegen. Bei Vollmond spuren wir hinauf zu unserem Übungshang. Aus weiter Ferne hören wir das Bersten der Flakgranaten, das Donnern der Bombenteppiche, sehen den hellen Schein der brennenden Städte hinter den Wolken: Jetzt hat es Nürnberg erwischt. Das muss Regensburg sein. Und kommt das Donnergrollen von weiter weg her: Ist das Mühldorf? Plattling? Rosenheim? Dann zischen unsere Ski wieder durch den kalten Schnee.

21

Beim Probealarm rennen alle in den Keller. Dann geht der Blockwart Gruber durchs Haus und kontrolliert, ob alle Fenster in den Wohnungen offen sind und die Fußabstreifer in der Eingangstür liegen. Er zieht die Schubladen auf, öffnet die Schränke und schaut unter die Betten. Überall sucht er nach gehamstertem Mehl, Zucker und Schmalz. «Jede Person, die sich am Volksgut vergreift, wird angezeigt und gerichtlich belangt!», droht er den Frauen.

Bei der Brandübung gschaftelt er herum, steht allen im Weg und redet überall drein. Dem Feuerwehrmann reißt er die Feuerpatsche aus der Hand und schlägt so lange auf die Latten, bis sich der Putzlumpen vom Besenstiel löst: «So löscht man den Funkenregen der Brandbomben.» Dem Brandmeister nimmt er den Feuerhaken weg und fuchtelt im Dachstuhl herum: «So holt man die brennenden Dachlatten herunter.» Mir befiehlt er: «Hol die Löschspritze!» Er pumpt und pumpt, ich muss den Schlauch halten, und der Strahl läuft so dünn heraus, dass die Frauen lachen. Die Spritze ist kaum größer als die Luftpumpe fürs Auto.

Jeden Tag fällt dem Blockwart Gruber etwas Neues ein. Einmal muss ich im ganzen Haus alte Zeitungen, leere Zahnpastatuben und das Stanniol der Zigarettenschachteln für den Munitionsnachschub einsammeln. Dann soll ich den Sand vom Kinderspielplatz auf den Dachboden tragen und in die Brandkiste schütten. Kaum steh ich wieder im Hof, befiehlt er mir, den Fahrradkeller auszuräumen. Mit schwarzer Farbe malt er «LSR» über das Kellerfenster und einen schrägen Pfeil dazu, um den Rettern den Einstieg zu zeigen. Jetzt ist unser Fahrradkeller ein Luftschutzraum.

Am Abend kontrolliert der Blockwart Gruber, ob die Fenster richtig verdunkelt sind. Bei mir findet er immer einen Lichtschein: «Das lockt die feindlichen Flieger an.» Ich hänge eine zweite Decke ans Fenster. Ihm ist das noch nicht genug. Erst, als ich die schwache Birne von der Garderobe in meine Deckenlampe schraube, gibt er Ruhe.

«Entrümpelung!», ruft er ins Treppenhaus. Den ganzen Morgen tragen die Frauen Matratzen, Schachteln mit Briefen und Christbaumschmuck vom Dachboden hinunter auf die Leistnerstraße. An den Aschentonnen lehnen die Heiligenbilder. Eben noch sah ich sie über den Ehebetten grell in der Märzsonne leuchten, wenn morgens die Fenster zum Lüften offen standen. Jetzt hängen dort die Hitlerbilder: Der Führer mit seinem Schäferhund Blondie auf der Terrasse vor dem Teehaus. Der Führer vor der Sprungschanze bei den Olympischen Spielen. Der Führer beim Erntedankfest auf dem Bückeberg mit den Heidschnucken. Der Führer beim Reichsparteitag in Nürnberg.

Ein Bild nach dem andern trete ich ein, die ganze Leistnerstraße hinunter. Die Scherben krachen, das Glas spritzt, das Holz splittert. Der Jesus im weißen Nachthemd und den Kneipp-Sandalen an den Füßen. Der Jesus mit dem Hirtenstab und dem weißgekräuselten Lamm um den Nacken. Die Jünger und der Verräter Judas beim Abendmahl. Der heilige Sebastian mit den Pfeilen in der Brust. Mit beiden Füßen trample ich auf der Jungfrau Maria herum, mit ihren Tränen, so groß und rund wie Seifenblasen, und ihrem fetten Kindlein auf dem Arm. Ein Rahmen bleibt an meinem Fuß hängen. Böse schaut die Frau aus dem Fenster, als ich ihn am Randstein abstreife.

Auf dem Markt gibt es schon lange nichts mehr. Die Mutter schickt mich mit dem Mehlsackl, der Eierschachtel und einem Bündel Hundertmarkscheine zur alten Höpflin in den Bayerischen Wald. Noch bevor es hell wird, fahre ich mit meinem Rad los. In der Donauebene liegt der dicke Nebel. Erst weiter oben lichtet er sich, und der Himmel hinter dem Wald wird rot. Beim ersten Bauernhof stehen schon die Kannen für das Milchauto. Ich werfe das Rad an die Böschung, knie mich hin, und in einem Schwall läuft die warme Milch in mich hinein und über mein Gesicht. Vom Feld schreien die Leute herüber und drohen mit dem Rechen, doch ich kann nicht aufhören zu trinken. Erst als der Bauer schon ganz nah ist und mit der Heugabel zum Schlag ausholt, springe ich aufs Rad und trete in die Pedale, dass sich Felgen und Lenkstange unter meiner Kraft biegen.

Die Höpflin sitzt in der kalten Stube und jammert: «Jetzt ist mir auch noch der zweite Bua gefallen und dem Mo habens den Fuß abgschossen, und der liegt noch immer z Polen im Lazarett. Jetzt bin i ganz allein auf dem Hof. A so a Elend. Hat denn unser Herrgott kein Erbarmen mehr mit unsereinem. I hab nix, i kann dir nix gebn, ich muss alles abliefern.»

Ich schiebe das Rad den Berg hinauf, von Hof zu Hof. Doch der eine Bauer will lieber meine Haferl-Schuhe als das Geld, der andere braucht einen Bezugsschein für einen Fahrradmantel, und der nächste tauscht sein Geselchtes nur gegen einen Kochtopf ein. Auch Betteln hilft nichts. Bei einer jungen

Bäuerin hacke ich Holz und schlage drein, dass die Scheiter fliegen. Sie schaut mir zu und lacht. Dann macht sie die halbe Eierschachtel voll. Die leeren Fächer stopft sie mit Häcksel aus.

Wenn auf dem Fensterbrett ein Stapel *Regensburger Bistumsblätter* oder *Altöttinger Liebfrauenboten* liegen, weiß ich: Hier kann ich über den Hitler schimpfen. Sonst muss ich herausfinden, ob der alte Mann, der auf der Hausbank in der Sonne sitzt, noch immer an den Endsieg glaubt. Ich red' ihm lang und schön nach dem Mund, und wenn er dann von seinem einzigen Sohn erzählt, der gefallen ist, steht er vielleicht auf und kommt mit einem Ei in der Hand wieder zur Tür heraus.

Auf dem nächsten Hof sind die Fenster winzig klein, der Odel läuft aus dem Stall, und gleich neben der Haustür raucht der Misthaufen. Die Stube ist düster und so niedrig, dass ich gerade noch aufrecht stehen kann. Alle beten zum Kreuz im Herrgottswinkel hinauf, wo der heilige Geist, aus Holz geschnitzt und angemalt, in einer Glaskugel hängt. Dahinter ist das viereckige Loch in der Wand, durch das die Seele des Verstorbenen hinausfliegen und zum Himmel auffahren kann.

Ich stelle mich zu ihnen und falte die Hände. Das Beten nimmt kein Ende; immer wieder lass ich die Arme sinken und möchte grad mit dem Reden anfangen, da geht's wieder los mit dem «Bitt für uns, erbarme dich unser, erhöre unser Flehen». Die Luft wird immer stickiger, immer neue Litaneien fangen sie an, als hätten sie's drauf abgesehen, dass es mir bald zu dumm wird und ich wieder verschwinde.

Kaum haben sie sich um den Tisch gesetzt, fange ich an zu erzählen vom Durchzug durch das Rote Meer des auserwählten israelitischen Volkes und wie die Wassermassen über die gottlosen Verfolger hereinbrechen; wie der Joseph von seinen Brüdern in die Zisterne geworfen und durch Gottes unerforschlichen Ratschluss gerettet wird. Ich erzähle von der Frau des Potiphar. Ich erzähle vom Tanz ums goldene Kalb, und wie die Menschen heute wieder, unbelehrbar, die gleichen Sünden begehen. Ich erzähle alles, was ich von der Mutter weiß, und füge noch dieses und jenes dazu, und sie sitzen da, reißen das Maul auf und starren mich an. Zuletzt sagt der alte Bauer: «Bou, wenn ma di als Pfarra hättn, da tat koaner bei der Predigt nöd eischlofa.» Aber zum Essen geben sie mir nichts. So sag ich zum Schluss: «Vergelts Gott fürn Papst und für die armen Seelen im Fegefeuer», und spritze dem Kind, das im Wickelkissen eingeschnürt ist und Hitzeflecken im Gesicht hat, so viel kaltes Weihwasser hinauf, dass es zusammenzuckt und laut zu schreien anfängt.

Inzwischen sind alle meine Freunde ohne Vater, wie ich schon lange, und keiner fürchtet sich mehr vor seiner Mutter. In den Straßen gehen immer mehr schwarz verschleierte Frauen. Das freut mich. Wieder einer von denen tot, die mich anbrüllten, weil ich nicht stramm mit «Heil Hitler» grüßte. Sie rissen mich an den Haaren vom Rad herunter, wenn ich auf dem Trottoir fuhr. Sie packten mich von hinten, wenn ich in der Anlage über das Gras ging. Sie hetzten mir den Hund an, wenn sie mich in ihrem Obstgarten erwischten.

Jetzt sind sie alle fort, im Krieg, in Gefangenschaft, vermisst oder gefallen, und ihre Hunde wurden als Melde- und Blindenhunde einzogen. Die Eisenzäune um die Villen sind schon lange abmontiert und die hohen schmiedeeisernen Tore vor der Bayerischen Staatsbank ausgehängt. Auch die Kirchenglocken sind eingeschmolzen. Tagelang standen die

Schlosser auf dem Gerüst am Kirchturm, schlugen Breschen in die Schalllöcher und seilten die Glocken ab.

Die Schilder mit «Durchgang verboten», «Betreten verboten», «Ballspielen verboten» und «Laufen verboten» reiße ich herunter. Lattenzäune, die mir im Weg sind, trete ich ein. Stempen schleudere ich in ihre Blumenbeete, Stacheldraht trample ich nieder. Jetzt gehört alles mir, die Obstbäume und die Gärten. Ich kann überall hin, wo ich will, ich bin der Herr der Welt.

Seit die Straßenlampen nicht mehr brennen, ist die Stadt in der Nacht völlig dunkel. Niemand sieht mich, wenn ich das Abflussrohr der Dachrinne hinaufklettere und in ein offenes Fenster steige. Während ich in der Speisekammer die Regale absuche, höre ich die Leute in der Küche reden. Morsche Waschhaustüren drücke ich mit der Schulter ein, verriegelte Hintereingänge heble ich aus. Von den Kellertüren schraube ich die Scharniere ab. Hier ein paar Gläser mit eingemachten Zwetschgen und Kalkeiern aus dem irdenen Topf, dort Kartoffeln aus der Kiste und sogar ein paar Büchsen Fischkonserven. Immer schwerer wird mein Rucksack.

Lange schaue ich mir das zerbombte Kasernendach an. Die Balken sind gesplittert, die Bretter hängen weit in die Luft hinaus, die Mauervorsprünge bröckeln. Endlich sehe ich einen Weg und klettere hinauf zum Magazin. Die Eisentür davor hängt schief in den Angeln, der Spalt lässt sich aufdrücken. Vor mir stehen prall gefüllte Regale voller Schachteln für das Krankenrevier. Brand-, Frost-, Zink-, Heil-, Lebertran- und Ichthyolsalben. Verpackungen mit Fieber-, Kopf- und Halswehtabletten und die Medikamente gegen Durchfall und Verstopfung. Flaschen mit Jod und Alkohol, essigsaurer

Tonerde, Borwasser und Hustensaft. Fläschchen mit Nasen-, Augen-, und Ohrentropfen und die Päckchen mit Fiebermessern, Pinzetten und Verbandscheren. Mullbinden, Verbandstoff und Heftpflaster in allen Breiten. Schienen für Knochenbrüche, Schienen für den Stukaverband, Fingerlinge und Sicherheitsnadeln in allen Größen. Schieß- und Gasmaskenbrillen. Und luftdicht verpackt so viel übermangansaures Kalium, dass ich damit die Donau bis Passau hinunter violett färben könnte.

Von jetzt an werden die Bauern vor ihren Höfen stehen und sehnsüchtig Ausschau halten nach mir. Ich, der Heilbringer, der seine Reichtümer vor ihnen ausbreitet. Ich, der Wunderdoktor, der die Dahinsiechenden wieder gesund macht. Ich, der Reserve-Christus, der die Toten wieder zum Leben erweckt.

In einem Schaufenster sehe ich mein Spiegelbild und erschrecke: Ich bin kein Kind mehr, ich bin so groß wie die Leute hinter mir. Vor einem Jahr noch habe ich mich allein im Wald gefürchtet. Jetzt bleibe ich beim Fliegeralarm über Nacht lieber draußen als im Mief des Luftschutzkellers. Die alten Männer stinken nach Tabak. Und Frauen hocken im Mantel da, haben die heulenden Kinder auf dem Schoß und den Koffer neben sich. Im Wald ist es ruhig, die Sterne kommen heraus, der Mond scheint durch die Wolken. Die Zeit bleibt stehen, ich sitze still da. Ein Fuchs schleicht vorbei, er hat mich nicht gesehen, er hat mich nicht gerochen.

In meinem Versteck höre ich den fernen Donner, wenn sie Nürnberg, die Stadt des Reichsparteitags, oder die Messerschmittwerke in Regensburg bombardieren. Doch diesmal wird das Brummen über mir immer stärker. Es kommt näher und näher, bis der ganze Himmel dröhnt. Dann ziehen die Bomberverbände über die Stadt. Langsam schweben die Christbäume herunter; grellweiß stehen die Kirchtürme im Magnesiumlicht. Ein neuer Anflug. Jetzt müssten die Bomben fallen. Doch nichts geschieht. Die Geschwader fliegen über die Stadt hinweg nach Norden, auf Eger zu.

Am nächsten Morgen stellt sich mir der Gruber in den Weg: «Bist wieder nicht im Luftschutzkeller gewesen!» «Was willst!», schrei ich zurück und werfe die Schulmappe weg. Mit beiden Händen pack ich ihn an der Joppe und ramme ihn an die Wand. In weitem Bogen fliegt seine Brille davon. Mit aufgerissenen Augen schaut er mich an, die Arme hängen an ihm herunter. Noch ein Stoß und noch einer. Er taumelt. Ich dreh mich um und bück mich nach meiner Mappe. Zum ersten Mal in meinem Leben fürchtet sich ein erwachsener Mann vor mir.

22

Es regnet, mitten im Winter. Das Wasser trommelt auf die Blechdächer, platscht durch die verrosteten Dachrinnen auf die Straße. Von den Mauern, die zum Geburtstag des Führers geweißt wurden, löst sich der Putz. Die zerfetzten Spruchbänder flattern im Wind. In der Hindenburgstraße ist ein Holzgaser-Lastwagen im Schneematsch stecken geblieben; aus den Reifen schaut die Leinwand heraus. Nur ein paar alte Leute stapfen über den Großdeutschlandplatz. Kreuz und quer führen ihre schmalen Pfade durch den grauen Schnee.

Schon lange sind hier keine Kolonnen von Raupenfahrzeugen mit Artilleriegeschützen und Panzerabwehrkanonen mehr gefahren. Die Stadt ist eine Geisterstadt geworden.

Jetzt wird das einzige Geschütz, das noch in der Kaserne ist, von Soldaten durch den Schnee gezogen. Mit hängenden Köpfen stemmen sie sich in die Brustgurte, wie die Hunde vor dem Leiterwagen der armen Leute. Aufgeschwemmt und entkräftet von der Dampfkost, bringen sie die neue Wunderwaffe kaum vom Fleck. Die 6-cm-PaK mit langem Rohr und Mündungsbremse durchschlägt jeden russischen T-34 und jeden amerikanischen Sherman-Panzer. Lautlos das Schleifen durch den Schnee.

Vor dem Friseur Häusler staut sich die Schneebrühe. Der Bader-Teller aus Messing über dem Eingang ist weg; die Ladentür stockt am aufgequollenen Rahmen, die Risse im Glas sind mit Heftpflaster verklebt. Modergeruch schlägt mir entgegen. Jedes Jahr an Ostern bin ich hier auf den Kinderstuhl geklettert, und der Friseur Häusler hat mir den Kopf kahlgeschoren. Später hat er mir den Schnitt vom Hitler gemacht: vorne lang, hinten und auf der Seite kurz.

Der Friseur Häusler schlurft heran. Durch seine gelbe Haut sprießen die grauen Bartstoppeln. Sein Hosenboden ist durchgewetzt und hängt weit hinunter. Er riecht nach kaltem Schweiß, aus seiner Joppentasche stinken die Zigarillostumpen. Den Haufen alter Haare, die um den Stuhl liegen, schiebt er mit dem Fuß wie dürres Laub weg. Als er mir den Friseurmantel umlegt, stechen mich die Haare, die noch drin sind. Böse fuhrwerkt er an mir herum. Seine ausgeleierte Hand-Haarschneidemaschine klickt neben meinem Ohr. Sie rupft an den Haaren, dass es mir das Wasser in die Augen treibt. Es ist so still, dass man das Kratzen einer Schaufel auf der Straße hört. In der Wärme fangen meine geschwollenen Zehen an zu jucken, und die Frostbeulen toben.

Unter die Rauchschwaden aus dem Ofen mischt sich der Gestank von angebranntem Kraut. Der Friseur Häusler legt die Maschine weg, wischt seine Hände am blau gewürfelten Tuch ab, an der Stelle, wo der Stoff schon schwarz und speckig ist, und verschwindet hinter dem Vorhang.

Das Fenster ist angelaufen, ein Tropfen nach dem andern rinnt am Glas herunter. Aufgeregt bimmelt das Totenglöckerl von der Veitskirche; die aufgeschreckten Dohlen kreischen. Draußen eilt ein Ministrant mit Schelle und Weihrauchfass vorbei, dann der Pfarrer mit der Monstranz und der Messner mit dem Kännchen für die letzte Ölung. Wer stirbt? Ein kleines Kind, ein alter Mann, ich kenne sie nicht, was geht mich das an. Ich werde der nächste sein. So viele meiner Freunde sind schon gefallen.

Der Friseur Häusler kommt mit angelaufenen Brillengläsern zurück. Er wischt mit Daumen und Zeigfingern daran herum, packt meinen Kopf und dreht ihn gerade. Und wieder fieselt er an mir herum. Wenn er sich räuspert, rasselt der Schleim in seiner Luftröhre. Er fängt an zu husten, zieht den Schleim herauf, sammelt ihn im Mund, steckt Kamm und Schere in die Tasche, schlürft zum Ausguss und spuckt ins Becken. Aus weiter Ferne höre ich, wie das Wasser in den Ausguss läuft. Schon fallen mir die Augen zu, und sogleich beginnt es im Hirn zu kreisen: Das Teildreieck A, E, D, mit der Hypotenuse, der Schwedentrunk und der Westfälische Frieden, die Bourbonen und die Brabanter, Prinz Eugen, Hermann, der Cheruskerfürst, der Kaiser stürmt gen Geldern, seine Reiter ziehn ins Feld, Riade an der Unstrut, die Türken vor den Toren Wiens. Fruchtknoten mit Griffel und Narbe, die Katze mit Kopf, Rumpf und Gliedmaßen im Naturkundebuch von Schmeil/Beck/Fabry; Äquatorialafrika, Negerhirse oder Dura, Flachküste oder Kalema, das Bayerische Meer, Alluvium, Diluvium, Perm, Tertiär und die Kreidezeit. Last mal Lastarm, Kraft mal Kraftarm, Fingals Baby, die Kraniche des Ibikus, die Ptolemäer und der Polyphem. Dann ziehen die Namen der neuen nationalsozialistischen Führer an mir vorbei: der Tschammer und Osten, der Darré, der Baldur von Schirach, der Ribbentrop, der Ley, der Todt. Wieder und wieder müssen wir bei der politischen Schulung ihr Geburtsdatum im Chor nachsprechen und ihren Lebenslauf herunterleiern. Im Geschichtsatlas jeden Tag eine neue Seite, jeden Tag ein neuer Krieg und neue Grenzen. Neue gelbe, blaue und rote Linien für die eroberten Länder. Die Symbole der Macht, Bär, Löwe und Adler, Krone und gekreuzte Säbel. Schlösser und Burgen und zuletzt die Ruinen. Der Hitler auf dem Rednerpult: Wer nicht kämpfen will in dieser Welt des ewigen Ringens, verdient das Leben nicht! Auslöschen! Zerschmettern! Gnadenlos vernichten! An die Wand mit Wehrzersetzern, Befehlsverweigerern und Fahnenflüchtigen!

Der Friseur Häusler dreht das Licht an, eine einzige Birne brennt noch, es gibt keinen Ersatz mehr. Der Furunkel an seinem Nacken ist rot entzündet, innen der weiße Eiterkopf. Er nimmt das Rasiermesser, zieht es erst am Leder, dann am Handballen ab, und schabt mir die Schläfenhaare weg.

Heute habe ich in der Stadt zum ersten Mal russische Kriegsgefangene gesehen; sie schaufelten den Bahnhofplatz frei. Es sind Ukrainer. Alle haben weißblonde Haare und schneeweiße Zähne, und einer ist größer als der andere. Hier hätte der Hitler auf einen Schlag genügend Germanen für seine «Leibstandarte Adolf Hitler» zusammengebracht, statt mühsam in ganz Deutschland herumzusuchen. Einer lacht mich an und führt die Hand zum Mund. Ich suche in meiner Tasche nach einem Stück Brot, er streckt den Arm aus, und schon reißt der SSler sein Gewehr von der Schulter, ladet durch und zielt auf seinen Bauch.

Beim Aufstehen klebt meine Hose am Kunstledersitz. Während der ganzen Zeit habe ich nicht in den Spiegel geschaut. Jetzt seh ich aus den Augenwinkeln, dass er mir oben Stufen geschnitten hat und die Seiten ungleich lang rasiert sind. Ich leg die Münzen auf das Wandbrett. In meiner Hand sind sie heiß und feucht geworden. Bis zuletzt ist kein Wort gefallen. Auch kein «Heil Hitler» beim Hinausgehen an der Ladentür.

Die Häuser hinter der Veitskirche sind ausgebrannt, ohne Dach und ohne Fenster. Abgebrochene Balken zeigen die Stockwerke an, die Mauerreste die Farben der Zimmer. Die Hauseingänge sind vernagelt, die Luken mit Pappdeckeln dicht gemacht. Aus dem Torbogen vom Weidemann-Wirtshaus weht der kalte Uringeruch. Ratten huschen im Dunkeln.

Wie ein Geist geh ich durch die Ruinen, steige über Schutthaufen, unter denen die Toten liegen. Im Schneematsch patsche ich von einem Loch ins andere. Die Socken haben sich mit Wasser vollgesaugt; die Brühe quietscht zwischen den Zehen. Von den Baumgerippen tropft der Schnee in die Bombentrichter. Schwarze Wolken rasen über das Finsterland.

23

Brüllend wälzen sich die braunen Fluten aus den Schluchten der Salzach. Sie schwemmen entwurzelte Bäume in die Flussbiegungen, drücken sie zusammen und in die Höhe, bis an den Rand der Dämme hinauf, drehen die wie von einer Riesenfaust zerschlagenen, zersplitterten Stämme in mächtigen Wirbeln herum, schieben die Trümmer zusammen, verschlingen sie und speien sie weiter unten wieder aus. Das Brausen übertönt unser Singen; wie im Stummfilm bewegen wir unseren Mund.

Es ist noch dunkel, wenn wir zur Gefechtsübung ausrücken, hinein in den immerwährenden Salzburger Schnürlregen. Das Wasser tropft vom Rand des Stahlhelms und rinnt in die Bergschuhe. Die Zehen sind gestaucht, die Fersen blutig gerieben. Nichts von den Sachen passt, die sie uns in der Bekleidungskammer hingeworfen haben. Alles ist zu klein oder zu groß, ist abgewetzt und zerschlissen. Die Unterhose geht eineinhalbmal um mich herum. Der Frock, die Uniformjacke aus dem Ersten Weltkrieg, ist eng wie eine Frauenjoppe, und die Ärmel sind zu kurz. Das Koppelschloss muss ich bis auf das letzte Loch verstellen.

Erst eine Woche ist es her, dass wir auf dem Exerzierplatz vereidigt worden sind. Die Fahnenjunker, frisch von der Kriegsschule, bereit zur Frontbewährung, stehen uns gegenüber. Daneben sind die Soldaten von der Genesungskompanie angetreten. Sie haben Narben im Gesicht und Orden an der Brust und sind morgen schon wieder an der Ostfront. Die Kapelle spielt den Kaiserjägermarsch, der Kommandeur hält eine Rede, die Fahne wird gesenkt, der Säbel gezogen, eine Hand ans Fahnentuch gelegt, und wir im Chor: «Ich schwöre bei Gott, dem Allmächtigen, dem Führer und Reichskanzler Adolf Hitler, in mannhafter Tapferkeit, in aufopfernder Pflichterfüllung die Treu zu halten, bis in den Tod.»

Es ist der nässeste Sommer seit Menschengedenken. Die Getreidefelder liegen wie gemäht am Boden; die Ähren sind verrottet, die Kartoffeln verfaulen im Morast. Und weiter marschieren wir im Regen, der auf uns herunterprasselt, der nie mehr aufhören wird. Wir robben, das Gewehr auf Augenhöhe, durch verfilztes, verschimmeltes Heu und durch die schwarzerdige Sumpfwiese. Der Ausbilder jagt uns hangauf, hangab und durch den Bach. «Volle Deckung!», grinst er vom Steg herunter. Wir werfen uns hin. Er brüllt: «Achtung!» Bis zu den Knien im Wasser, nehmen wir Front zu ihm auf. «Helm ab zum Gebet! Ich werd euch katholisch machen, ihr Heiden! Volle Deckung!» Wir hechten auf eine seichte Stelle zu. Neben mir flucht der Kärntner mit seiner verschleimten Raucherstimme: «Curva jebénti bora, curva di botra.» Neuer Befehl: «Achtung, präsentiert das Gewehr! Ich werd euch taufen, ihr Zuluneger!» Wir kriechen zum andern Ufer und stehen stramm, triefend vor Nässe und schlotternd vor Kälte.

Am Abend treten wir im langen, weißen Nachthemd an, die Arme nach vorn gestreckt. Fingernägelkontrolle. «Was ist das?» Dreck, Herr Oberjäger. Fünfzig Kniebeugen. Dann:

«Nachthemd unters Kinn, Glied in die Hand, Vorhaut zurück.» Mit den Händen auf dem Rücken wandert er von einem zum andern, beugt sich vor, schnuppert, grinst: «Unter die Betten, ihr Säue! Grunzen!» Wir grunzen. «Ich höre nichts. Lauter!» Er lässt uns das Grunzen mit aufgesetzter Gasmaske wiederholen. «Ich höre nichts. Lauter!» Wir schnappen nach Luft, dumpf kommen die Töne aus der Gasmaske. «Auf die Spinde, ihr Affen! Brüllen!» Und immer wieder im Chor: «Schweiß spart Blut, Herr Oberjäger!»

Kaum ein Tag vergeht, an dem ich nicht strafexerzieren muss. «Ich werd euch den Arsch aufreißen bis zum obersten Kragenknopf!» Mit dem Zahnstocher kratzt er zwischen Gewehrschaft und Schloss herum, hält mir den Zahnstocher vor die Augen. «Was ist das?» «Dreck, Herr Oberjäger.» Und wieder muss ich mit ausgestreckten Armen Gewehr pumpen, so lange, bis mir die Arme kraftlos herabsinken. Erst nach drei Wochen bekomme ich einen Ausgangschein. Gleich fahre ich zu meinem Freund, dem Frey Edmund, in die Halleiner SS-Kaserne. Der Edmund ist viel größer, als ich ihn in Erinnerung habe, doch immer noch so blass wie früher. Und so wie damals, liegt auf seinem schmalen Gesicht der Widerschein von etwas, über das er sich grad noch gefreut hat.

Schon als kleine Buben haben wir im Schlafzimmer seiner Eltern Krieg gespielt. An den Scheiben glitzern die Eisblumen, und wenn wir lachen, steht uns der helle Hauch vor dem Mund. Der Edmund sperrt die Schranktür auf, und ganz hinten, im Dunkeln, liegen die Soldatensachen von seinem Vater. Sie riechen noch immer nach Krieg und Gas. Stück für Stück holen wir sie ans Tageslicht. Der eiserne Fliegerpfeil liegt so schwer in meiner Hand, dass sich seine scharfe Spitze tief in meinen Finger eindrückt. Er hat das Loch in den feldgrauen Mantel gerissen und das Knie von Edmunds Vater durchbohrt. Der Edmund setzt den Lederhelm mit der Messingspitze und dem Messingadler auf; mir gibt er den Stahlhelm, der innen mit Leder gepolstert ist und über die Augen rutscht. Immer wieder ziehen wir das Seitengewehr aus der Scheide, um den hellen, metallenen Klang zu hören und das scharfe, laute Klicken beim Zurückstoßen.

Der Säbel ist schon angerostet und steckt so fest in der Hülle, dass wir beide Hände brauchen, um ihn herauszureißen. Vorsichtig probiert der Edmund mit dem Finger, wie scharf er geschliffen ist. In der hellen Sonne beim Fenster schauen wir lange die Blutrinne an mit dem vertrockneten Blut des Feindes. Beide wollen wir Soldaten werden.

In der SS-Kaserne brauche ich keine Essensmarken; ich stelle mich einfach mit dem Edmund in die Reihe. Die Portionen sind so groß wie früher im Wirtshaus, als die Leute das Beste und das Teuerste bestellen konnten. Wir essen mit richtigem Besteck, und niemand sagt etwas, als ich meinen Teller ein zweites Mal füllen lasse, mit allem, was es gibt. In unserer Kaserne bekomme ich nur eine zweite Portion, wenn ich mich zum Küchendienst melde. Zu dritt beugen wir uns über die großen Töpfe, fahren mit dem Löffel den Wänden entlang und scharren vom Boden die angebrannten Fleischreste heraus. Danach sind unsere Haare verklebt und die Uniformen voller Flecken.

Auf der Stube zeigt mir der Edmund sein zehnschüssiges, automatisches Gewehr. Er drückt einfach ab, zehnmal hintereinander, und die leeren Patronenhülsen werden automatisch ausgeworfen. Durch sein Zielfernrohr sehe ich die Blätter auf dem dreihundert Meter entfernten Baum so klar wie die Linien auf meiner Hand.

In seinem wasserdichten Tarnanzug ist der Edmund für die Tiefflieger unsichtbar; wir müssen uns unter der Dreieckszeltbahn verkriechen. Mit seinen Mammut-Profilsohlen steigt er mühelos die steile Betonrampe hinauf; ich rutsche in meinen genagelten Bergschuhen schon beim ersten Schritt zurück wie auf einer Eisplatte. Und alles, was ich mitschleppen muss, Seitengewehr und Klappspaten, Brotbeutel und Gasmaske, braucht er nicht. «Nicht bei uns, nicht bei der SS», sagt der Edmund.

Zigarettenpause vor dem Bergbauernhof. Das Haus ist abweisend und kalt. Keine Hühner sitzen auf der Stange, keine Schafe drängen sich im Stall, kein Hund und keine Katz sind zu sehen. Dann, hinter der grauen Scheibe, ein bleiches Gesicht. Der Geist der längst gestorbenen Bäuerin mit dem bösem Blick?

Der Oberjäger bringt sich unter dem Giebel in Sicherheit. Im Bogen schießt das Wasser von der Dachrinne über ihn hinweg. Wir bleiben im Regen stehen. Die Raucher ziehen die Kippen aus der Hosentasche und drehen sich unter ihrer Windjacke eine neue Zigarette. Die Zündhölzer sind mit der Rasierklinge der Länge nach durchgeschnitten, so kostbar sind sie geworden. Gierig rauchen sie Zug um Zug, und wenn die Glut ihre Fingerspitzen erreicht, spießen sie den letzten Rest der Kippe auf eine Sicherheitsnadel. Hustend spucken sie die Glut aus und reiben sich die verbrannten Lippen.

Das Tal, unter weißen Nebelfetzen, ist ein einziger See. Die Dörfer gleichen schaukelnden Nussschalen, die Kirchtürme scheinen, wie die Masten von Segelschiffen, sachte zu pendeln. Dann schlagen die Glocken, schwer und dunkel, vom Wind fortgetragen, vom Nebel gedämpft, hier eine, dort eine, bis alle Glocken läuten, See-auf und See-ab. Landunter. Ich japse, halb erstickt vom dichten Wasserstaub. Hinter dem Schleier zerfließen die dicken Mauern der Burg, und die wuchtigen Türme schweben davon.

Und wieder rutschen wir die nassen Wiesen hinunter. Aus der Hüfte feuern wir auf die Vogelscheuchen, dreschen mit dem Gewehrkolben auf die Gemüsestrünke ein und köpfen mit dem Klappspaten einen Russen nach dem andern. Wir gehen in Deckung, die Hand am Abzug der Nebelgranate, und nach dem Kommando «Granaten Wurf!» verschwindet alles im blauen Qualm. «Hurraah, Hurraah!», stürmen wir dem Feind entgegen, der sich am Waldrand verschanzt hat. Mit aufgepflanztem Seitengewehr stechen wir in die Reisigbündel, treten mit dem Fuß auf die Brust des Russen, drehen das Bajonett in seinem Leib, damit die Wunde größer wird, stemmen den Fuß dagegen und ziehen die Waffe heraus. Immer von neuem: «Stechen! Drehen! Ziehen!»

Beim geringsten Aufklaren erscheinen, wie aus dem Nichts, die Bauernfrauen. Sie drehen mit ihren Heugabeln die faulenden Haufen um und rechen die schimmligen Klumpen zusammen. Ihre langen Militär-Gummimäntel glänzen nass. Sie reichen ihnen bis zu den Füßen, und beim Gehen scheinen sie über der Erde zu schweben. Rastlos, ohne aufzuschauen, arbeiten sie neben uns her. Erst bei unserem Abmarsch richten sich die Frauen auf. Aus ihren knöchernen Gesichtern schicken sie uns hasserfüllte Blicke nach.

24

«Ihr Feiglinge! Ich mache Männer aus euch!», brüllt der Oberjäger und kippt den Kanister. Die rote Brühe schwappt in unsere Trinkbecher. «Prost, Herr Oberjäger!» «Prost und ex, Kameraden! Auch wenn wir wanken, wir fallen nicht!» Er lässt mich nicht aus den Augen; es ist schon der dritte Becher, den ich leeren muss. «Es lebe die Liebe, der Wein und der Suff, der uneheliche Beischlaf der Papstes ...» Wir grölen: «Im Puff!» Der Oberjäger: «Ich höre nichts!» Wir noch lauter: «Im Puff!» Und wieder Hacken zusammenschlagen und wieder Prost und ex.

Am Sonntagmorgen führt uns der Oberjäger in die Altstadt. Hinter ihm riecht es nach Fusel und Teer. Die Gassen werden enger, die Häuser kleiner, von den Wänden blättert der Putz. Er verschwindet hinter einer Tür, wir warten draußen. Einige lachen schon, die andern schauen auf den Boden. Dann geht die Tür wieder auf. Im dunklen Hausgang stehen ein paar Frauen im Mantel. Sie mustern uns aus kalten Augen. Alle sind älter als ich, sie sehen aus wie die Hausfrauen in unserem Block. «Halt!», schreit mir der Oberjäger nach: «Befehlsverweigerung! Unerlaubte Entfernung von der Truppe! Ich bring Sie vors Kriegsgericht!»

Erst im Mirabellgarten höre ich auf zu laufen. Helle Kinderstimmen in den Alleen, Vogelgezwitscher auf den Bäumen. Rund gestutzte Büsche säumen die Kieswege, aus Laubengängen lugen Steinfiguren. Zum ersten Mal seit Wochen bin ich allein: keine gebrüllten Kommandos, kein schnarrendes Beamtendeutsch, keine Verordnungen und Parolen. Ohne Befehl darf ich mich auf eine Bank setzen und muss sie mit niemandem teilen. Hinter mir plätschert der Springbrunnen, auf meinem Reklamheft spielen die Schatten der Blätter. Die Sätze der Dichter sind lang und melodisch, schweifen aus und führen in weitem Bogen wieder zurück.

«He, Kamerad!» Der Soldat nimmt meinen Hölderlin in die Hand und will nicht aufhören zu lesen. Dann blättert er den Kleist und den Nietzsche durch. Im Schopenhauer deklamiert er laut die Stelle, die ich markiert habe: «Und wenn es einen Gott gäbe, so möchte ich nicht dieser Gott sein, das Elend der Menschheit würde mich dauern.» Schon in der Kaserne ist er mir ein paar Mal gefolgt und hat seltsam vom Führer und vom Krieg geredet.

Der Weg hinauf zur Burg ist menschenleer, verlassen liegen die Gänge und Höfe. Im Felsenbierkeller hocken nur ein paar alte Leute herum. Wir bestellen das Stammgericht: angebrannte Kartoffeln ohne Fett und Salatblätter, die im Essigwasser schwimmen. Der Soldat raucht eine Zigarette nach der andern. «Lieber mach ich mich kaputt, als dass sie mich wieder an die Front schicken.» Das Messer mit der gebogenen Klinge und dem eingravierten Rentier hat er von seinem finnischen Waffenbruder bekommen. Der hat ihm auch gezeigt, wie man Schneeziegel für den Iglu ausschneidet, welche Flechten essbar sind und wie man im Schnee das Feuer auf eine Birkenrinde setzt, damit es nicht einsinkt.

Dann brach der Russe durch, sagt der Soldat, und der General Dietl gab den Befehl «Verbrannte Erde». Nichts durfte dem

Feind in die Hände fallen. Auf dem Rückzug mussten wir alle Munitions-, Treibstoff- und Vorratslager sprengen und die Blockhäuser in Brand schießen, wo eben noch die Finnenfrauen unsere Verwundeten gepflegt hatten. «Der Krieg ist doch längst verloren», sagt der Soldat. «Glaubst du nicht auch?» Mir wird ganz heiß. Ich schau mich um, ob niemand zuhört.

Ist er ein Spitzel, der mich ausfragen will? Wird er auf mich angesetzt, weil ein Fahnenjunker gesehen hat, dass ich bei der Vereidigung zwei Finger der linken Hand eingezogen habe, damit der Treueschwur wie ein Blitz durch mich hindurch in den Boden fährt und nicht gilt? Dass ich, statt im Chor den Treueeid an den Führer mitzusprechen, nur den Mund bewegte und meine Halsschlagadern herauspresste? Oder hat der Hauptfeldwebel gemerkt, dass mir das Blut ins Gesicht stieg, als er den Tagesbefehl vorlas: «Die Amerikaner sind in Caen gelandet»?

Wenn die Amerikaner den Atlantikwall durchbrechen können, die modernste und stärkste Verteidigungsanlage der Welt, dann hält sie niemand mehr auf. Dann ist der Krieg bald aus, und ich kann heimgehen. Jahrelang haben sie uns in der Wochenschau die unüberwindlichen Panzersperren auf den Sandstränden gezeigt, die mächtigen Bunker, die Langrohrgeschütze, die einbetonierten MG-Nester, die Flak-Batterien und die Munitionslager, zehn Meter unter der Betondecke. Immer endete der Film mit dem einsamen Posten hoch oben auf dem gepanzerten Wachturm. Scharf hob er sich gegen den Abendhimmel ab, und die Kommandostimme höhnte: «Sie sollen es nur versuchen! Es wird ihnen Hören und Sehen vergehen!»

Von da an gehe ich dem Soldaten aus dem Weg. Ich mag nicht mehr hören, dass der General Dietl der schlimmste Soldatenschinder ist und ein Dutzend Bataillone auf dem Gewissen hat. Dass der Göring abgesetzt worden und der Führer längst schon mit dem U-Boot nach Südamerika abgehauen ist. Doch der Soldat findet mich überall, beim Schuhputzen vor der Unterkunft, in der Mittagspause am Waldrand, bei der Ausgangssperre im Hof. Rasch drück ich ihm meine Zigarettenration in die Hand und laufe davon.

«Herrhörrn! Folgendes», der Hauptfeldwebel zieht den Tagesbefehl aus seiner Brusttasche. «Gewissenlose Elemente haben einen Anschlag auf den Führer verübt. Doch die Vorsehung hat den Führer gerettet. Der Führer ist nur leicht verwundet.» Er blättert um. «Ab sofort gilt ein neues Gesetz. Soldaten, die sich unerlaubt von der Truppe entfernen, Fahnenflüchtige und Deserteure werden standgerichtlich erschossen und ihre Angehörigen in Sippenhaft genommen!»

Noch vor Tagesbeginn rücken wir zum Scharfschießen aus. Über den Salzachauen liegt der dichte Frühnebel. Nass vom gestrigen Regen hängt die Uniform an uns herunter; um unsere Beine schlagen Gasmaskenbüchse, Seitengewehr und Spaten. Nur über die alte, überdachte Holzbrücke dürfen wir gehen, wie wir wollen, damit sie der Gleichschritt nicht in Schwingung versetzt. Wenigstens ein paar Meter ein normaler Mensch sein.

Im Nebel tauchen vor uns Schemen auf. Der Geruch von Zigaretten und Schnaps wird stärker. Schnell haben wir den Zug eingeholt. Die Soldaten, die Gewehre lässig umgehängt, schlendern dahin wie Zivilisten. Beim Überholen grinsen uns der Waitzler und der Winkler an. So oft es eine Sonderzuteilung Alkohol und Tabak gibt, melden sie sich freiwillig.

Vor ihnen schlurfen Soldaten ohne Gewehre dahin. Ihre Köpfe haben sie gesenkt; Mütze, Schulterklappen und Koppel fehlen. Das also sind die Deserteure, die Fahnenflüchtigen, die von den Feldgendarmen in den Bahnhöfen von Salzburg, Leoben, Vöcklabruck, Schwarzach-Stankt Veit und in den Fronturlauberzügen geschnappt werden. Das sind die Saboteure, die eine Weiche falsch stellen. Die Veruntreuer von Heeresgut. Die Meuterer. Die Befehlsverweigerer. Die Wehrzersetzer, die nicht mehr an den Endsieg glauben. Die Feiglinge, die sich selber einen Heimatschuss zufügen. Die Fronturlauber, die einen Witz über den Führer machen.

Plötzlich schlägt mein Herz bis zum Hals. Neben mir geht der Soldat. Wenn er nur jetzt nicht herschaut. Wenn er nur nicht meint, ich sei es gewesen, der ihn verraten hat. Gemeldet, dass er nicht mehr an den Endsieg glaubt. Dass er über den General Dietl schimpft und den Führer einen Verbrecher nennt. Doch der Soldat schaut nicht vom Boden auf.

Im Schießstand liegen wir im nassen Gras nebeneinander und richten unsere Gewehre auf die Reihe der Pappkameraden. Über Kimme und Korn zielen wir auf den Punkt zwischen Augen und Nasenwurzel. Ausatmen, Druckpunkt nehmen. So leicht berührt der Finger den Abzug, dass sich der Schuss wie von selber löst. Wieder und wieder durchladen, die Schüsse knallen, unsere Ohren singen.

Dann – Feuerpause. Plötzliche Ruhe. Das ist, als ob im Tümpel alle Frösche wie auf ein Zeichen gleichzeitig verstummen würden. In die Stille hinein hallen die Gewehrsalven des Erschießungkommandos.

25

Alle reden auf die Offiziersfrauen ein, nur ich sitze da und weiß nicht, was ich sagen soll. Der Binder aus Wien, der Zwazl aus Kärnten, der Vlad aus Siebenbürgen, der Knafl aus der Steiermark, sie alle sprechen mit ihren Tischdamen, als wären es ihre Mütter und Schwestern. Die Millionärsbuben, der Kaltenbrunner von der Kaltenegg-Brauerei und der Opel Bernd von der Autofabrik, und die Generalsbuben, der Böselager aus Regensburg und der Schönherr aus Innsbruck lachen und machen Witze, und bevor ich kapiert habe, dass die gnädige Frau die nächste Zigarette aus der Schachtel gezogen hat, haben sie schon ein Zündholz in der Hand. Alle tun sie so, als wären sie im Kasino aufgewachsen.

Nur ich bring kein Wort heraus. Woher soll meine Tischdame wissen, warum ich so dumm bin. Ich, ein Halbwaise, im finstersten Loch von Deutschland aufgewachsen. In einer Stadt, die ein halbes Jahr unter dem Donaunebel begraben liegt, vom Moder zersetzt, im Morast versunken und in Verwesung erstickt. Die Kinder rachitisch, die Alten asthmatisch und dazu die meisten Lungenkranken von Großdeutschland. Und badest du einmal in der Donau, hast du gleich drauf die Mundfäule. Aber das drittgrößte Zuchthaus der Welt muss sie haben, nach Sing-Sing und Fuhlsbüttel, und die zweitgrößte Kretinenanstalt in Bayern – so eine Stadt ist das.

Aber das, sehr verehrte gnädige Frau, ist noch gar nichts,

gegen das, was jetzt kommt: In dieser Stadt haben sie die Agnes Bernauer ertränkt, nur, weil sie nicht adelig war. In dieser Stadt standen die Gestapomänner im Morgengrauen in ihren dunklen Mänteln und Hüten vor der Tür vom Setz Viehhändler, in der Mittleren Bachstraße, holten ihn mit gezogener Pistole aus dem Bett heraus, fuhren mit ihm davon und hängten ihn drüben in den Isarwäldern auf dem Kalvarienberg an einem Ast auf.

Oder sollte ich ihr doch lieber ein Gedicht aufsagen? «Dies ist ein Herbsttag, wie ich keinen sah, die Luft ist still, als atme man kaum, und dennoch fallen raschelnd fern und nah, die schönsten Früchte ab von jedem Baum …» Oder gleich das Bücherl von Walther Flaig aus der Brusttasche ziehen und ihr aus seinen gesammelten Feldpostbriefen vorlesen?

Schüttelte meine Tischdame den Kopf, würde ich sie fragen, ob sie den Gauleiter Schemm aus Bayreuth kenne, aus der Richard-Wagner-Stadt, der seine Hand auf meinen Kopf gelegt und zu mir heruntergelächelt hat auf dem Bild im Tagblatt, ganz groß, ganz vorne. Nachdem ihr schon ein wenig langweilig geworden ist, horchte sie vielleicht auf, wenn ich ihr ganz beiläufig erzählte, dass die Schwester von meinem Vater, die Tante Amalie, in der Wilhelmstraße gewohnt hat und die Nachbarin von der Frau Himmler gewesen ist und dass sie sich immer in der Früh beim Milchholen getroffen haben. Dass mein Vater mit dem Gymnasialprofessor Himmler auf der Landesturnanstalt am Massmann-Platz gewesen ist und dass, wenn er bei seinem Freund zum Mittagessen eingeladen war, einmal auch sein Sohn Heinrich, der Reichsführer der SS, dazugestoßen ist. Dass mein Vater als Heeresoberlehrer beim Reiterregiment siebzehn gewesen ist und dem Major Hübner, dem Standortältesten, die Rede zum Tag der

Wehrmacht geschrieben hat. Dass der Vater auch selbst am Tag der Wehrmacht eine Rede gehalten hat, und die Mutter dann zu mir sagte: «Ein bisserl schneller hätt er schon reden können.»

Oder ich würde meine Tischdame zum Lachen bringen, wenn ich die Frau Breiter nachmachte, die nur noch Schriftdeutsch redet, seit sie die Frau Oberbürgermeisterin geworden ist: «Üch bin gestern über die Donaubricke ganger, da hat mir da Wind an Huat eu gwaht.» Und «Da Butta is ma ranzlad worn». Lächelte meine Tischdame ein wenig über die Rückständigkeit der Niederbayern? Dann würde ich fortfahren und ihr die dummen Gäubodenbauern schildern, die noch immer auf Bittgängen den Regen in der Trockenzeit herbeibeten, und steigt dann das Hochwasser bis ins Haus hinein, flehen sie mit neuen Bittgängen die Trockenzeit herbei. Doch meine Tischdame schaut jetzt schon längere Zeit hinüber zu den Generalstabsoffizieren.

Um ihre Aufmerksamkeit zu gewinnen, könnte ich ihr unsere Hochgebirgsausbildung am Watzmann beschreiben, wo wir ein Seilgeländer durch die achthundert Meter hohe Wand legen mussten, zur Übung für den Partisaneneinsatz am Triglav. Drehte sie ihren Kopf zu mir her, würde ich auch erzählen, dass auf der andern Talseite, zum Greifen nah, der Adlerhorst des Führers steht. Und dass bei jedem Fliegeralarm die SS-Soldaten die Verschlüsse der Fässer öffnen, die in den Tälern ringsum aufgestellt sind. Der weiße Rauch steigt auf, kriecht durch das ganze Tal und verdichtet sich zur Nebeldecke. Der Geruch beißt in der Nase, und in den Augen steht das Wasser. Die dicken Schwaden steigen immer höher, bis sie auch den Berghof des Führers verschlucken. Wenn sich jetzt der Führer an sein Panoramafenster stellt und zum Watzmann hinüberschauen will, verdunkelt sich der Himmel, und er kann nichts mehr sehen. Wir aber sitzen noch immer in der warmen Sonne oben auf der Kühroint, hoch über dem Tal. Nein, lieber schweigen. Sonst glaubt sie, ich wolle ihr den Führer madig machen, und dann bin ich morgen schon auf dem Weg zum Iwan und suche in der Strafkompanie nach Minen.

Weil ich übersehen habe, dass meine Tischdame die Hand nach dem Brotkörberl ausgestreckt hat, reicht es ihr der Wiener. Damit sie sich mir wieder zuwendet, könnte ich ihr vom einzigen Friseur auf der Welt erzählen, der vom Führer persönlich den Blutorden, die höchste Auszeichnung, bekommen hat. Und wenn sie darauf nichts sagt, red ich einfach weiter und erzähle ihr die ganze Geschichte: Wie der Adolf Hitler, damals noch ein unbekannter SA-Mann, in unserem vollbesetzten Kronensaal mit seiner Rede nicht mehr aufhörte, und wie ihn die Kommunisten vom Tisch herunterzerrten und zusammenschlagen wollten, und wie er davongelaufen ist, sie hinter ihm drein, und wie ihn der Andorfer Bader in seinem Friseurladen am Untern Tor versteckte und ihm so das Leben rettete.

Während ich so mit mir selber rede, höre ich, dass meinen Kameraden schon ihre lustigen Sachen ausgegangen sind und dass die Tischdamen ihnen jetzt Fragen stellen, so ähnlich, wie sie mir mein Firmpate bei der heiligen Firmung gestellt hat: In was für eine Klasse ich geh, ob ich einen strengen Lehrer habe, ob die jungen Lehrer schon alle beim Militär sind, und wen ich lieber habe, den Vater oder die Mutter. Da bin ich froh, da kann ich gleich wieder vergessen, was ich eben erzählen wollte, nämlich, wie wir die Verwundeten von der Ostfront vom Zug ausgeladen haben und der Kopfverband eines Schwerverwundeten am Gepäckhaken hängen geblieben ist und es auf seinem Schädel ganz dick von weißen Maden gewimmelt hat. Nein, das lieber nicht, wenn die Offiziersfrau gerade ihre Suppe löffelt.

Weil meine Tischdame keinen Blick vom Schönherr und seinem schönen Filmschauspielergesicht lässt, lächle ich ein wenig und sage: «Ja, der Schönherr …» Fast verlegen lächelt sie zurück: «Ja, der macht seinem Namen alle Ehre.» Jetzt könnte ich ihr vom Dietmar erzählen, dass er in Berlin geboren, aber eigentlich ein Österreicher ist, dass er als einziger von uns perfekt Hochdeutsch sprechen kann, weil er die Adolf-Hitler-Schule, die Napola, besuchte und schon als Kind im Film spielte. Und ich wüsste sogar etwas Lustiges: Wie der General Schönherr zu uns ins Watzmannkar hinaufgeritten kam und so steif vom langen Ritt war, dass er beim Absteigen vor versammelter Truppe mit einem Fuß im Steigbügel hängen blieb und ihn sein Adjutant gerade noch auffangen konnte.

Das starke Vorkriegsbier macht mich immer mutiger. Schon male ich mir aus, wie mir meine Tischdame gespannt zuhört und auch die anderen Offiziersfrauen zu uns herüberschauen. Laut würde ich mich darüber wundern, dass in der Zeitung noch nie ein Bild vom Führer war, wie er mit der Eva Braun im Königssee badet. Oder im Hintersee Forellen fischt. Oder unter den moosbewachsenen Ahornbäumen der Saalach entlangreitet. Und warum rodelt er nie mit der Eva Braun die Queralpenstraße zur Ramsau hinunter und trinkt, nach dieser Höllenfahrt, beim Unterwirt ein paar Glaserl Grassl-Enzian?

Jetzt möchte ich eigentlich aufstehen und eine Rede halten: Unser Führer arbeitet Tag und Nacht, auch am Sonntag. Der Führer, ein Vegetarier. Der Führer, ein Nichtraucher. Der Führer, ein Antialkoholiker. Unser Führer hat keine Familie, er opfert sich für sein Volk. Der Führer, kein Ungläubiger, wie böswillige Zungen behaupten, nein, er glaubt an die Vorsehung, die ihn dazu auserwählt hat, die Geschicke des deutschen Volkes zu lenken. Dabei lebt er so genügsam wie der einfachste Volksgenosse.

Doch, wer weiß. Vielleicht wäre mir einmal statt «der Führer» «der Hitler» oder der «Gröfaz», der «größte Feldherr aller Zeiten», oder gar «der Schicklgruber» herausgerutscht, und ich hätte an der falschen Stelle gelacht und mich verraten. Vielleicht doch lieber vom Göring erzählen. Wie er sich jedes Jahr vor der Jagd in der Kammer der Sennerin am Obersee umzieht und dabei seine verschwitzte Reichsfeldmarschalluniform, die nach Parfüm riecht, auf ihrem Bett liegen lässt. «Lieber schlaf ich im Heu, als dass ich dem sein stinkendes Gwand auf meinem Bett anrühr», hat mir die Sennerin gesagt. Wie der Göring dann in seiner Reichsjägermeisteruniform hinauf in die Röth steigt, wo die Förster zuvor ein großes Stück vom Steinernen Meer bis hinüber zum Blümbachtal eingezäunt haben und ihm jetzt die Steinböcke mit den größten Hörnern vor das Gewehr treiben.

Oder sollte ich meiner Tischdame meinen Kameraden, den Schwaben mir gegenüber, vorstellen? Ja, der mit dem Nussknackergesicht, auch ein Generalsbub. Der macht jeden Abend einen Plan für den nächsten Tag, und jede Stunde muss er genau einhalten, sonst wäre er verloren. Wenn wir zur taktischen und strategischen Schulung am Sandkasten stehen, erklärt er wie ein Generalstäbler den Angriffsplan und steckt blitzschnell die Fähnchen mit den Divisionen, den Panzern, der Artillerie, den Granatwerfern und schweren MGs, zwischen die Täler aus Sand und die grün markierten Wälder. Als würde der Schwabe spüren, dass ich von ihm rede, schaut er zu mir her und lächelt.

Oder soll ich meiner Tischdame den Vlad zeigen, da drüben, rechts neben der Gattin vom Kommandeur? Den Boris Vlad, den Schwarzhaarigen, der aussieht, als wär er schon dreißig, der alles über die Frauen weiß und einen so großen Penis hat, dass wir ihn bei der Untersuchung alle angafften. Der mit seinem Ausländer-Singsang die Kommandos nicht brüllen kann und nach dem Krieg ganz Rumänien deutsch machen will. Er ist aus Hermannstadt, wo das Paradies war, sagt er. Hier gab es die besten Würste und Schinken, das beste Brot und den besten Marillenlikör. Aber jetzt sind die Russen dort, und er weiß nicht, wo seine Mutter ist. Gerade als ich meine Tischnachbarin fragen will, ob sie auch schon einen Sohn hat beim Militär, wendet sie sich dem Zwatzl zu, dem gerade wieder ein neuer Witz eingefallen ist. So einen hätte ich meiner Tischdame als Nachbar gegönnt; dann müsste sie nicht einen wie mich aushalten.

Eine weiß gekleidete Ordonnanz holt den Binder von unserem Tisch weg. Minuten später kommt er hinter dem Bühnenvorhang hervor. Der käsige, schlaksige Binder mit den wasserblauen Augen und der großen teigigen Nase, dem du nichts zutraust, näselt ein paar Graf-Bobby-Witze so locker herunter, als wäre er schon ein Kasino-Offizier. Nach dem Applaus fährt er fort: «Wir zeigen Ihnen jetzt die Erstaufführung des Films *Junge Adler*. Wir haben das seltene Glück und die große Ehre, den Helden und Hauptdarsteller in unserer Mitte zu haben.» Er deutet zu uns her, wir schauen zum Schönherr hin. Der Schönherr tut zuerst verwundert, blickt von einem zum andern, dann steht er auf, verbeugt sich, lächelt gekonnt, und alle klatschen.

Endlich geht das Licht aus, die Ordonanz zieht den Vorhang zurück, und auf der großen Leinwand fängt es an zu knacken und zu flimmern. Der Titel *Junge Adler* erscheint, und eine Stimme preist die Kameradschaft, die Opferbereitschaft und den Todesmut unserer deutsch-österreichischen Jugend. Auf der Verfolgungsjagd klettert der Dietmar in der Flugzeugmontagehalle bis ganz hinauf zu den Eisenträgern, die Spione dicht hinter ihm her. Als sie schon nach ihm greifen, springt er in die Tiefe. Zerschmettert liegt er am Boden: Er wollte das Konstruktionsgeheimnis der neuen Wunderwaffe nicht preisgeben. Das Licht geht an, das Klatschen will kein Ende nehmen. Und wieder erhebt sich der Schönherr, steht leibhaftig und lebendig im Saal. Er verbeugt sich, lächelt, und alle rufen Bravo.

26

Frei wie die Sommerfrischler spazieren wir am See entlang. Das Wasser glitzert und blinkt, sachte schaukeln die Ruderboote auf den Wellen, und dann ein Juchzer zum Ufer hin. Hell und fröhlich klingen die Pfiffe der Spielzeugeisenbahn, Dampfwölkchen steigen in die Luft und segeln noch eine Weile über den Himmel. Wie im Film sitzen die Leute in der warmen Mittagssonne; auf den weiß gedeckten Tischen stehen Sektkübel. Männer in Trachtenanzügen und mit dicken

Ringen an den Fingern rauchen Zigarren. Die Frauen sind blond und geschminkt und nicht so dick wie die bei uns daheim. Die Kapelle spielt einen Walzer nach dem andern, und wenn das «Weiße Rössl am Wolfgangsee» wieder an der Reihe ist, singen alle mit.

Die Leute vom Dorf stehen vor einem neu gebauten Bunker. Er ist tief in die Erde eingelassen und sieht aus wie ein Blockhaus. Die grünen Butzenscheiben bestehen aus Weinflaschenböden. Am Sims hängen Blumenkästen mit roten Geranien. Drinnen schaut es aus wie in einer Tiroler Bauernstube. Im Herrgottswinkel hängt das Bild des Führers; auf dem Tisch steht, mit frischen Tannenzweigen geschmückt, das Portrait vom General Dietl. Erst am Morgen sind die Soldaten der ehemaligen vierten Gebirgsdivision mit der Arbeit fertig geworden. Es ist ein Geburtstagsgeschenk für ihren General.

Jahrelang habe ich das Bild vom General Dietl, dem Helden von Narvik, auf meinem Nachttisch gehabt. Seine Mütze sitzt ein wenig schief, das Schild ist gebogen. Die Backenknochen und die Adlernase stechen scharf hervor, wie bei meinem Vater. Kein anderer General hat den Kragen so weit geöffnet. Unten steht: «Ich glaube unerschütterlich an den Sieg. Je schwieriger die Lage, umso größer mein Vertrauen zu Ihnen, mein Führer.»

Im Pflichtfilm war der General immer mitten unter seinen Soldaten. Auch im heftigsten Artilleriefeuer ging er im Schützengraben bis in die vorderste Linie und verteilte Zigaretten. Wenn ihn die Generalstäbler mit Granatwerfern, Panzern oder Stukas beim Angriff unterstützen wollten oder ihm Flankenschutz anboten, lachte er ihnen ins Gesicht: «Meine

Buam erledigen das mit der blanken Waffe in der Hand.» Nur wenige sind aus Norwegen, Finnland, vom Kaukasus und Monte Cassino zurückgekehrt.

Gebückt tritt ein hagerer Offizier aus der Bunkertür. An seinem Hals hängt das Ritterkreuz, die Mütze sitzt schief, das Gesicht ist blaß. Lustlos dankt er für das Geburtstagsgeschenk, fahrig lobt er seine Mander. Dann geht der General Dietl hastig den Schützengraben entlang, zieht sich am Geländer die Holztreppe hinauf, steigt in sein Auto und ist verschwunden.

Das Geburtstagsgeschenk unseres Gebirgsjägerregiments 137 ist eine Vorführung mit Pferden und Kutschen. Wochenlang haben wir in der Felsenreitschule das vierspännige Fahren nach der Achenbach-Technik geübt. Kerzengerade sind wir auf dem Bock gesessen, in jeder Hand vier Zügel zwischen den Fingern. Locker haben wir jeder Bewegung der Pferdeköpfe nachgegeben und sie nur mit der Drehung des Handgelenks geführt.

Bei der Vorführung bleibt die Ehrenloge leer. Auf der Tribüne sitzen nur Offiziere, dahinter die Soldaten der Genesungskompanien und die Verwundeten aus den Lazaretten. Wir fahren im Kreis, schwenken in die Acht ein, die Gespanne kreuzen sich, eine Kutsche dicht hinter der andern. Dann wieder traben wir, schön ausgerichtet, aufeinander zu und so eng an einander vorbei, dass sich die Räder beinah streifen. Alle Figuren gelingen uns fehlerlos. Die Offiziere lächeln, die Soldaten rufen Bravo, die Leute vom Dorf klatschen. Und schon rollen die Rekruten, flink wie die Logendiener im Zirkus, die leeren Aschentonnen auf den Platz. Wir umfahren sie in weiten Bögen, und nicht einmal donnert ein Huf gegen das

Blech. Wieder kein einziger Fehler, wieder das Klatschen und Rufen.

Eine Ehrenrunde – und ein Gespann nach dem andern fährt durch die Girlanden vom Platz. Als letzter galoppiere ich auf den Ausgang zu. Kurz vor dem Tor knall ich mit der Peitsche und reiße die Pferde herum. Wie die Postkutsche im Wildwestfilm driftet mein Wagen um die Kurve. Der Sand sprüht, die Zuschauer ducken sich, die Offiziere verschwinden in einer Staubwolke. In der nächsten Runde will ich die Tonnen so elegant nehmen wie der Weltmeister Toni Seelos seine Slalomstangen. Ein Schlag – die erste Tonne wirbelt durch die Luft. Dann die zweite. Durch das Scheppern und Poltern höre ich das Johlen der Zuschauer.

Monate später liest der Feldwebel vor: Der General Dietl ist in seiner JU52 abgestürzt. Sabotage. Unser Bataillon marschiert zum Schloss Klessheim hinaus. Lange sitzen wir im Gras, schauen zur Festung Salzburg hinüber und warten auf den Führer. Schon lange ist kein Bild mehr von ihm in der Zeitung gewesen. Auf dem letzten Foto steht er auf der Terrasse vom Teehaus und beugt sich zum Berchtesgadener Dirndl hinunter. Es streckt ihm einen Blumenstrauß entgegen; seine Hand berührt ihre weißblonden Haare. Daneben sitzt sein Schäferhund Blondie, hält den Kopf schief und schaut zu.

Plötzlich geht alles ganz schnell. Antreten, Marschmusik, Paradeschritt. Wir lassen unsere Genagelten auf das Pflaster krachen, dass das Echo von den Schlossmauern widerhallt. «Präsentiert das Gewehr! Augen rechts!» Nur ein paar Armlängen von mir entfernt steht der Hitler auf der Freitreppe. Er ist so alt, so grau und so teigig, dass es mir kalt über den Rücken läuft. Neben ihm steht der Göring, gschwollschädlig. Er streckt seinen Bauch heraus und hält seinen Marschallstab wie eine Kerze. Der Himmler mit seinem Barterl unter der Nase ist käseweiß, seine Augengläser sind rund wie die Löcher vom Totenkopf auf seiner Mütze. Der Kaltenbrunner, der Keitel und die andern Generale haben ihre Gala-Uniform an, die Hosen mit den blutroten Streifen, die Brust voller Orden. Sie stehen da wie Statisten und schauen über unsere Köpfe hinweg.

27

In der Nacht fahren wir an den Biegungen eines Flusses entlang, Eisschollen treiben im Wasser. Ist das die Enns, die Drau, die Lieser? Sind wir schon in der Steiermark oder vor Leoben, wo die neuen Bataillone zusammengestellt werden? Wir fahren nach Osten, dem Russen entgegen. Seine Panzerspitzen sind am Plattensee durch die deutschen Linien gebrochen und stehen vor Wien.

Im Wagen ist es stockdunkel und eiskalt, Schneefahnen wirbeln ans Fenster. Hin und wieder huscht ein blauer Widerschein über die Schlafenden. Ihre Köpfe sind in den Nacken gesunken, die Kiefer heruntergeklappt. Sie sehen aus wie Gespenster.

Das Rattern der Räder wird schwächer; der Zug holpert über Weichen. Auf den Geleisen stehen ausgebrannte, zugeschneite Eisenbahnwagen. «Aussteigen!» Draußen ist es wärmer als im Wagen; ich spüre die laue Föhnluft im Gesicht. Die Berge sind ganz nah, an den Bäumen klebt der Nebel. Wir waten durch den Schneematsch, hinüber zur Schmalspurbahn. Ihre Fenster sind angelaufen, die Lattenbänke feucht und kalt. Vom Dach tropft das Wasser. Im Schritttempo holpert der Zug dahin; nach wenigen Kilometern bleibt er im Schnee stecken. Der Leutnant geht ins Dorf zum Telefonieren, wir trampeln im Schneematsch herum und rätseln, warum wir statt an die Front plötzlich zur Winterausbildung in die Zillertaler Alpen abgestellt werden. Endlich kommt der Leutnant zurück. «Die Leitung nach Hintertux ist unterbrochen, das Tal gesperrt. Ich brauche einen Meldegänger.» Als Einziger hebe ich den Arm.

Weit hinten im Tal verschwindet die Straße in einem mächtigen Lawinenkegel. Ganze Bäume stecken in den gefrorenen Schneeblöcken; überall Erde, Gras, Büsche und zersplittertes Holz. Lawinendonner hallt von den Bergen. Einmal ist ein gewaltiges Rauschen in der Luft – und schon schießen die Schneemassen an mir vorbei. Darauf wieder die unheimliche Stille. Kein Laut, kein Vogelruf, nur das sanfte Treiben der Schneeflocken. Eine Talstufe folgt der nächsten, immer näher rücken die Bergwände heran. Tief unten liegt die Ache, von einer Schneemauer zum See gestaut.

Endlich erscheinen im Nebel die Höfe von Hintertux. Es riecht nach Geißen und Heu, unter dem Eis gurgelt der Brunnen. Nirgends ein Mensch. Nur am Ende des Dorfs fällt ein Lichtschein auf den Schnee. In der Gaststube schauen die Soldaten kaum auf, als ich eintrete. Zusammengesackt wie alte Männer sitzen sie um den Tisch, auf den Lippen die weiße Labiosan-Salbe. Ich schlage die Hacken zusammen und mache Meldung. Der Offizier schaut kurz von seiner Zeitung auf, dann liest er weiter. Schmächtig und kraftlos hängt er in seiner Uniform, sein Gesicht ist voller Falten. Und das soll der Hauptmann Schau sein, der mit dem Müchner Notar Paul Bauer am Nanga Parbat war, dem Schicksalsberg der Deutschen? Den schönsten Platz im ganzen Himalaja hat er gesehen, die Märchenwiese im Hauptlager, strotzend vor Edelweiß, Schusternagerln und Alpenrosen. Und als einer der wenigen ist er vom vergeblichen Gipfelsturm zurückgekommen.

Nachts nehmen wir die Ski mit in die Eisgruften, die wir aus dem Gletscher gehackt haben. Nur mit der Gasplane zugedeckt, liegen wir auf unsern Brettern im Biwak. Die Raucher keuchen sich von einem Hustenanfall zum andern, und als ich endlich eingeschlafen bin, weckt mich ein schrilles Knirschen aus den Tiefen des Eises. Steif vor Kälte krieche ich hinaus ins fahle Licht der Berge. Über mir flackern riesige Sterne. Der Mond steht hinter der Felspyramide und wirft einen scharfen Schatten auf den Schnee. Ich mache einen Schritt ins helle Licht und hoffe, dass es mich ein wenig wärmt. Doch es ist bleich und kalt und leblos. Mein Urinstrahl bohrt ein tiefes Loch in den Schnee.

Am Morgen schimmert aus dem Spannagelhaus das Kerzenlicht, und der Geruch des Holzfeuers zieht zu uns herüber. Alle sind längst wach, als die Trillerpfeife die Morgenstille durchschneidet. Wir antworten mit einem schaurigen Wolfsgeheul. Mein Gesicht fühlt sich pelzig an, die Zehen sind geschwollen. Mit steifen Fingern knete ich meine gefrorenen Bergschuhe weich. Langsam wird der blaßgelbe Bogen im Osten heller. Die ersten Strahlen der Sonne entzünden die Felsen; dann flammen alle Gipfel rot auf.

Tagelang lässt uns der Hauptmann Schau durch den grundlosen Neuschnee dem Feind entgegenkriechen, bis der Gletscher von Gräben durchzogen ist. Immer wieder müssen wir, die Ski auf den Schultern, den Steilhang hinauf- und wieder hinuntersteigen, eine Spur dicht neben der andern. Erst als der Berg wie mit der Nähmaschine abgesteppt ist, verschwindet der Schau in der Hütte.

Wir üben das Klettern im Eis und die Rettung aus Gletscherspalten. Mit Bussole und Höhenmesser folgen wir der Marschskizze, Seillänge um Seillänge, im Zickzack durch das Spaltengewirr, bis hinauf zur Randkluft. Wir klettern über Schrofen, balancieren über Grate und seilen uns auf Scharten ab, überqueren Schneefelder und Gletscher, steigen auf den Olperer, die Gefrorene-Wand-Spitzen und die anderen Berge ringsum und kommen auf unseren Patrouillen bis hinüber zur Berliner Hütte.

Jeden Abend erglühen die Schneefelder im Purpur der untergehenden Sonne, verfärben sich zu einem tiefen Violett und verblassen in einem Hauch von Blau. Lange, nachdem die Sonne verschwunden ist, schimmert der Berg noch immer rötlich. Erst als mich ein Windstoß packt und den Schnee aufwirbelt, krieche ich in meine Eisgruft.

In der Wärme vom Spannagelhaus fangen unsere Frostbeulen an zu toben, die Ohren jucken, die Lippen sind eitrig und aufgesprungen. Alles, was der Hauptmann Schau sagt, habe ich schon in den *Gefahren der Alpen* von Paulcke gelesen. Er warnt vor den alpinen Risiken, den objektiven, die vom Berg kommen, dem Steinschlag und den Lawinen, und den subjektiven, der schlechten Ausrüstung und der Selbstüberschätzung. Wir reiben an den juckenden Flecken in unseren Gesichtern herum, die Augen fallen uns zu. Einer versteckt sich hinter dem andern. Immer weiter und weiter redet der Hauptmann. Immer leiser werden seine Worte, von immer ferner kommen sie her.

Von da an müssen wir zum Vortrag ins Nebenzimmer und beim Unterricht strammstehen. An den Fenstern sind Eisblumen, an den Wänden glitzert der Frost. Sein hartes Leben muss sich der Bergsteiger so angenehm wie möglich machen, sagt der Hauptmann Schau. Er zeigt seine Pulswärmer. Dann holt er aus der rechten Brusttasche eine kleine Flasche. Die füllt er im Sommer mit Rotwein, im Winter mit Enzianschnaps. In der linken hat er Rosinen, eine Käseschwarte und ein Stück Bergbauernbrot. Mir läuft das Wasser im Mund zusammen, ich schlucke und schlucke. Immer habe ich Hunger. Er gräbt sich in den Magen, brennt in den Därmen, weckt mich in der Nacht. Vor mir sehe ich einen Apfel, der niemals kleiner wird, sooft ich auch abbeiße. Eine Schüssel Brei, gespickt mit Rosinen, die sich von selber wieder füllt. Und Käse, so weich, dass er mir im Mund zerläuft.

Ski wachsen, Felle aufziehen, anseilen. Wir sollen den jungen Lahnersbacher Pfarrer finden, der mit drei Fahnenflüchtigen über das Tuxer Joch nach Italien abgehauen ist. Kehre um Kehre folgen wir ihren Spuren, hinauf zum Joch. Wie gefräst sind die Schichten, Zacken und Bögen der Windgangeln, ziseliert wie die Maserung des Holzes, wie die feinen Linien des Wassers im Sand. Immer höher steigen wir, vorbei an Aushöhlungen und Rippen, einmal grobkörnig, einmal glattpoliert und fein wie Samt. Dann das stumpfe Weiß des Treibschnees und die glitzernden Reifplättchen auf dem flaumigen

Pulverschnee. Neben mir leuchtet die Wechte in sanften Grautönen, in ihrer Wölbung die Spiegelungen des Lichts. Oben am Sattel verlieren sich die Spuren der vier Männer im Neuschnee.

Auf der Suche nach feindlichen Fallschirmspringern, Spionen und Saboteuren tauchen wir in immer neue Gletscherwelten ein. Im dichten Schneetreiben fahren wir den Berg hinunter. Die Augen sind von Schnee verklebt, es gibt kein Oben und kein Unten mehr. Plötzlich laute Rufe: «Halt!» Mühsam arbeiten wir uns die vereiste Steilstufe wieder hinauf. Die Bergführer stehen vor einer Spalte. Sie leuchtet grün und türkis. Tief unten, wo das Blau des Eises ins Schwarz des Abgrunds übergeht, liegt der Hauptmann Schau. Die Schneebrücke, die uns alle getragen hat, ist unter ihm eingebrochen. «Der Schau ist tot! Der Schau ist tot!», johlen wir im Chor.

Zwei Bergführer schlagen ihre Pickel am Spaltenrand ein, bringen Trittschlingen an und seilen sich ab. Lange tut sich nichts. Dann erscheint ein Kopf und dann der ganze Hauptmann Schau. Die Bergführer legen ihn in den Schnee, fühlen den Puls und tasten die Rippen ab. Seine Nase ist noch spitzer geworden, die Rotzglocke hängt ihm bis zum Mund herunter. Auf einmal schlägt er die Augen auf, greift sich an die Brust und schnappt nach Luft. Er bewegt die Lippen. Er möchte etwas sagen. Die Bergführer stellen ihn auf die Beine. Er verzieht sein Gesicht und stöhnt. Langsam hebt er die Hand und mahnt mit dem Zeigefinger: «Alter schützt vor Torheit nicht!» Dann sinkt er ohnmächtig in den Schnee.

Am letzten Tag im Zillertal stehen Föhnwolken am Himmel, fein wie Federflaum. In der Sonne ziehen gleißende Bombergeschwader über unsere Köpfe hinweg, Welle um Welle, zum Greifen nah. Übermütig jagen die MG-Schützen ein paar Feuerstöße zum Himmel. In unseren weißen Tarnhemden, weißen Stahlhelmen und Skis können uns die Bomberpiloten nicht sehen. Das Brummen der Motoren liegt noch in der Luft, da hallt aus der Ferne schon das dumpfe Donnern der Bombenteppiche wie von fernen Gewittern. Morgen fahren wir zum Partisaneneinsatz am Triglav.

28

Schon in der ersten Nacht am Triglav überfallen uns die Partisanen. Handgranaten fliegen durch die Fenster der Unterkunft, der Fußboden bebt. Kommandos, Flammen, Schreie. Wir packen Gewehr und Rucksack, rennen die Treppe hinunter und hinein in den Wald. Von jetzt an sind wir fahnenflüchtig, wir haben keinen Marschbefehl. Auf abgelegenen Wegen pirschen wir uns durch die Wälder, vorbei an Koralm und Saualm. Vor einem Schloss stehen Kastenwagen mit langen Antennen, von Tarnnetzen überspannt. «Die SS», flüstert unser Anführer. «Wenn sie uns schnappen, müssen wir uns den Weg freischießen.» Wir laden unsere Gewehre durch, entsichern und warten, bis es dunkel wird. Ich bin auf alles gefasst, bin völlig ruhig. Der Mond zieht hinter den Wolken dahin; leise fallen die ersten Tropfen. Die Linden in der Allee verströmen ihren Duft, feiner Sprühregen kühlt mein Gesicht. Flugzeuge kreisen über uns, in den Bergen blitzen

Lichtsignale auf, und schon schweben Fallschirme vom Himmel. Nachschub für die Partisanen. Noch in der Dunkelheit ziehen wir weiter.

Immer näher rückt die verschneite Alpenkette. Die Hänge werden steiler. Dann der erste Wegweiser mit deutschem Namen. Bei jedem Schritt sinken wir tiefer in den aufgeweichten Schnee. Der Wald liegt unter uns. Vor einer Almhütte bleibt der Anführer stehen: «Jetzt, Buam, seid's frei, da heroben gibt's keine Partisanen und keine SSler mehr.» Wir rammen das Gewehr, den Lauf voran, in den Schnee und treten darauf, bis auch der Kolben verschwunden ist. Das Soldbuch und die Erkennungsmarke schleudern wir durch die Luft. Unsere Koppel, das «Gott mit uns» auf dem Schloss, werfen wir über die Dachrinne. Ich trenne den Adler von der Brust, den Winkel vom Ärmel, das Edelweiß von der Mütze. Endlich bin ich wieder ein Zivilist und muss niemandem mehr gehorchen.

Am Morgen reiben wir unsere Gesichter mit Ruß ein. Über uns bauen sich Schneefelder auf, die Hänge sind hartgefroren. Weit oben liegt das Joch im frühen Licht. In die Steilrinne schlagen wir mit den Schuhen Stufen und rammen die Hände in den Firn. Bald schon hat der Schweiß den Ruß weggewaschen. Unsere Gesichter werden feuerrot, die Augen brennen, die Zunge klebt am Gaumen.

Am Nachmittag verdecken Wolken die Sonne; Nebel zieht herein, ein stürmischer Wind treibt uns die Eiskristalle ins Gesicht. Er fährt durch die nassen Uniformen, mein Gesicht tut weh, als wäre keine Haut darüber. Schritt für Schritt gehen wir im diffusen Licht dahin. Der Schneeblinde hängt sich am Vordermann ein. Zu zweit stützen wir den Kameraden, der nur noch eine halbe Lunge hat. Seine Uhr baumelt um die Knie. Er hat keine Kraft mehr, sie in die Tasche zurückzustecken: «Jetzt bin ich heil durch den ganzen Krieg gekommen, und da heroben derbröselt's mich noch.» Alle gehen wir am Soldaten vorbei, der im Schnee sitzt und uns seinen Armstumpf entgegenstreckt.

Mit letzter Kraft arbeiten wir uns den Hang hinauf. Die Hütte auf dem Grat ist mit Drahtseilen gesichert, die Tür zugeschneit, der Riegel vereist. Drinnen reißen wir sogleich die Bretter von der Wand und heizen den Ofen ein. Lange müssen wir warten, bis der Schnee im Eimer zusammenfällt. Nach einem Schluck Wasser ist der Mund schon wieder ausgetrocknet. Einer zerreibt den gefrorenen Mist zwischen seinen Händen und sucht nach Haferkörnern. Ein anderer hängt seine letzte Käserinde in die Mausfalle. Die ganze Nacht schwärmen wir von einer heißen, fetten Maussuppe. Um die Hütte tobt der Sturm.

Am nächsten Morgen sind wir eingeschneit. Lange klart es nicht auf. Dann wieder die endlosen Aufstiege und das Hinunterrutschen in die Mulden. Plötzlich ein Nebelloch. Sekundenlang liegt ein grünes Tal unter uns. Wir fahren den letzen Firnhang hinunter, stapfen durch die letzten Schneereste. Die Latschen riechen nach frischem Harz, Krokusse blühen. Am Bach werfen wir uns auf die Erde, tauchen die brennenden Gesichter ins Wasser und trinken und trinken. Lange bleiben wir im warmen Gras liegen.

Ich bin der Einzige, der der Salzach entlang nach Norden geht. Die Tiroler sind zum Inn abgezweigt, die Steirer zur Enns. Die Berchtesgadener wollen sich über das Tennengebirge zur Alpenfestung durchschlagen und als Werwölfe gegen die Amerikaner kämpfen; sie glauben noch immer an den Endsieg.

In der Eisenbahnersiedlung von Bischofshofen tauscht eine Frau meine Uniform gegen ein speckiges Rangierergewand. Für meine Bergschuhe bekomme ich nur ausgetretene Galoschen. Im steilen Bergwald geben sie keinen Halt, immer wieder rutsche ich ab. Steilrinnen und Schluchten versperren mir den Weg. Wenn sich ein Stein löst, bleibe ich lange stehen und horche. Tief unten rauscht der Fluss, auf der Straße daneben fahren SSler auf ihren Motorrädern auf und ab. An einer Kreuzung sind Soldaten aufgehängt, sie haben ein Schild um den Hals.

Vor der Inn-Brücke stehen amerikanische Panzer. In großem Bogen schleiche ich mich in die Flussauen. Das Schmelzwasser ist so kalt, dass es mir die Brust zusammenschnürt. Sogleich reißt mich die Strömung weg. Mit letzter Kraft ziehe ich mich am andern Ufer auf eine Sandbank. Hinter den Weiden sitzt eine alte Frau vor ihrer Hütte und schält Kartoffeln. Als sie mich kommen sieht, stößt sie einen Schrei aus und sperrt sich ins Haus ein. Erst jetzt merke ich, dass ich nackt bin. Unter den Weidebüschen schleiche ich mich zu einem großen Gebäude mit dem roten Kreuz auf dem Dach. Die Soldaten im Fenster lachen. Einer verschwindet und wirft mit einen Schlafanzug herunter.

Bei meinem Onkel, dem Sattlermeister Franz Xaver Holzer, steht im Gewölbe noch immer das ausgestopfte Pferd. Als Kind hab ich mich nie daran vorbeigetraut. Die Tante hat die Haare noch immer zu einem Turm aufgesteckt, sie sind schlohweiß geworden; ihre langen Ohrringe schlenkern bei jeder Bewegung. Die Elfriede, meine Cousine, lacht über alles, was ich ihr erzähle, und wenn sie redet, schiebt sie immer ihre Pulloverärmel hinauf.

Im Wohnzimmererker stehen wir nebeneinander und schauen zu den Negersoldaten auf den Stadtplatz hinunter. Sie sind wie Riesen. Einer lehnt an der Hauswand und liest ein Micky-Maus-Heft. Ein anderer hockt auf den Fersen und raucht. Jeeps fahren auf und ab, Cowboymusik hallt von den Wänden. Die Elfriede rückt herum und schaut hinunter wie ein junger Vogel, der schon mit den Flügeln schlägt. Sie ist mit drei Soldaten verlobt gewesen, und einer nach dem andern sind sie gefallen.

Meine eitrigen Füße passen in keine Schuhe mehr. Der Holzer Xaverl legt ein dickes Polster aus Seegras auf ein Stück Matratzenstoff, zieht die Seiten hoch und näht sie zu. Doch bevor ich noch zur Pontonbrücke über die Isar komme, ist das Seegras schon weggerutscht und der Stoff rot vom Blut. Ich will mich am Posten vorbeidrücken, der auf einem Klappstuhl sitzt und Zeitung liest. Die Füße hat er auf eine Munitionskiste gelegt. Im Ölfass prasselt das Feuer, die Flammen schlagen hoch. Doch er schiebt das Blatt zur Seite und mustert mich von Kopf bis Fuß. Dann hält er die Zeitung wieder vors Gesicht und liest weiter.

Mit den Fersen kann ich nicht mehr auftreten. Gehe ich auf den Zehen, knicken die Knie ein. Immer öfter muss ich rasten, immer länger bleibe ich sitzen. Einmal nimmt mich ein Radfahrer auf dem Gepäckträger ein Stück mit. «Bua», sagt er, «dort, wo du hinwillst, steht kein Stein mehr auf dem andern.» Auf Händen und Knien krabble ich auf die Türme der Stadt zu, an der Kaserne vorbei und hinauf zur Leistnerstraße. Meine Mutter öffnet die Türe und schaut mich an. Erst, als ich «Mama» sage, erkennt sie mich. Dann fängt sie an zu weinen: «Bua, was willst denn du da bei mir. Ich bin am Verhungern.»

29

Der Boden im Wohnzimmer hängt schief, das Klavier ist in die Ecke gerutscht. Von der Decke rieselt der Putz. Durch den Riss in der Wand scheint die Sonne, langsam wandert ihre helle Zickzackspur über das Linoleum. Jeden Morgen steht die Mutter am Gasherd, dreht den Hahn auf und riecht, doch nichts tut sich. Das Wasser kommt nur einmal am Tag. Sobald die ersten Luftblasen in der Leitung glucksen, hält sie den Eimer darunter. Doch bevor die braune Brühe heller wird, tröpfelt es nur noch dahin. «Wenigstens sind wir nicht ausgebombt», sagt die Mutter jedes Mal.

Die Stadt ist voller Soldaten; es ist ein ewiges Wandern durch die Straßen. Sie kommen von der französischen Besatzungszone und wollen hinauf in die englische. Sie waren in der russischen Zone und sind jetzt in der amerikanischen. Sie suchen nach ihren Angehörigen und irren von einer Rotkreuzstelle zur andern. Sobald sich das Gerücht verbreitet, dass ein Zug kommt, rennen alle zum Bahnhof. Doch der Zug fährt in die falsche Richtung oder nur eine Station weiter. Dann stehen sie wieder auf dem Stadtplatz herum.

Im «Arbeiterwohl» hält der Hellseher seine Taschenuhr über die Fotografie. Wenn sie plötzlich ausschlägt und in immer weiteren Schwüngen um das Bild kreist, sieht er ein Kornfeld und mittendrin einen jungen Soldaten. «Er kommt auf mich zu, wird groß und größer», sagt der Hellseher. «Jetzt winkt er. Der Vermisste ist schon auf dem Weg in die Heimat.» Die Frau zählt die Hunderter auf den Tisch, der Hellseher legt sie zum Haufen im Waschkorb, drückt mit der Hand die Scheine zusammen, und schon klopft die nächste Frau an die Tür.

«Da riecht's nach Bohnenkaffee», sagt der Stichdigl. «Und nach heißem Schmalz», sage ich. Die Tüllvorhänge im Agnes-Bernauer-Café sind weg, man sieht bis hinten an die Wand, zum Buffet. Die Krüge auf den Marmortischen sind bis an den Rand mit gelbem Orangensaft gefüllt, oben schwimmen die Eisbrocken. Auf den Tellern türmen sich Eierberge. Die Ami-Soldaten salzen und pfeffern drauflos, ohne hinzuschauen. Das Messer packen sie mit der Faust wie die kleinen Kinder; die Gabel mit dem Fleisch halten sie ewig vor den Mund und lesen dabei die Zeitung. Die weggeschobenen Teller sind noch halbvoll, die ausgetretenen Zigaretten erst halb geraucht.

Im Hof flüstert der Stichdigl: «Jetzt!» Ich drücke den Deckel der Abfalltonne auf und wühle mit der Hand darin herum. Kaum habe ich ein Stück Fleisch in der Hand, stürzt der Koch aus der Tür. Mit hoch erhobenem Baseballschläger stürzt er auf mich zu: «Yumotterfocker! Sonofabitsch!» Dabei kennen wir uns noch von der Volksschule.

Der Stichdigl hat vorne keine Zähne mehr. Ein Ami hat sie ihm bei der Ardennen-Offensive ausgeschlagen. Die Türen macht er mit dem Ellbogen auf und mit einem Fußtritt wieder zu: «Alle Negersoldaten haben die Syphilis», sagt er. Die Heimerl Rosa und die Seibold Hilde haben sie schon angesteckt. Jetzt sind sie draußen in der Taubstummenanstalt eingesperrt, und wenn du am Haus vorbeigehst, sitzen sie am Fenster in der Sonne und pfeifen dir durch die Finger nach.

Die Lehrerhäuser an der Leistnerstraße sind eingezäunt, Wachmänner patrouillieren vor dem Stacheldraht. Die Blumenbeete sind plattgewalzt, die Obstbäume liegen auf einem Haufen, mit den Wurzeln nach oben. Im Garten vom Lehrer Gradl stehen Kinderschaukeln. Das Terrarium vom Lehrer Aubele ist ein Parkplatz geworden. Darauf stehen die Autos der Offiziere, die Türen weit offen, die Motoren laufen weiter. In den Häusern brennt auch tagsüber das Licht. «Bei uns ist Stromsperre», schimpfen die Lehrerfrauen hinter dem Zaun und schauen zu ihren alten Häusern hinüber. In ihren Küchen stehen jetzt elektrische Kühlschränke, so groß wie Türen. Cowboymusik kommt durch die Fenster, in den Zimmern hängen Filmplakate. Die Negerfrau geht drin herum, als würde alles ihr gehören. «Papageien», sagt die Frau Achatz und verzieht den Mund. Sie trägt, wie alle Lehrerfrauen, nur das englische Grau.

Auf der Steinergaße laufen Leute daher, hintennach ein Jeep. Auch aus der Simon-Höller-Straße und vom Ludwigsplatz treiben Jeeps die Menge vor sich her. Sie schieben uns hinauf zum Theresienplatz, um die Dreifaltigkeitssäule herum, am Salzstadel vorbei, bis hin zum Lichtschauspielhaus Negele. Militärpolizisten schwingen Schlagstöcke und dirigieren uns ins Kino hinein.

Der Zuschauerraum ist gesteckt voll, und noch immer drängen die Menschen in den Saal. Sie stehen schon bis unter die Leinwand. Über der Bühne ist in gotischen Lettern der Spruch gemeißelt: «Recht tun jedermann, ist eine Kunst, die niemand kann.»

«Was heißt das?», hatte ich damals die Mutter gefragt. Sie will es mir erklären, doch ich verstehe sie nicht. Wir sitzen oben in der Loge und sind viel zu früh da. Plötzlich knackt es hinter der Leinwand ein paar Mal elektrisch, das Licht geht aus. Und schon reiten die Husaren dem Feind entgegen und schlagen mit den Säbeln drauflos. Im Verließ zuckt der Feuerschein über ihre bleichen Gesichter, und der Schatten des Wachpostens wandert hinter dem Fenster auf und ab. Der Offizier taucht die Gänsefeder ins Tintenfass, laut kratzt sie auf dem Pergament. Dann liest er seinen Abschiedsbrief vor, und die Soldaten singen leise: «Morgenrot, Morgenrot, leuchtest mir zum frühen Tod. Gestern noch auf stolzen Rossen, heute durch die Brust geschossen. Morgen in das kühle Grab.» Die Mutter hält ihr Taschentuch an die Nase; Tränen rinnen über ihre Wangen.

Jetzt stellen sich die Militärpolizisten vor die Ausgänge, das Licht geht aus. Auf der Leinwand fährt der Jeep auf ein Tor zu; das Tor wird größer. Lange bleibt die Kamera auf den Spruch gerichtet: «Arbeit macht frei». Aus den Baracken wanken Gestalten und strecken die Hand aus. Eine Frau in Uniform schaut durch das Fenster in einen Bunker. Die Stimme sagt: «Jetzt strömt das Gas Zyklon B ein.» Im Bunker drücken Mütter ihre Kinder an die Brust. Junge Frauen umklammern sich, fallen um, und zuletzt liegen alle tot am Boden.

Ein Bulldozer schiebt die nackten Menschen zu einem

Berg zusammen. Der Motor heult, die Ketten rasseln, Qualm steigt auf, wild purzeln die Gerippe durcheinander und in die Grube hinunter. Aus dem Dunkel des Saals kommt ein Kichern, gleich darauf das nächste. Dann ein unterdrücktes Lachen. Die Taschenlampen der Militärpolizisten flammen auf; Lichtkegel zucken über die Sitzreihen. Die Soldaten brüllen Flüche, der Film hört auf, das Licht geht an. Alle stürzen zum Ausgang, immer stärker das Gedränge. An der Tür ducken wir uns unter dem Hagel der Schlagstöcke.

Draußen, in der warmen Sonne, boxt mich der Forchheimer vor Freude gleich in die Rippen. Seit der Schule haben wir uns nicht mehr gesehen. Ich boxe zurück: «Bist du jetzt auch von der Kollektivschuld betroffen?» Der Forchheimer lacht, so wie früher, wenn er uns vorrechnete, dass er nur drei Achtel oder fünf Sechzehntel Jude ist. Mit ihm habe ich am liebsten gerauft, weil ich ihm zuletzt gerade noch Herr geworden bin. Nur einmal hat er mich so lange in den Schwitzkasten genommen, dass mir die Sterne vor den Augen tanzten. Beim Davonlaufen schreie ich: «Du Saujud!» Daheim sagt meine Mutter: «Die Forchheimer sind so katholisch wie wir. Sonst wäre der Herr Doktor Forchheimer nicht Präsident der Ärztekammer und Vorstand des Deutsch-Österreichischen Alpenvereins geworden.»

Der Forchheimer zählt alle Klassenkameraden auf, die gefallen sind. «Fast dreißig von uns sind tot oder vermisst.» Der Gunkel Helmuth, der Klassensprecher, der sich als Erster freiwillig zum Fronteinsatz meldete. Der Weindl, der Einserschüler, der kaum warten konnte, bis er die Einberufung bekam. Der Schmiedl, der unbedingt in ein U-Boot wollte und von seinem Einsatz im Nordatlantik nicht mehr zurückgekehrt ist. Der Walter, der sich schon als Ritterkreuzträger sah. «Und der Lechner Schore», sage ich. Noch immer habe ich sein Foto auf meinem Nachtkastl. Da sitzt er in der SS-Uniform und mit durchgedrücktem Kreuz auf einem Grauschimmel, die Pistole am Koppel. Seine Mutter sagte: «Der Schorschl konnte die Schmach der Niederlage des Großdeutschen Reiches nicht ertragen. Er hat sich erschossen.»

30

Stundenlang standen die Mutter und die Marielle auf der Freitreppe vor der Bayerischen Staatsbank an, links und rechts die beiden Löwen mit ihrer von Bomben zerzausten Mähne. Langsam rückten sie vor, durch den Eingang und die Treppe hinauf bis ins Büro der CIC-Offiziere im zweiten Stock. Dann hielten sie den Spruchkammerbescheid in der Hand: «Vom Gesetz nicht betroffen», weder «schuldig» noch «Mitläufer». Sie waren die Ersten in der Stadt, die entnazifiziert wurden.

Seither läutet es jeden Tag an unserer Tür. Lange drucksen die Bittsteller vor der Mutter herum. Der Lehrer Liebl jammert, er sei doch nur ein leichtgläubiger Idealist gewesen, ein Opfer der Propaganda. Der Lehrer Schambeck lässt die bunten Fäden vom «Lob Gottes» aus seiner Joppentasche hängen. Nie hat er wirklich an den Führer, das Tausendjährige Reich und an den Endsieg geglaubt. Der Blockwart Gruber duckt sich und jammert, sein Idealismus sei sträflich missbraucht worden. Zu keiner Zeit war er ein überzeugter Parteigenosse und heimlich schon immer dagegen. «Das dürfen Sie mir glauben», wiederholt er nach jedem Satz. Wortlos unterschreibt meine Mutter die Zettel, die ihr die Männer hinhalten. «So a Gschmeiss», sagt sie, als sie wieder fort sind.

Beamte, die in der Hitlerzeit von der Kirche ausgetreten sind, glauben jetzt wieder an die Dreieinigkeit Gottes, an Mariä unbefleckte Empfängnis und die Auferstehung Jesu Christi von den Toten. Mit gefalteten Händen und gesenktem Kopf gehen sie durch den Gang vor zur Kommunionbank und knien nieder zum Empfang der heiligen Sakramente. Zustimmend nicken sie mit dem Kopf, wenn der Jesuitenpater predigt: «Besser wäre, Europa würde von der Atombombe ausgelöscht, als dass es bolschewistisch wird!»

Die ehemaligen BDM-Mädchen gehen hinunter in die St. Peterskirche, wo sich der junge Militärpfarrer vor dem Altar so schnell umdreht, dass die Schöße seines Messgewands fliegen. Er redet wie ein Wasserfall: «Wenn ich wüsste, dass es keinen Gott und keine Ewigkeit gäbe, würde ich heute noch meine Kutte herunterreißen und ein Leben in Saus und Braus führen.» Die Predigt dauert bei ihm nur fünf Minuten, dann singt er schon: «Ite, missa est», und die Orgel braust.

Im ehemaligen Modehaus Salinger ist jetzt der amerikanische Offiziersclub, Posten stehen vor dem Eingang. Im ehemaligen Bekleidungsgeschäft Schwarzhaupt ist jetzt das Amerikahaus. Auf den Tischen liegen amerikanische Magazine. Die Schwergewichtsboxer sind alle Neger, und die Football-Player haben vergitterte Helme und gepolsterte Schultern. Im ersten Stock sind die Regale voll mit den Büchern von amerikanischen Autoren. Noch nie haben wir von ihnen gehört: Ernest Hemingway und Thomas Wolfe, William Faulkner, Melville und

Twain. Zum ersten Mal halte ich einen Band von Tolstoi, von Dostojewski, Tschechow und Gorki in der Hand, die in der Hitlerzeit als Untermenschen galten. Auch Thomas Mann und Tucholsky, Kafka, Musil, Werfel und Feuchtwanger waren verboten. Jetzt kann ich sie mir alle kaufen, in Zeitungsformat gedruckt und ganz billig. Ich lese von früh bis spät und wo ich geh und steh. Es ist, als wäre ich bis jetzt blind gewesen und könnte auf einmal sehen.

Im ehemaligen Pianohaus Sommer & Sommer sind weiße Linien und Kreise auf den Parkettboden gemalt. Am Tag der offenen Tür dribbeln Negersoldaten mit Basketbällen herum, ihre schimmernden Hosen hängen ihnen bis über die Knie. Andere holen mit dem Arm weit aus, reißen das Bein hoch und werfen sich einen kleinen Ball zu, der in den dick gepolsterten Handschuh kracht. Wir verstehen kein Wort von dem, was sie sagen. Dabei haben wir in der Schule den Shakespeare im Original gelesen. Am Eingang stehen Lehrlinge und Berufsschüler. Alle haben schon die rote Baseballmütze auf, den Schirm, wie die Amis, nach oben gebogen. Wild beißen sie auf dem Kaugummi herum, und nach jedem Satz sagen sie «Okay» Wenn wir fragen, was das heißt, zucken sie nur mit den Schultern. «Die sind uns schon wieder einen Schritt voraus», sagt der Stichdigl.

Die beiden CIC-Geheimdienstoffiziere, die die Marielle entnazifiziert haben, nehmen jetzt bei ihr Deutschstunden. Ihr Lehrbuch heißt *How to speak Austrian*, der General Eisenhower hat Deutsch verboten. Der Simon Levy stammt ursprünglich aus Wien und kann noch ein wenig Jiddisch. Der Ron Gebhardt wanderte vor dem Krieg mit seinen Eltern von

Heidelberg nach Boston aus. Manchmal bringen sie ihr eine Büchse Peanuts aus dem PX, dem Supermarket der Amerikaner, mit. Die Marielle macht die Hand klein, doch ich warte noch ein wenig auf den großen Augenblick. Dann sage ich «Jetzt!», und die Luft zischt in die Dose. In ihren Magazinen sind Fotos von lila Cadillacs: drei mal so lang wie bei uns ein Auto. Die Schleppen der Bräute fließen über die Kirchenstufen. Auf den Mississippi-Raddampfern tanzen die Leute zum Dixieland der Negerkapellen. Auf jeder Seite ein neues Wunder: Der Blick vom Empire State Building hinunter in die Straßenschluchten von New York. Die flammenden Wälder des Indian Summer. Die Büffelherden in der Prärie. Die schneeweiße Villa am Ende einer Allee, darin das Jungmädchenzimmer, ganz in Pfirsich und Türkis. Die Marielle reißt das Bild heraus. Genau so will sie ihr Zimmer streichen lassen, amerikanisch und ohne Schablonenmuster und Deckenlinien darum herum.

«Mai dauter is in re taun», ruft die Mutter zum Fenster hinunter. Der Ron und der Simon tippen mit den Fingern an die Mütze und steigen wieder ins Auto. Die Marielle will nicht mitfahren ins Kasino nach Freising. Noch immer denkt sie an den Marsching Willi. Zwei Tage und zwei Nächte lag er mit einem Bauchschuss im Niemandsland und schrie. Und jeder Sani, der ihn holen wollte, wurde von den russischen Scharfschützen getroffen und blieb tot liegen. Mit dem Fischer Mundi hat sie den Tanzkurs gemacht. Ein Jahr lang schickt er ihr Feldpostbriefe aus Frankreich. Dann schreibt sein Kompaniechef, der Gefreite Fischer Sigismund sei von einem Spähtrupp nicht zurückgekehrt. Mit dem Oberauer Werner wollte sie nach München an die Uni. Auf seinem Fronturlaub radeln sie zusammen in den Bayerischen Wald und übernachten bei einem Bauern im Heu. Einen Monat später stirbt er in einem Feldlazarett bei Sarajevo. Der Miehm Gerhard, der Einserschüler, schickt ihr einen Scherenschnitt vom Brüsseler Rathaus. Bei seinem ersten Urlaub möchte er sich mit ihr verloben. Dann schreibt seine Mutter, der Gerhard sei für Führer, Volk und Vaterland gefallen. Der Fleischmann Martin hat der Marielle zum Abschied alle deutschen Klassiker geschenkt. Vor seinem ersten Einsatz als Fahnenjunker in Nordafrika wird der Truppentransporter im Mittelmeer versenkt. Der Haid Franzl aus Kitzbühel hat sich bei einem Skilehrgang auf der Fleckalm in die Marielle verliebt. Er schenkte ihr eine Tafel Schokolade und eine Fotografie, die ihn als deutsch-österreichischen Skimeister zeigt. Er fällt als Fallschirmjäger auf Kreta.

Ein paar Wochen ist es ruhig auf der Leistnerstraße. Nur der Regen rauscht in der Linde vor dem Fenster. Plötzlich wieder Motorenlärm. Wie beim Einmarsch nehmen die amerikanischen Fahrzeugkolonnen kein Ende. Doch diesmal sind die Panzer auf Sattelschlepper geladen. In den Jeeps sitzen die Offiziere, die Mantelkragen hochgeschlagen, die Mützen tief in die Stirn gedrückt. Unter den Planen der Trucks ducken sich die Soldaten mit aufgesetztem Helm, die Gewehre zwischen den Knien. Die ganze Nacht huschen die Scheinwerfer an der Wand entlang und über meinen Kopf hinweg. Die Amerikaner fahren nach Wien, zum Eisernen Vorhang, den Russen entgegen. «Jetzt fängt der Krieg wieder von vorne an», sagen die Heimkehrer. «Jetzt werden wir wieder gebraucht.»

31

Von der St.-Jakob-Kirche schlägt es drei. Zu mir heim kann ich nicht mehr; in meinem Zimmer ist ein Flüchtlingspaar einquartiert. Der Wartesaal am Bahnhof macht erst um fünf Uhr auf. Auch die Backstube vom Stelzl Bäcker ist noch dunkel und das Fenster zum Mehlkeller zu. Im Marienheim glimmen nur die Lichter in der Krone der heiligen Mutter Gottes, und das Holztor im Waisenhaus ist verriegelt. Ich stelle mich auf den Rost vom Heizungskeller, und bald wird es so warm, dass mir im Stehen die Augen zufallen.

Wenn es nur schon wieder Sommer wäre und alles so wie früher. Der Schwesinger Hans wäre noch immer Filmvorführer in den Burg-Lichtspielen, und wir könnten heraußen auf der Holzstiege sitzen: Die Tür zum Vorführraum offen, drinnen die Hitze, die Maschine, die surrt, der Mario Lanza, der singt. Der Hans würde mich wieder mit nassen Augen anschauen: «Was sagst jetzt, was sagst jetzt».

Um sechs Uhr geh ich zur Bahnhofswirtschaft und warte mit den andern auf den Xide. Der Xide ist unser Kapo. Er hat meistens Arbeit für uns. Sobald er das Fenster von seinem Holzvergaser herunterkurbelt und durch die Finger pfeift, springen wir auf die Brücke von seinem Lastwagen. Am Montag fährt er uns zum Schlachthof. Wir heben die warmen Sauhälften vom Haken herunter, legen sie uns über die Schulter und tragen sie hinüber zum Eiskeller der BayWa. Dort ist es so kalt, dass nur die Flüchtlingsfrauen die Arbeit machen wollen. Sie haben ein paar Pullover übereinander an und dicke

Wollmützen auf. Die mit der engen Trainingshose hat mich schon zweimal vom Rad herunter angelacht. Beim Aufwärmen im Vorraum stell ich mich neben sie. Sie ist kaum älter als ich. Ich lang ihr an den Busen. Sie lacht: «Wart nur, Bürscherl!» Ich zieh sie hinein in den Eiskeller. Hinter der Eisentür hängt dick das Eis an den Wänden, im Halbdunkel baumeln die Sauhälften. Durch den Türspalt fällt ein schwacher Lichtschein. Und schon geht's dahin mit uns, schneller als bei der Arbeit.

Im Dezember fährt uns der Xide in den Bayerischen Wald zum Neimer seiner Baumschule. Dort sägen wir die Christbäume ab und bringen Fuhre um Fuhre zum Stadtplatz. Dann wieder braucht der Frater Aloisius im Kloster der Barmherzigen Brüder ein paar Mann zum Kesselsteinschlagen. Kommst du wieder aus dem Kessel heraus, bist du taub vom Gedröhn der Hammerschläge und schwarz wie ein Rauchfangkehrer. Manchmal langt dir der Frater Aloisius schon in der Brause unten hin. Im Versteck brauchst du nur mit gespreizten Beinen vor dem Kellerfenster zu stehen, kannst eine rauchen dabei und warten, bis er genug hat. Gleich ist ein Zehner extra verdient.

Der Xide wohnt bei seiner Großmutter, unten am Gschaiderbrückl. Dort steht jetzt schon wieder das Wasser in den Häusern, wie jeden Winter. Lange war die Donau zugefroren, jetzt schieben sich die Schollen übereinander und stauen sich bis hinauf zum Scheurerspitz. Tag und Nacht hört man ihr dumpfes Mahlen und schrilles Knirschen.

Der Xide kann so viele Weiber haben, wie er will. Am Samstag kauft er beim Levkovitsch die farbigen Liköre, die sie mögen, und heizt den Küchenofen ein, dass die Platte glüht. Wenn sie laut zu kreischen anfangen, jammert seine Großmutter hinter der Wand, als wäre sie schon am Sterben. Einmal schimpft sie so laut zu uns heraus, dass es dem Xide zu bunt wird. Im Stehfick schwankt er zur Kammertür und tritt sie auf. Die Großmutter dreht ihren Kopf weg und betet ein Vaterunser nach dem andern.

Wenn der Xide keine Zeit hat, muss ich im Marienheim die eingerührte Suppe für seine Großmutter holen. Doch heute steht in ihrer Schlafkammer die Leichenfrau. Sie legt der Großmutter den Rosenkranz um die gefalteten Hände und zündet die schwarze Wetterkerze an. Grad jetzt muss die Großmutter sterben. Grad heute, wo wir zum Tanzen in den Weidemannsaal wollten und ich mir extra die Haare beim Quirin Eiglmeier habe schneiden lassen.

Vielleicht ist der Xide noch im Leichenhaus und handelt mit dem Gambioli den Preis für das Leichenauto herunter. Aber in der Aufbewahrungshalle ist nur die Gambioli Musch. Sie hat dicke schwarze Zöpfe, die ihr bis ins Kreuz hinunter hängen. Auf ihrer Hand ist eine dunkle, behaarte Stelle, so groß wie ein Fünfmarkstück. Wenn sie die Finger rührt, sieht der Fleck aus wie ein kleines Viech.

Unter der Mutter-Gottes-Statue liegen drei aufgebahrte Männer. Sie haben Anzüge an. «Wir haben eingeheizt, dass sie nicht so steif sind beim Anziehen», sagt die Musch. Die Männer sind nur noch Haut und Knochen, ihre Gesichter zerkratzt und voll eitriger Geschwüre. «Sobald sie nicht mehr arbeiten können, lassen sie's in der Anstalt draußen verrecken.» Der Vordere hat ein Auge offen. «Die Mutter hat es immer wieder versucht, aber er kann es nicht zu lassen.»

Ein paar Mal schon hat es der Xide mit der Musch probiert. Aber wenn er dann beim Friedhof war, ist er schon langsamer geworden, und herinnen, im Leichenhaus, ist es ihm ganz vergangen. Auch der Feldwebel Holmer trifft die Musch lieber im Stadtpark. Er hat ihr den Koppelfick beigebracht. Wenn der Schnee auf den Anlagebänken liegt, lehnt er sie an den nächsten Baum und legt ihr seinen Gürtel um den Hals. Sie steigt mit einem Fuß in die Schlaufe, und er packt sie im Stehen. Der Stichdigl hat sie trotzdem heiraten wollen. Aber jetzt sitzt er wegen Körperverletzung in Amberg im Gefängnis.

Der süßliche Geruch, die Wärme, dann eine Sekunde Vergessen. Und schon stehe ich wieder draußen im Schneeregen. Ich rutsche im nassen Lehm dahin, halte mich an den Grabsteinen fest, hantle mich an den kahlen Büschen entlang, um die Bombentrichter herum und hinaus zum Michaeli-Weg.

32

Zum Sauser Heinerl verläuft sich so leicht keiner. Seine Werkstatt steht draußen am Gstütt, wo die Donau durch die Dämme drückt und die Häuser ganz billig sind. Die Altwasser der Voglau reichen bis an die Mauern; Wildenten streichen über die Sumpfweiher, Störche und Reiher spazieren durchs Schilf und zwischen den alten Weiden dahin.

Zur Autohilfe vom Heinerl kommen nur die mit ihren Schepperkisten vom Donaumoos und Bayerwald. Wenn sie ihn suchen, steht die Haustür offen, und die Zimmer sind leer. Auch hinter dem Haus finden sie ihn nicht, wo die Autowracks in die feuchte Wiese eingesunken sind. Erst zuletzt, wenn sie schon wieder gehen wollen, sehen sie seine schwarze Panzerfahrerhose unter einem alten Karren hervorstehen.

Der Heinerl flickt geplatzte Schläuche, an denen schon ein Flicken am andern klebt. Zündkerzen, die keinen Funken mehr geben, bearbeitet er mit der Stahlbürste und schraubt sie als neuwertig wieder ein. Aus Linoleumresten bastelt er eine originale Zylinderkopfdichtung. Die stumpfen Zähne vom Anlasserritzel kommen in die Drehbank, bis sie wieder greifen.

Der Sauser Heinerl ist mehr breit als hoch. Sein Kreuz ist durchgedrückt, die Arme stehen im Bogen von ihm ab wie bei einem Ringer, der gleich zupacken will. Wenn er lacht, musst du aufpassen, dass du ihm nicht immer in den Mund schaust. Seine Zähne sind schön in der Reihe und so kurz, als wären sie abgefeilt.

Will mir der Heinerl zeigen, wie stark er ist, umarmt er mich und drückt so fest zu, dass mir die Rippen krachen. Nur seinen Fuß kann er nicht mehr über das Fahrrad heben. Die Gicht hat er sich als Panzerfahrer in Russland geholt. Doch Heldentaten, wie die Landser sie erzählen, höre ich keine von ihm. Nur eine Geschichte bringt er immer wieder: Wie er, mitten in der Taiga, die Maschinenpistole im Anschlag, die Tür zu einer Hütte auftrat und die zwei Alten drinnen die Hände hochhielten und um ihr Leben bettelten. Doch der

Heinerl schaut sich nur um und sieht, dass alles noch immer aus Holz ist – der Riegel an der Tür, die Schüssel auf dem Tisch, die Löffel und die Gabeln –, und beginnt sogleich mit dem Modernisieren. Von der abgeschossenen Rata auf dem Feld holt er das Alublech und macht daraus Türschloss und Klinke, Ofengriff und Besteck, Teller und Becher. «Zuletzt war die ganze Hütte wie neu.»

Wenn der Heinerl eine Glühbirne auswechselt, macht er zuerst den Finger nass und probiert, ob in der Fassung Strom ist. Das kribbelt bei ihm nur leicht, mir versetzt es einen Schlag. Die Elektrizität für die Drehbank, die Bohrmaschine und die Metallsäge hat er weit vor dem Zähler abgezapft. Der Stromableser wundert sich jedes Mal, wie wenig Strom die Werkstatt braucht. Doch wie sorgfältig er auch die Wände absucht, er findet nichts.

Bevor ich zum Heinerl kam, habe ich im Kesselhaus der Dietl-Brauerei Kohlen geschaufelt, bis ich die Arme nicht mehr heben konnte und mir vom Staub die Augen brannten. Ich habe die Fässer ausgepechtet, bis ich keine Luft mehr bekam und sich alles um mich drehte. Jetzt, beim Heinerl, ist das ein anderes Leben. Da sitz ich vorne im Führerhaus und schau ihm beim Schalten zu, und so oft der Holzvergaser zu zuckeln anfängt, klettere ich zum Kessel hinauf, schütte einen Sack Spulenholz hinein, schraube den Deckel zu, und schon geht's wieder weiter.

Den Bauern bringt der Heinerl die Ersatzteile für ihre Landmaschinen und sucht hinter der Scheune nach Wehrmachtsfahrzeugen und amerikanischen Unfall-Jeeps. In der Werkstatt schneidet er die Jeeps mit dem Schweißbrenner in der Mitte auseinander und verwandelt sie in viertürige Geländewagen. Wie ein gelernter Autospengler treibt er die Bleche in die Form, lötet und schweißt, schleift und lackiert an der verbeulten Karosserie herum, bis sie wie neu aussieht. «Bring mir eine alte Kiste, einen Hammer und einen Schweißer, und ich mach dir ein Handschuhwagerl daraus», sagt er dann zu mir.

Tropft der gelötete Kühler immer noch, dichtet er das Leck mit einem Kaugummi ab. In das Getriebe mit den ausgeschlagenen Lagern schütten wir dickes Altöl hinein. Kracht es beim Schalten wieder, geben wir Sägespäne dazu. So übersteht der Gebrauchtwagen wenigstens die Probefahrt, den Kalvarienberg hinauf. «Hörst, wie er singt, spürst, wie er zieht», sagt dann der Heinerl zu seinem Kunden und schaut ihm in die Augen. Der Handel wird mit einem Handschlag abgeschlossen, wie auf dem Viehmarkt: «Wie gesehen, so gekauft.» Weil er alles nach Augenmaß macht, läuft einmal sein Neuwagen aus der Spur, und einmal bohrt sich die Kardanwelle durchs Bodenblech, haarscharf am Arm der Beifahrerin vorbei.

Das große Geschäft macht der Heinerl mit seinen Kühlerfiguren, den Löwen mit wehender Mähne und erhobenen Tatzen, dem Panther im Sprung, dem Bikinigirl mit ausgebreiteten Armen. Am besten läuft der erigierte Penis mit Flügeln. Bis spät in die Nacht gieße ich das flüssige Metall in die Sandformen, schweiße die Teile zusammen, hebe die Figuren aus dem Säurebad und poliere sie auf Hochglanz. Wenn ich nach der Arbeit in den Küchenspiegel schaue, sind Gesicht und Hände schwarz vom Abrieb. «Hoffentlich werfen die Russen jetzt nicht ihre Antombomppn ab und verderben uns das Geschäft», sagt der Heinerl dann zu mir.

Eigentlich ist es der Sauser Heinerl gewesen, der die Synchronfederung erfunden hat. «Die geht a so und a so a», sagt er und zieht dabei die Hände einmal waagrecht und einmal senkrecht auseinander wie beim Ziehharmonikaspielen. Doch die Ingenieure von Opel waren schneller und haben seine Erfindung als ihr Patent angemeldet und in den neuen P4 eingebaut. Jetzt arbeitet der Heinerl an einer neuen Erfindung, dem Perbedumobile. Das Modell hat er im Dachzimmer versteckt, an der Tür hängt ein schweres Vorhängeschloss. «Eines schönes Tages», sagt er, «werd ich damit a Millionär, und dann nimm i di mit, hinüber ins Amerika.»

In seinem Wohnzimmer quillt bei jedem Hochwasser die braune Brühe durch die Bodenbretter. Das einzige Fenster ist vom Rauch und Staub so trüb, dass du kaum die Gastwirtschaft zur Schiffbrücke auf der andern Straßenseite erkennen kannst. Im Spiegelrahmen stecken Feldpostkarten. Sie biegen sich nach unten, und die Bleistiftschrift ist unlesbar geworden. Den Volksempfänger auf dem Buffet stelle ich so laut, dass der graue Stoff hinter der Laubsägeverzierung zittert. Jeden Tag spielt der amerikanische Soldatensender AFN Komponisten, von denen ich noch nie gehört habe: Mendelssohn, Prokofieff, Schostakowitsch, Tschaikowsky, Hindemith und Bartók. Wenn dann der Heinerl plötzlich hinter mir steht, zucke ich zusammen. «So schön wie du möcht ich's auch haben», sagt er und legt das Tagblatt auf den Tisch. «Nie wieder Krieg! Aus Schwertern macht Pflüge», heißt die fettgedruckte Überschrift. Die Messerschmittwerke haben vom Jagdflugzeug Me 109 auf Milchkannen umgestellt und bauen aus Pilotenkanzeln, Flugzeugrädern und Armaturen den neuen, dreirädrigen Kabinenroller.

Sofort fahren wir nach Regensburg hinauf und schauen uns den Kabinenroller an. Wie in der Pilotenkanzel sind die zwei Sitze hintereinander, darüber wölbt sich eine Glashaube. Auf der Probefahrt hocken wir so weit unten, dass wir von den Lastautos nur die Reifen sehen. In der Kurve schlittern wir auf zwei Rädern knapp am Straßengraben vorbei. Die Lenkstange vibriert, der Zweitaktmotor dröhnt, der Rauch beißt in den Augen. Der Heinerl muss brüllen, dass ich ihn verstehe: «Wenn's auch eine Saukiste ist, Hauptsache, ich krieg die Verkaufslizenz.»

Kaum hat der Sauser Heinerl die ersten Kabinenroller verkauft, erfindet der junge Glas von der Dingolfinger Landmaschinenfabrik das Goggomobil. Es ist so leicht, dass es zwei Männer wegtragen können, und so klein, dass du drin den Kopf einziehen musst. Der Heinerl frisiert die qualmenden Zweitakter auf, macht das Gemisch trockener und die Verdichtung stärker, und schon schwirren bei uns die Goggomobile herum wie die Hummeln.

Der Heinerl lässt die Obstbäume fällen, die Sumpfwiese betonieren und die alte Hütte abreißen. Jetzt steht dort ein Glaspavillon mit Ausstellungs- und Geschäftsräumen, daneben die Werkstatt mit Laufkran und Hebebühne und das Ersatzteillager. Die Zapfsäulen an der Großtankstelle sind überdacht. Weil das Geschäft so gut läuft, wird ihm auch die Vertretung für den neuen Fiat 500 angeboten. Zwei- oder dreimal am Tag überführen wir die Neuwagen aus Kirchseeon. Statt mit der vorgeschriebenen Einfahrgeschwindigkeit jagt der Heinerl mit Vollgas voraus: «Wenn's den Motor zerreißt, dann soll's kein Auto geworden sein.» Nach einem Jahr habe ich den hundertsten Fiat heimgebracht, noch immer ohne Führerschein. Der Heinerl klopft mir auf die Schulter. Das ist für mich wie ein Ritterschlag.

Der Hof steht jetzt voller Gebrauchtwagen, die der Heinerl in Zahlung nehmen musste. Das kleine Fiat Sportcabriolet überlässt er mir für ein Trinkgeld. Schräg über dem Kühler steht der verchromte Schriftzug «Alpensieger». Statt durch eine Tür klettere ich über eine runde Vertiefung hinter das Steuer. Wenn ich meinen Abarth-Auspuff röhren lasse, drehen die Leute von weitem den Kopf. Schon bald zerlegt es den Alpensieger auf einer rasanten Talfahrt in seine Bestandteile.

Das nächste Auto ist ein mattblauer BMW, Baujahr 34, mit dem ersten Aluminiumzylinderkopf der Welt. Es ist wie neu; ein Pfarrer hat es im Krieg unter dem Heu versteckt. Das große Steuerrad ist aus poliertem Edelholz, das Trittbrett mit geriffeltem Alu beschlagen. Die Frontscheibe lässt sich nach außen kippen, die Jalousie am Rückfenster kann ich mit dem kleinen Finger regulieren. Noch auf den steilsten Waldwegen schnurrt der Motor wohlig im ersten Gang, und auf vereisten Straßen fährt mein BMW so sicher wie auf Schienen.

Dann rollt das Adler-Cabriolet in den Hof. Es hat Ledersitze und einen langen Kühler. Darauf schwebt ein silberglänzender Adler mit ausgebreiteten Flügeln. Ein echtes Sportscar. Ich fahr mit ihm durch ganz Deutschland bis hinauf nach Hamburg. Dort sehe ich zum ersten Mal das Meer.

Der Heinerl lässt sich jetzt einen Maßanzug schneidern und zwängt seine Füße in schmale, italienische Schuhe. So kann er leichter die eng gesetzten Pedale in seinem neuen Direktionswagen, einer Fiat-Sechszylinder-Limousine, bedienen. Den

Samtborsalino und seinen schweren Ulster behält er auch im Auto an. Wenn er bei Fiat den Mengenrabatt oder bei BP den Benzinpreis herunterhandeln kann, lädt er mich auf der Rückfahrt in eine Bar ein. Er geht mit der Bardame in den oberen Stock, und bis er zurückkommt, darf ich bestellen, was ich will, und immer neue Sachen auf der Karte aussuchen. Vor dem Gehen kippt er einen doppelten Steinhäger und beißt die Spitze der neuen Zigarre ab. Sobald die Glut rot glimmt, schlägt er den Mantelkragen hoch, und weg sind wir.

In der Tanzbar am Isartor verschwindet er sogleich im Getümmel. Ich seh ihn erst wieder, als er an mir vorbeiwalzt, die Hildegard Knef im Arm. Er reicht ihr nur bis zum Kinn und hält sie umklammert wie der King Kong sein Opfer. Ihr Begleiter lehnt an der Bar und lässt sie nicht aus den Augen. Sein Lied mit dem Refrain «Führer befiehl, wir folgen dir» haben wir im Radio Tag und Nacht gehört. Jetzt komponiert er Schlager.

Mit einer neuen Tanzdame im Arm nickt mir der Heinerl kurz zu, dann ist er verschwunden. Um vier Uhr früh wird das Lokal geschlossen, und der Heinerl ist immer noch nicht da. Zitternd stehe ich in meinem dünnen Sonntagsanzug und den leichten Schuhen auf der Straße im Schneetreiben. Es dämmert schon, als es endlich hupt. Der Heinerl wirft sich auf den Rücksitz und rührt sich nicht mehr. Erst auf der Donaubrücke rappelt er sich wieder auf, setzt sich ans Steuer und fährt bis vor sein Büro. Hinter der Glasscheibe erwarten ihn schon die neuen Kunden, und bald drauf knallen die ersten Sektkorken.

Der Sauser Heinerl wird Ehrenmitglied im Automobilclub, Beisitzer im Wirtschaftsgremium und Rennleiter der bayerischen Sandbahnrennen. Bei den Speedways in Abensberg, Olching und im Dante-Stadion ist er Vorstand des Schiedsgerichts. Auch zu der Tourist Trophy auf der Isle of Wight wird er als Ehrengast eingeladen. Ich übersetze am Zoll, auf der Fähre und beim Meeting. Bisher habe ich im Auto geschlafen. Jetzt übernachte ich mit dem Boss im Hotel.

Im Spätherbst schlittert der Heinerl mit seinem Wagen übers Glatteis und landet im Löschweiher auf dem Stadtplatz. Wie er es als Panzerfahrer gelernt hat, wartet er in der Luftblase unter dem Dach, bis das Auto vollgelaufen ist. Dann holt er tief Luft, drückt sich durch das offene Fenster hinaus und schwimmt in seinem Wintermantel ans Ufer. Die Leute laufen zusammen, die Polizei rast heran, dahinter der Krankenwagen mit Blaulicht. Noch in der Notaufnahme springt ihnen der Heinerl von der Bahre. Zum Kranksein hat er keine Zeit.

Am nächsten Tag muss der Heinerl zu einer Hochzeit ins Schlössl Zeitldorn. Er lässt keinen Tanz aus, dreht Runde um Runde. Dann beginnt er plötzlich zu stolpern. Er hält sich an seiner Tanzdame fest, zieht sie mit sich auf den Boden und bleibt liegen. Die Leute lachen. Dann rufen sie: «Ein Arzt! Ein Arzt!» Doch der Heinerl rührt sich nicht mehr.

Der *Stern* bringt eine Titelstory über ihn heraus. Der rastlose Unternehmer war beispielgebend beim Wiederaufbau, ein Mitbegründer des Wirtschaftswunders und Symbol des neuen Aufschwungs. Ein Herzinfarkt hat ihn aus der Mitte seines Lebens hinweggerafft.

33

Schon in aller Früh sitze ich im «Straubinger Hof» herum und warte, dass mich einer aus dem Zigarettenrauch heraussucht. Doch keiner kommt und sagt: «He, du, ich brauch einen wie dich.» Ich schaue zu, wie die andern ihre Weißwürst essen, ein Weißbier nach dem andern trinken, und passe auf, dass mein Glas nicht zu schnell leer wird. Gegen Mittag fragt die Bedienung: «Noch ein Kleines?» Ich schüttle den Kopf. Da deutet sie mit dem Kinn zur Tür.

Auf dem Viktualienmarkt sind die Krautfässer schon abgeladen, und die Kartoffelsäcke liegen neben dem Stand. Der Metzger in der Freibank schüttelt den Kopf: «Heut geht nix.» Letzte Woche war er um jeden froh. Auf der Nürnberger Autobahn ist ein Pferdetransport umgekippt, und er konnte alle Tiere notschlachten.

Vielleicht braucht der Hadersbrunner Ölhändler wieder einen Fahrer für seinen Sattelschlepper. Oder ich kann beim Löwenbräu die alten Reifen stapeln. Oder der Hausl vom Kaufhof braucht einen, der ihm die Kartons vom Sommerschlussverkauf zerlegt. Oder der Stutz gibt mir eine Arbeit. Er war mit mir in der Volksschule und hat schon ein Büro mit einer Sekretärin. Aber noch immer steht er selbst auf seinem Schrottplatz am Nordbad und zerhaut mit dem Vorschlaghammer das Gusseisen.

Beim Durchgang vom Bilka-Warenhaus komm ich grad dazu, wie der Chef den Eisautomaten ins Freie herausschiebt und den weißen Mantel anzieht. Ich schnapp mir gleich den

Eimer, hole heißes Wasser aus der Damentoilette und schütte es oben in den Automaten hinein. Nachspülen, Kabel anschließen, und schon schnurrt der Motor. Der Chef grinst und deutet zum Auto. Im Kofferraum liegen die Schachteln mit dem Eispulver, die Packerl mit der Trockenmilch und die Tüten zu zwei und drei Mark.

Er schaut auf meine Schuhe: «Was hast schon alles gmacht?» «Beim Anweiler Schenkkellner im Wildschützenzelt die Masskrüge gewaschen und die Fassl aufgestellt.» «Aha, der wo aus einem Achzig-Liter-Banzn hundertzwanzig Masskrüge herausbringt? Guat sag i. Und was noch?» «Bei der Brücklin Hendl tranchiert.» «Und a Depp bliebn?» «Gleich am Anfang, wies so zuganger is, hat's mir von ihrem Postamentl heruntergewunken und gesagt, du, hock dich amal her zu mir. Da, wisch dir das Gesicht ab und trink a Mass auf meine Kosten. Merk dir eins, zehn Minuten Nachdenken spart dir eine Stunde Arbeit. Jetzt schau mir zu, wiea ma mit dem Messer umgeht. Jetzt zeig ich dir, was das heißt, aus eins mach drei. So, das sind jetzt drei Hälften aus einem Hendl. Verstanden?» Der Chef lacht. «Zieh den Mantel an, ich geb dir zwei Grand auf die Händ. Hast den Ausweis bei dir?» Er steckt ihn gleich ein und steigt ins Auto. Ich knöpf mir langsam den weißen Doktormantel zu und schau ihm nach, bis die Surfbretter auf seinem Sechshunderter Daimler zwischen den Fußgängern verschwunden sind.

Neben mir breitet die Inge die Fingerringerln, Amulette und Herzerln, die Ohrclips und Perlenarmbänder auf ihrem Stand aus. Wenn sie sich bückt, kann ich ihr in den Ausschnitt schauen. Wenn sie, auf den Zehenspitzen, ihre Gold- und Silberketterln aufhängt, sieht man ihr weit unter den Rock hinauf. Doch schon geht's los: den Hebel drücken, die Tüte drehen – schön sahnig läuft das Softeis herunter. Mal ziehe ich den Gupf schief weg, mal mache ich ihn luftig hoch. Das ist wie bei den Salzburger Nockerln. Je höher der Schaum, desto weniger ist drin.

Nach ein paar Stunden reiß ich schon die dritte Schachtel Eispulver auf. Klar, bei dreißig Grad im Schatten und mitten im Sommerschlussverkauf. Und statt fünfzig Tüten hab ich siebzig Portionen aus der Packung gezaubert. Macht einen Fuffzger extra für mich und nicht einmal die Hände dreckig gemacht. «Kommst mit ins Heiliggeiststüberl?», fragt die Inge, als wir zusammenpacken.

Vor dem Heiliggeiststüberl stehen die Leute bis auf die Straße heraus. An der Bar sitzen die Weiber auf den Hockern, die Männer drücken sich an ihre Schenkel. Alle reden durcheinander. Die Inge zwängt sich durch die Leute und zieht mich an der Hand hinterher. «Wo hastn den Schwammerln gefunden?», ruft ihr einer über die Köpfe zu. Die Inge lacht und reißt mir mein rotes Kappl mit den weißen Punkten herunter, schiebt mich weiter, um die Tische herum und bis in die Ecke, wo es am lautesten ist. Der Trambahnschaffner hat wieder einen gefunden, mit dem er um einen Blauen wettet, dass er hundert Witze hintereinander erzählen kann und keinen einzigen ein zweites Mal. Ich stehe dabei, und bald redet die Inge nur noch mit ihren Freunderln.

Ihre Wohnung ist voller Plüschtiere, im Bad sieht's aus wie in einer Kosmetikabteilung. Alle Regale sind voller Flaschen und Tuben; als Verkäuferin bekommt sie auf alles Sonderrabatt. Im Schlafzimmer legt sie den Heino auf; ich möchte lieber den Aznavour hören. Doch die Inge hat Schnaps und Zigaretten, und ich spar mir den Weg hinaus zum Wolfgangplatz.

Am Wolfgangplatz schlafe ich im Lagerraum. Drin sind Schreibtische aufeinandergestapelt, darauf liegen die Kisten und Schachteln mit der Liquidationsware: Neonleuchten und Aktenordner, Schreibmaschinen, Papierlocher und Zellophanmappen. Die Nische am Fenster ist gerade breit genug für meine Luftmatratze. An die Wand habe ich ein paar Fotos mit nackten Weibern geheftet, in die Fassung eine rote Birne geschraubt. Alles, was ich besitze, passt in eine Plastiktüte.

Mein Softeisapparat fängt an zu stottern. Unauffällig schaue ich unter die Leute und dann hinüber zum Jagdmuseum, ob dort nicht ein Feldstecher blinkt und ein Spitzel vom Chef lauert. «Denn jetzt, meine Damen und Herren, kommt der Trick siebzehn», sage ich zur Inge und hebe den Daumen. Die Inge holt unter ihrem Standl unser eigenes Eispulver, die Trockenmilch und die Waffeln heraus. Sofort bin ich mit dem Wasser da. Fertig. Wie die Weltmeister machen wir das heute wieder. Von jetzt an ist es unser Geschäft.

Und schon kommen vom Hofbräuhaus die ersten Japaner herüber und strecken mir von weitem das Geld entgegen. Auf einen Fünfer geb ich nichts mehr heraus. Wenn dann einer herumfuchtelt, lach ich ihn an, mache ihm einen Extragupf, falte die Hände und verbeuge mich: «Sayonara, Sayonara.»

Um sechs Uhr heb ich den Kopf und schau zum Himmel hinauf. Kein Gewitter, kein Surfwind. Nichts los heute auf dem Ammersee. Da wird der Chef bald wieder dastehen. Und schon hör ich seine Stimme hinter mir: «Wie viele Tüten haben wir heute? Was? Nicht mehr, bei dem Wetter!?» Er kratzt sich am Kopf. «Gib mir vier Blaue.» Mein Hals wird ganz heiß. Schnell muss ich mich bücken. Das ist fifty-fifty. Jetzt bin ich ein richtiger Geschäftsmann geworden.

Im Juli muss der Chef an die Costa Brava; seine Apartments haben Risse. Eine Woche, eine zweite, und noch immer ist er nicht zurück. Jeden Abend stopf ich die Geldscheine in meinen Schlafsack. Der wird immer dicker.

Seit drei Tagen regnet es. Ich sitze beim Donisl herum und schau ins Trübe hinaus. Der Wind rüttelt an den Rollläden; mittags ist es schon so dunkel, dass die Lichter in den Geschäften brennen. In Scharen drängen die Leute ins Wirtshaus herein und schütteln ihre Regenschirme aus. Schon zum zweiten Mal geht die Studentin mit dem Rosenstrauß an mir vorbei, er ist nicht kleiner geworden. Und schon wieder legt die Frau von der Heilsarmee ihre Hefterl auf die Tische.

Neben mir hat einer die Abendzeitung liegengelassen. Gleich auf der ersten Seite ist das Bild von einem zerdetschten Sechshunderter Daimler. Deutlich kann ich die Münchner Autonummer lesen. Ich ducke mich, als hätten sie mich beim Stehlen erwischt. Doch niemand schaut her, alles ist so wie zuvor.

Von da an kann ich beim Donisl jeden Tag eine saures Lüngerl oder geröstete Schweinsnierndln, ein Kalbszüngerl oder eine Schlachtplatte bestellen. Und als mir das alles zuwider wird, sitze ich auf der Terrasse beim «Milan» am Dom, vor mir die Portion Cevapcici, den Plavac und den Café Türk. Am Abend bestelle ich im Rathauskeller einen Gänsebraten und einen Bocksbeutel oder ich spaziere hinüber zum Humpelmayr für den englischen Tee aus der Silberkanne und ein saftiges Rumpsteak. Schon am Nachmittag gehe ich ins Kino und schaue mir einen Film nach dem andern an. In der Wochenschau sitzt der Adenauer in der Super-Constellation. Die vier Motoren vibrieren so stark, dass sein Glas immer wieder hin zum Rand vom Tischerl wandert und er es im letzten Augenblick gerade noch erwischt. Die Stewardess reicht ihm die Speisekarte, sein Sohn deutet mit dem Finger darauf, doch der Adenauer sagt in strengem Ton: «Gegessen wird, was auf den Tisch kommt.»

Das Volksbad ist mir jetzt zu langweilig geworden. Nur Fahrräder vor dem Eingang und unter der Dusche Junggesellen, die sich rasieren. Im Becken stinkt's nach Chlor, die Liegewiese ist braun und abgetreten, und überall hocken Hausfrauen mi ihren Kindern herum und haben den Platz mit ihren Taschen markiert.

Vor dem Prinzregenten-Stadion parken die Sportwagen. Die Macker patroullieren am Lattenrost auf und ab, ziehen den Bauch ein und lassen die Muskeln spielen. Ihre aufblondierten Pupperl sitzen auf dem Badetuch wie auf einem fliegenden Teppich, daneben rieseige Kofferradios und winzige Hunderln. Auch der Kindler Klaus schaut vorbei, wenn er nicht ins Studio muss. Aus lauter Gaudi hat er beim Vorsprechen im Hotel Königshof den Woodpecker so perfekt nachgemacht, dass ihn der Walt Disney auf der Stelle zum Synchronisieren engagiert hat.

Ich fange wieder mit dem Wasserspringen an, den Eineinhalber mit Schraube, und ein Auerbach so nahe am Brett, dass ich die Luft am Nacken spüre.

34

Mit Vollgas prescht einer nach dem andern in den Parkplatz herein. Sie reißen das Steuer herum, dass der Kies aufspritzt, und winken einander flott zu. «Was, du lebst auch noch», ruft der Charly. Der Sonnauer fährt seinen Sitz ganz zurück und wälzt sich aus dem Mercedes: «Was willst, drei Mass am Tag, die stemm i immer noch.» Auch nach seinem zweiten Herzinfarkt hebt er einen Baggersee nach dem andern aus. Von früh bis spät donnern seine Magirus-Kipper durch die Stadt, und wenn die Druckluftbremsen knallen, schauen die Leute erschrocken um. Seine Villa steht seit der Scheidung leer. Weil sie zwei halbrunde Betonbalkone hat, heißt sie überall Negerlippenpalais.

Der Groberl wartet schon an der Bar. Er ist in einer Vollmondnacht im Alleingang durch die Watzmann-Ostwand geklettert, nur mit ein paar Kopfwehtabletten in der Tasche, falls er auf der Kederbacher Route in den Steinschlag kommt. Neben ihm sitzen der Wrbatzka, der ehemalige tschechische Schwimmmeister, der Stupsi, der Tanzlehrer, und der Theo. Seit der Theo ins Kinderwagengeschäft in der Flurlgasse eingeheiratet hat, baumelt am Rückspiegel seines Autos ein Paar Babyschuhe. Im Kino singen wir alle im Chor seine Reklame mit: «Ihr Baby strampelt mit Behagen, in Tarnowskys Kinderwagen.» Verlegen senkt der Theo seinen Blick und zündet sich eine neue Zigarette an. Das Verserl hat er selber erfunden.

Als Einziger vom Tennisclub hat er gegen den bayerischen

Meister gespielt. Der geht schon unruhig auf dem Platz herum und lässt seinen Schläger in der Hand wirbeln. Endlich latscht der Theo daher, bei der größten Hitze mit drei Pullovern übereinander. Er redet zum Schiedsrichter hinauf, dann hat er noch etwas zu einem Zuschauer zu sagen. Ungeduldig wartet der Meister an der Grundlinie. In den ersten Minuten bringt der Theo glücklich ein paar Bälle über das Netz. Dann kommt er in Bedrängnis, kniet sich hin und bindet die Schuhbänder, einmal so, dann so. Die Zuschauer lachen. Der Theo ist wieder so weit, er schlägt ein paar scharfe Bälle zurück. Jetzt hat er sich eingespielt, jetzt kann er den ersten Pullover ausziehen. Doch bald darauf kommt er in Rückstand. Er stolpert über die Schuhbänder, und wieder lachen die Leute. In seiner Wut haut der Meister ein paar Bälle daneben. Der Theo holt auf, die Zuschauer jubeln. Der Theo muss den zweiten Pullover ausziehen und kommt nicht aus den Ärmeln. Der Meister wird wild, er verpatzt einen Aufschlag nach dem andern. Das Spiel endet unentschieden, und der Theo ist unser neuer Star.

Die Wände der «Mariandl»-Bar sind gepflastert mit den goldgerahmten Fotos vom «Mariandl»-Wirt, dem Ostler Hans. Hier duckt er sich, die Linke am Kinn, zur Abwehr. Dort greift er an, die Rechte nach vorn gestreckt. Dann der Ostler im Nahkampf beim Klammern, und wieder und wieder beim K.o.-Schlag. Das größte Bild hängt über der Musikbox. Er zeigt ihn als deutschen Meister im Halbschwergewicht, die Fäuste zum Himmel gereckt, den Siegeskranz um die Schulter. Bei seinem letzten Schaukampf im Kronensaal hat er den Max Schmeling Runde um Runde vor sich hergetrieben. Immer wieder nagelt er ihn an die Seile. Der Schwergewichtsweltmeister kann sich kaum noch auf den Beinen halten, sein Keuchen hört man bis in die letzte Reihe. Die Leute springen auf und schreien: «Ostler! Ostler!»

Der Ostler kämmt seine Haare sorgfältig nach hinten, wie vor dem Krieg. Sein Anzug ist aus der feinen amerikanischen Offiziersgabardine, seine Uhr und die Ringe sind aus reinem Gold. Werden ihm die Amis zu laut im «Mariandl», drückt er an der Wurlitzer «Crying in the chapel». Sofort stieren alle ins Glas. Geht es von neuem los, braucht er nur einen Schritt vor die Theke zu machen, und schon setzen sich alle wieder hin. Fangen sie an zu raufen, telefoniert er der Militärpolizei. Die Tür fliegt auf, Polizisten mit weißen Helmen und weißen Gamaschen stürzen herein und dreschen sogleich auf die Schwarzen ein. Der Ostler steht da, schaut zu und rührt keinen Finger.

Im Hinterzimmer ist schon alles für die Misswahl bereit; auf dem Preisrichtertisch liegen die Notizblöcke, in den Bierkrügeln perlt der Sekt. Endlich wird das Licht abgedunkelt. Die Scheinwerfer flammen auf, der Vorhang schwingt zur Seite, auf der Bühne stehen die Mädchen im Badeanzug und halten vor der Brust das Nummernschild. Die Trudl vom Seifensieder am Stadtplatz, das Irmerl, die Fahnen-Jungfrau der freiwilligen Feuerwehr, die Budera Ulla vom Schuhgeschäft, die Paula, die Lisi. Die Josefine geht noch in die Berufsschule und jedem, der sie mit hinunternimmt in die Voglau, fehlen nachher ein paar Geldscheine. Die Sissi, die Tochter vom Schrotthändler, isst nur Steak und Salat, weil sie in München Mannequin werden will. Stundenlang kann sie dahinreden, du wirst gleich müde dabei und hörst nicht mehr zu.

Die Renate wollten der Charly, der Lermer und der Wrbatzka zuerst nicht an der Misswahl teilnehmen lassen. Sie hat alle drei beim Amtsgericht zwecks Vaterschaftsnachweis verklagt. Obwohl das Tagblatt nur die Namensinitialen der Angeklagten erwähnte, wusste die ganze Stadt, wer gemeint war. Der Richter bestellte einen Sachverständigen, der extra von Regensburg herunterkam und aus der Form der Ohrmuscheln und des Ohrläppchens und deren Verhältnis zur Struktur der Ohrbildung, aus der Tiefe und den Windungen des Gehörgangs, der Gesamtform und des allgemeinen Eindrucks sowie der Feinheit der Geräuschwahrnehmung vom Säugling auf den Vater schließen kann.

Doch diesmal lässt sich die Vaterschaft nicht eindeutig bestimmen, hieß es im Tagblatt, und die Angeklagten leugneten bis zum Schluss jede intime Beziehung zur Renate. Außer ein wenig Petting war da nichts gewesen. Und überhaupt lügt eine wie die bei jedem Wort. Seit ihr Ami, der Mike, ohne sie nach Louisiana abgehauen ist, geht sie mit jedem. In der Bar zeigt sie nach der fünften Pina Colada die Narben an ihren Pulsadern her und lacht dazu hysterisch. Sie ist so dünn geworden, dass sie sich mit den Tarnhosen und den Springerstiefeln der Fallschirmjäger dicker machen muss. Beim Volksfest zieht sie die Amis aus dem Bierzelt, und gleich zwei, wenn's Freunde sind. Um ihre Schaumgummimatratze liegen die leeren Whiskyflaschen, der Aschenbecher ist voller Kippen, und wenn du am Morgen erwachst, eiert die Platte auf dem Grammophon noch immer auf und ab, und im Lautsprecher kratzt die Nadel. Die Verhandlung über die Vaterschaftsklage, schreibt das Tagblatt, wird nach Christi Himmelfahrt fortgesetzt.

Aus der Musikbox kommt der Bayerische Defiliermarsch. Die Mädchen marschieren über die Bühne, zuerst hintereinander, dann jede für sich. Mit durchgedrücktem Kreuz gehen sie in die Knie, trippeln ein paar Schritte, spreizten die Beine, verbeugen sich und verschwinden mit einem Hüftschwung hinter dem Vorhang.

Die Preisrichter bewerten die Länge der Beine, die Eleganz des Schreitens, Bückens und Drehens, das Lächeln, das Make-up und die Frisur. Sie machen Notizen, sie flüstern, sie rechnen, der Stupsi sammelt die Wahlzettel ein, der Lermer zählt die Punkte zusammen, und dann steht die Siegerin fest. Die Paula hat sich knapp gegen die Ulla durchgesetzt. Kein Wunder. Die Paula hatte als Einzige das neuste Jantzen-Elastikmodell aus dem PX an. Die Ulla trug, wie die andern Mädchen, nur einen ausgeleierten Baumwollbadeanzug.

Im Morgengrauen drückt mir der Ostler Hans einen Schlüssel in die Hand: «Hol die Ami-Sachen vom Büro. Du weißt schon wo.» Sein Chefsessel hat eine Lehne, so hoch wie ein Pilotensitz. Im Aschenbecher liegen seine Manschettenknöpfe mit den eingravierten Boxhandschuhen. Die wandgroße Landkarte von Niederbayern ist gespickt mit Fähnchen. Um die Stadt herum und an der tschechischen Grenze stehen sie eng beieinander, nach Regensburg hinauf, nach Landshut hinüber und nach Passau hinunter sind sie dünner gesteckt. Sie zeigen an, wo der Ostler die neuesten, verchromten Wurlitzer ausgeliefert hat.

Ich bringe die Chesterfields und den Bourbon vom Büro hinaus in den Ford Mustang vom Chef. In der Nacht hat ein Gewitter die rosaroten Kastanienblüten auf die Autodächer heruntergeregnet. Noch immer tropft es von den Bäumen, in den Wasserlachen steht die braune Brühe. Schwalben fliegen ihre ersten Steilkurven in den Morgenhimmel. Alle Mädchen wollen ins Cabrio, sogar auf dem Verdeck sitzen sie. Der Charly hupt ungeduldig, der Groberl spielt mit dem Gaspedal und lässt den Motor aufheulen. Türen schlagen. Der Kuttendreier gibt Gas, dass die Räder durchdrehen. Der Stupsi, klein, dünn und nervig, passt wie maßgeschneidert in seinen BMW-Dixie mit den Speichenrädern. Happy und strahlend wie immer, zischt er mit der Paula ab.

Im Jitterbug-Tanzkurs habe ich die Paula über die Schulter geworfen, um die Hüfte geschwungen, zwischen die Beine gezogen, um mich herum gewirbelt, alles im Dreier- und im Fünferschritt. Immer wieder legte der Stupsi die gleiche Platte auf: «See you later, Alligator, in a while, Crocodile». Noch im Auto hinaus zur Rennbahn hopsen wir im Takt. Die Straßenlampen schaukeln im Wind, der Regen fährt in schrägen Bahnen durch ihren trüben Schein, die Paula legt mir ihre Hand auf das Knie. In der Senke bei den Stallungen fließen die Nebelschleier, der Mond jagt hinter den Wolken dahin. Die große Liebe. Du bist allmächtig, du bist unsterblich. Die Paula hält den Lippenstift in der Hand und richtet die Haarspange. Von den Fenstern rinnen die Dunsttröpfchen. Ein Schluck Maraschino aus der Strohpulle, ein paar müde Umdrehungen vom Anlasser. Dann springt der Motor an, und wir fahren zurück in die Stadt.

Am Baggersee springen die Männer aus den Autos, reißen ihre Hemden herunter und hechten ins Wasser. «Los, Weiber, kommts!» Die Mädchen steigen aus ihren Röcken, darunter haben sie noch immer ihre Badeanzüge von der Misswahl an.

«Nix da!», schreien die Männer aus dem See. «Nacktbadefest! Äkschen, ös Matschakerln, Äkschn!»

Ich klappe die Campingstühle auseinander, baue den Grill zusammen und schütte die Holzkohlen auf. Ein Guss aus dem Benzinkanister, die Stichflamme – und der ganze See steht im roten Schein. Kaum hab ich das Fleisch auf den Grill gelegt, kommen die Ersten schon wieder aus dem Wasser. Schlotternd drängen sie sich um das Feuer. «He, mach schnell!», «Das geht schon ...» und «Ist das mein Glas?» Das Fleisch zischt, der Saft tropft auf die Glut, die Funken steigen, die Mädchen weichen zurück.

Glattgespannt wie eine Haut liegt der See in der Morgendämmerung. Langsam wate ich ins Wasser, schwimme weit hinaus und bleibe auf dem Rücken liegen. Zarter Nebel hängt über dem glasigen Wasser, vorsichtig bewegt sich das Schilf. Die Stimmen vom Ufer sind so nahe, als wären sie neben mir. Sachte sinken meine Beine in die Tiefe. Plötzlich stoßen sie auf festen Grund. Die Erhöhung ist so winzig, dass kaum beide Füße Platz finden.

«Hilfe!» Untertauchen, warten – Abstoß. Mit ausgebreiteten Armen, steif wie eine Vogelscheuche, ragt mein Körper mitten aus dem See. Alle sind mit ihren Tellern und Gläsern an die Böschung gekommen und schauen zu mir heraus: «Bin i schon so bsuffa?», ruft einer. «Den Jesus-Trick möcht i auch können», ein anderer. Dann das Lachen der Paula: «A verreckter Hund ist er schon immer gewesen.»

Am Ufer schlägt mir der Wrbatzka auf die Schultern, der Charly boxt mich in die Brust, der Stupsi drückt mir ein Glas in die Hand. Alle wollen wissen, wie ich das gemacht habe. Doch ich steh nur da. «Sauhund, verreckter», sagt schließlich der Sonnauer und dreht sich um. «Krüppel, mistiger», schimpft der Lermer und schlendert zum Feuer zurück. Nur die Paula bleibt stehen. Sie geht nah zur mir her und schaut mich genau an, als wollte sie die Antwort in meinen Augen lesen. Endlich zuckt sie die Schultern und wendet sich ab: «Du wirst schon noch sehen.»